La Route
de la côte

Alan
Murrin

La Route de la côte

Traduit de l'anglais (Irlande)
par Emmanuelle Heurtebize

CALMANN LEVY

Cet ouvrage a paru avec l'aide de
Literature Ireland.

LITERATURE IRELAND
Promoting and Translating Irish Writing

CALMANN LÉVY
ÉDITEUR DEPUIS 1836

Titre original :
THE COAST ROAD

Première publication : Bloomsbury Circus,
une marque de Bloomsbury Publishing Plc, Londres,
Royaume-Uni, 2024

COUVERTURE
Maquette : Greg Heinimann
Adaptation : Caroline Gioux
Photographies : Paysage : © Shawnwil23 / Shutterstock
– Personnages : © Maria Dorota / Dulin / Getty Images

ISBN 978-2-7021-8891-0

Prologue

ARDGLAS, CO. DONEGAL, MARS 1995

Quand l'inspecteur lui demanda pourquoi elle s'était réveillée cette nuit-là, Izzy ne sut l'expliquer précisément. Elle avait mal dormi tout l'hiver. Il n'était pas rare qu'elle se réveille à trois ou quatre reprises la nuit. C'était aussi la première fois depuis des semaines qu'elle partageait un lit avec son mari, mais elle se garda de le mentionner. À un moment donné, elle avait eu besoin d'aller aux toilettes. Elle s'était arrêtée à la fenêtre du palier et avait contemplé la baie. Une habitude prise ces derniers mois, Izzy guettait le point où se dessinait le pignon du cottage par temps clair. Le ciel était parsemé de nuages, marbré par la lumière du jour naissant. Et un panache de fumée noire s'élevait au-dessus de la colline.

— J'ai compris tout de suite ce qui était arrivé, dit-elle. Avant même de le savoir, j'ai *su*… Vous voyez ce que je veux dire ?

Les deux hommes la fixaient, perplexes.

— Mais *comment* as-tu su, Izzy ? demanda le sergent Farrelly.

— Eh bien, quand j'ai vu la fumée j'ai…

— Non, madame Keaveney, l'interrompit l'inspecteur. Expliquez-nous comment une femme, vivant à trois kilomètres de la baie, regarde par sa fenêtre, aperçoit de la fumée, et devine qu'il s'agit d'un acte criminel ?

— Oh, fit-elle, ça, c'est une autre histoire.

1

OCTOBRE 1994

Deux messes s'étaient déjà succédé ce matin-là, l'air était saturé d'encens. Dans l'église pleine à craquer, Izzy se sentait prise en étau. Chaque fois qu'elle s'agenouillait, s'asseyait, se levait, les épaules de ses voisins la compressaient. Elle tira de sa manche un mouchoir en boule et essuya la sueur qui perlait sur son front. Elle songea à retirer son pull, mais elle n'était pas certaine que le haut qu'elle portait dessous soit décent, sans compter l'impossibilité de manœuvrer sans percuter son voisin ou exhiber sa chair. Elle n'était pas armée pour ce genre de contrariété, aujourd'hui. Elle avisa le large dos de Stasia Toomey, assise sur le banc devant elle, corsetée dans une gabardine bleu roi, droite et fière.

En s'agenouillant, Izzy sentit des effluves de sueur émaner de ses aisselles. Elle courba la tête et ferma les paupières.

Puis les répons débutèrent. Elle prit une lente et profonde inspiration.

— Seigneur, ayez pitié.

Seigneur, ayez pitié.

Elle avait réalisé l'exploit de se lever pour la messe de onze heures et demie. C'était une chose de boire, mais rester au lit avec une gueule de bois revenait à admettre qu'on s'était saoulé. Elle buvait rarement à l'excès et refusait d'offrir cette satisfaction à James et qu'il l'utilise à ses dépens. En se faufilant hors de la chambre d'amis pour se préparer un thé ce matin-là, elle avait découvert les cadres photo éparpillés sur le sol. À leur retour du dîner dansant des commerçants, la veille au soir, Izzy avait décrété qu'elle dormirait en bas. Elle s'était élancée dans le couloir, embarquant dans son sillage toutes les photos. James l'avait agrippée par le bras, et Izzy lui avait planté son coude dans les côtes, lui arrachant un hurlement. Bien entendu, Niall et Orla s'étaient réveillés. Voici l'image qu'elle ne parvenait pas à s'ôter de la tête : leurs deux visages horrifiés qui l'observaient depuis le palier.

Elle était aussitôt allée se recoucher avec sa tasse de thé pour ne pas avoir à les croiser. Agenouillée à l'église, elle regrettait à présent de ne rien avoir avalé, la ferveur collective des prières créait des remous dans son estomac vide.

— Seigneur, ayez pitié.

Seigneur, ayez pitié.

Elle reporta son attention sur le père Brian – sa robuste silhouette derrière l'autel. Il était paré de ses atours du dimanche, immaculés et soigneusement repassés, avec des reflets or et argent, et des petites grappes de raisin et épis de blé brodés sur son étole. Elle prit note mentalement de lui en faire la remarque à sa prochaine visite : « Vous portiez vos plus beaux atours, dimanche dernier, Brian. Ça vous allait bien.

Le plus bel habit que je vous connaisse à ce jour. » Izzy savait pertinemment qu'il abhorrait par-dessus tout cet aspect de son métier, se présenter dans cet accoutrement devant les fidèles le mettait dans un perpétuel embarras. Elle imagina le sourire en coin qu'il lui destinerait, le doux roucoulement de son rire.

Ô Seigneur, c'est votre volonté que tous soient sauvés.

Quelqu'un s'était levé au premier rang. Une grande femme avec une chevelure noire foisonnante s'avança et prit place derrière le lutrin. Izzy en eut le souffle coupé. Colette Crowley… dans toute sa splendeur. Une si belle femme, dont la seule présence avait le pouvoir de vous revigorer. Son port de tête altier. Sa silhouette élancée. Son menton gracieusement incliné. Et, au moment où elle se tourna vers la congrégation, un sourire fugace fendit ses lèvres, comme si elle s'amusait de la situation. Comme si elle leur jouait un tour. Stasia Toomey chuchotait à l'oreille de son mari. D'autres étaient saisis de quintes de toux. Izzy chercha des yeux Shaun et Ann dans l'assemblée, et ne les aperçut nulle part.

Colette lisait avec ce doux et joli accent de Dublin si particulier – un passage du prophète Isaïe –, Izzy n'écoutait pas les mots et se laissait bercer par sa voix mélodieuse. Elle n'avait rien des citadines vulgaires ou des crâneuses des quartiers huppés de la capitale… Elle était singulière, Izzy aurait pu l'écouter une journée entière. À la façon dont ils la fixaient, les autres semblaient avoir été témoins d'une apparition et, quand elle coula un œil derrière l'autel où le père

Brian trônait dans sa grande chaire en marbre, Izzy surprit le regard bon et compatissant dont il enveloppait Colette Crowley.

Donne au Seigneur gloire et puissance… Telle fut la réponse que Colette leur adressa. Un brin grandiloquent, au goût d'Izzy : comme s'il n'avait pas déjà assez de pouvoir et de gloire !

Puis Colette abandonna le pupitre d'un pas prudent, fixant l'ourlet de sa longue jupe. Le bruissement des corps sur les bancs emplit le silence qui recouvrait l'église. Izzy surprit Stasia Toomey la regarder évoluer dans la travée, laquelle ne desserra les dents qu'une fois Colette rassise sur son banc. Le père Brian n'avait pas bougé d'un pouce. Il avait l'air si calme, si pieux, les paumes reposant à plat sur ses cuisses, comme s'il méditait chacun des mots que Colette venait de prononcer. Izzy porta le mouchoir à son front, mais sa main était vide. Elle baissa la tête et vit qu'il couvrait l'agenouilloir tel un flocon.

Il évitait délibérément la rue principale, avait-elle conclu alors qu'il s'engageait sur la route de la côte, la veille au soir. James avait contourné le centre-ville pour ne pas passer devant le magasin. Il était convenu qu'ils retournent les papiers signés à l'agent immobilier dans l'après-midi, mais James était rentré du bureau tard. À peine la porte franchie, il avait dénoué sa cravate et pesté qu'ils ne seraient pas à l'heure à la réception. Pendant une semaine, Izzy avait laissé le contrat en évidence sur la table de la cuisine, paraphé de sa seule signature, où il pourrait l'apercevoir chaque fois qu'il pénétrerait dans la pièce. Et voilà qu'il empruntait la route de la côte, espérant s'épargner une polémique parce qu'il n'avait pas tenu sa parole.

La route grimpait, abrupte, s'étrécissant à mesure qu'ils s'éloignaient de la ville. Elle longeait le littoral, flanquée d'un côté de collines qui s'abîmaient dans l'Atlantique. Au-dessus de la baie, la lune basse semblait sculptée au couteau.

Izzy avait récupéré son sac sur le plancher, l'avait ouvert d'un geste brusque, en avait sorti une pastille mentholée et l'avait refermé aussi sèchement. Une fois le papier d'emballage ôté, elle avait enfourné le bonbon en le faisant claquer contre ses dents. Puis elle avait tourné le bouton de la radio et s'était ravisée aux premières notes d'un morceau entraînant.

— Ça doit être formidable de ne rien désirer, avait-elle lancé.

Elle avait observé ses mains se raidir sur le volant, un muscle tressauter sur sa joue.

— Ça doit être formidable d'être à ce point satisfait de sa vie, d'avoir tout ce qu'on veut. J'aimerais pouvoir en dire autant.

— Ce n'était pas le bon moment, et tu le sais, avait argumenté James.

— Alors quand ?

— Je ne sais pas… Ce n'était peut-être pas le bon local non plus.

— Il coûtait une bouchée de pain.

— Exact. Et pour quelle raison, selon toi ?

— Parce qu'il a été laissé à l'abandon. Un coup de peinture et quelques billets auraient suffi à le remettre en l'état.

— Ils se sont plantés avec la boutique de souvenirs, plantés avec la boulangerie, plantés avec le magasin de musique…

— Ça marchait bien quand on y vendait des fleurs et que j'en étais la gérante.

— Tu ne faisais pas des recettes extraordinaires.

— La boutique rapportait suffisamment, et ça nous arrangeait bien à l'époque.

— Écoute, ce serait jeter notre argent par les fenêtres. S'ils baissent encore le prix, alors peut-être que…

— Arrête ! avait-elle hurlé. Tu n'as jamais eu l'intention d'acheter ce local. Tu me l'as fait miroiter pour avoir la paix.

— Ça ferait mauvais effet qu'un élu du gouvernement se mette à acheter la moitié de la ville.

— La moitié de la ville ? La moitié de la ville ! Une malheureuse vitrine dans la rue principale, et tu appelles ça la moitié de la ville ? J'en ai ma claque qu'on ne possède rien, tout ça parce que tu as la trouille qu'on passe pour des privilégiés aux yeux de tes électeurs.

Elle avait croisé les bras et tourné le visage vers la fenêtre.

— D'autant que c'est peine perdue. Tout le monde nous croit plein aux as.

— Ce qui n'est pas le cas.

— Je suis au courant, merci… Tu as œuvré à ce que toute la ville s'enrichisse, nous exceptés.

Ils avaient tourné au coin d'une rue et la lune décroissante était réapparue.

— On a les moyens de s'offrir ce local. Tu ne veux pas que je l'aie, c'est tout.

— Tu as encore l'intention de gâcher la soirée ? s'était inquiété James, arrivé devant l'hôtel.

Izzy avait observé le ballet des couples sur les marches du Paradise Lodge. Les rampes en laiton et les poignées polies, étincelantes derrière la façade vitrée de l'hôtel.

— Oh, n'aie crainte. Je sais me tenir.

Pendant le dîner, elle avait laissé Tom Heffernan remplir son verre de vin et reluquer ses seins, tout en lançant des regards noirs à James. Elle avait fumé cigarette sur cigarette, les mégots s'amoncelant dans le cendrier devant elle. Elle portait une jupe-culotte en satin noir avec un haut court, et un boléro qu'elle avait ôté à peine assise. Menue des épaules et large des hanches, Izzy avait choisi sa toilette de façon à mettre en valeur le haut et cacher le bas. D'ordinaire prompt à la complimenter, James parvenait à peine à la regarder dans les yeux, ce soir-là. Tout le monde avait encensé sa tenue, excepté son époux, lequel sirotait toujours le whisky qu'il avait commandé en arrivant. Il faisait tourner le liquide, la main plaquée sur le col de son verre, de crainte qu'on le resserve.

Elle avait repoussé son filet de bœuf au coin de son assiette et ignoré les profiteroles au moment du dessert, leur préférant une autre cigarette. Pendant l'allocution de James sur l'importance des entreprises locales pour la communauté, Izzy avait contemplé le luminaire au plafond, un long cylindre duquel dégoulinait un chapelet de perles de verre. Elle avait observé la fumée de cigarette envelopper la lumière et les perles entrer en fusion, sourde aux paroles de son époux. Elle n'avait pas décollé les bras de la table au moment des applaudissements. Tous s'étaient collectivement congratulés quand James avait regagné sa place.

— Bien dit, l'avait félicité Manus Sweeney. Vous avez sacrément raison. Le travail, c'est le salut de la communauté. On ne peut pas perpétuellement se satisfaire des aides de l'État.

— Eh bien, Manus, je ne souhaitais pas m'étendre sur le sujet, mais c'est en effet un enjeu. De nos jours, certains veulent tout avoir sans se donner la peine de travailler.

Ils avaient opiné en chœur tandis qu'Izzy regardait ailleurs. Shaun Crowley et Ann Diver étaient placés à la table d'en face. Ann était la seule femme d'une tablée d'hommes, majoritairement des célibataires sans cavalières pour ce type d'occasions. Shaun tendait une oreille conspiratrice à son voisin et, coincée à sa droite, Ann semblait avoir été rajoutée à la dernière minute. Elle arborait de grosses boucles d'oreilles fantaisie argentées qui lui tombaient presque aux épaules et regrettait manifestement ce choix, n'arrêtant pas de les tripoter et de les cacher. Serveuse à l'Harbour View Hotel depuis des années, elle était plus habituée à passer les plats qu'à participer à ce genre de banquet. Izzy s'était promis d'aller lui glisser un mot avant la fin du dîner. Dans ce domaine, la pauvre Ann ne pouvait pas compter sur Shaun, peu enclin à faire la conversation. Il donnait poliment le change quand on engageait la discussion, même s'il s'ennuyait ferme à ces réceptions où il se montrait en manche de chemise ; enfiler la veste et la cravate de rigueur était visiblement au-dessus de ses forces.

— Bon sang, c'est vraiment un numéro ce type ! avait marmonné Teresa Heffernan. Avec tout le fric qu'il possède, il pourrait au moins faire l'effort de repasser sa chemise.

— Ann est là pour ça maintenant, avait répliqué Izzy après réflexion.

— Ouais, mais elle a refait son apparition.

— Qui ?

— Colette.

— C'est vrai. Cela dit, elle n'a jamais repassé une chemise de sa vie. Les poètes ne repassent pas.

— Apparemment, elle a eu le culot de se pointer à l'usine aujourd'hui et demandé à voir Shaun. Elle n'a pas passé plus de deux minutes dans son bureau dont elle est ressortie furax, a priori.

— Elle a sûrement eu vent de sa nouvelle compagne.

Izzy n'arrivait pas à se faire à l'idée qu'Ann et Shaun soient ensemble – la discrète et casanière Ann, veuve la majeure partie de sa vie. Ils avaient sensiblement le même âge, c'était un début d'explication, mis à part cela Ann était aussi différente de Colette qu'on puisse l'être.

— On dit qu'il l'empêche de voir les enfants, avait ajouté Teresa.

— Ah, il pousse le bouchon trop loin. Imagine qu'on t'interdise de voir les tiens !

Teresa s'était reculée sur son siège et tapotait la cendre de sa cigarette.

— Il a des raisons.

Sur le point de répliquer, Izzy s'était laissé distraire par James qui pianotait sur la table.

— Mes parents n'ont jamais reçu d'aide, s'exclamait-il. Ils ont gagné jusqu'aux derniers centimes qu'ils possédaient.

— Ils étaient du coin ? avait demandé Manus Sweeney.

— Non. Ils venaient d'un bled paumé du nord du comté. Des cousins au troisième degré, à tous les coups, s'était moquée Izzy.

Cela avait jeté un froid.

— Cousins germains, avait surenchéri James, déclenchant l'hilarité générale, mais Izzy avait noté cette lueur glaciale dans ses yeux.

— Allô, un deux, un deux, avait crié quelqu'un dans le micro.

Une note basse avait vibré, suivie d'un tintamarre de cymbales.

— Comment oses-tu prétendre que tes parents n'ont jamais reçu d'aide, l'avait attaqué Izzy bille en tête. Je me trompe ou tu as grandi dans une maison allouée par la municipalité ?

— Oui, tout juste, avait-il concédé, le regard fuyant. À l'époque, on vous donnait ce qu'on vous donnait, et vous n'aviez qu'à vous débrouiller avec.

— Bon sang, quand vont-ils se décider à jouer ? s'était impatientée Izzy tout bas.

— Les gens menaient des vies simples et ordinaires, avait surenchéri James. Et ce sont ces gens que je veux aider, ceux qui se lèvent le matin et travaillent pour s'en sortir.

Izzy avait dévisagé son époux simple et ordinaire, mourant d'envie d'empoigner la bouteille de vin, de faire le tour de la table et de la vider sur sa personne simple et ordinaire.

Un sifflement avait troué les haut-parleurs, un son tellement strident que toute la salle avait frôlé la crise cardiaque.

— Désolé pour ça, les amis. Mais ça vous a réveillés, on dirait ! s'était excusé l'artiste depuis la scène, puis le groupe avait ouvert le bal avec « Your Cheatin' Heart ».

— Oh, j'adore ce morceau. Allez, qui vient danser avec moi ? Tom ?

Izzy l'avait saisi par la main et s'était levée d'un bond en renversant sa chaise. Tom ne s'était pas fait prier, il avait posé la paume sur la cambrure de ses reins, et Izzy avait espéré que James le remarque.

Le père Brian regagna le pupitre pour la lecture de l'Évangile, puis il leur annonça qu'il n'avait pas préparé de sermon parce qu'il avait dû aller à un enterrement, ce qu'Izzy savait être un mensonge puisqu'il avait passé tout l'après-midi de jeudi à fumer et boire du thé dans sa cuisine sans en faire mention. La perspective d'échapper au sermon était pour elle un soulagement. Ou une véritable aubaine étant donné son état ; cela n'arrivait qu'une poignée de fois l'an. La messe serait écourtée de dix bonnes minutes. Mais les répons reprenaient à une cadence effrénée, et Izzy dut se rendre à l'évidence, elle n'aurait jamais la force de rester jusqu'au bout.

L'agneau de Dieu qui ôte le péché du monde.

La sueur perlait dans son dos.

Seigneur, je ne suis pas digne de te recevoir mais dis seulement une parole et je serai guéri.

Un relent de bile monta dans sa gorge.

— Excusez-moi, dit-elle à son voisin avant de se faufiler tête baissée entre les paroissiens en s'abstenant de croiser leurs regards.

Elle se précipita dans l'allée latérale, les yeux braqués par terre. À la porte, elle se fraya un chemin parmi les hommes qui, soit en retard soit trop éméchés pour se montrer à l'église, s'étaient massés dans le vestibule. Un haut-parleur suspendu au-dessus de la porte restituait les paroles du prêtre à l'autel. Elle se rua dehors, poursuivie par la voix du père Brian.

2

Dolores Mullen venait de gronder sa fille de trois ans pour avoir giflé son petit frère de deux ans, elle avait récupéré celui-ci en larmes par terre, l'avait mis dans son parc et s'apprêtait à lancer une vidéo de fitness quand une publicité capta son attention à l'écran. Une femme levait une flûte à champagne remplie d'un liquide bleu, puis le versait sur une serviette hygiénique. Dans ces réclames, les femmes exhibaient tout le temps des liquides bleus, songea-t-elle en observant la serviette absorber le colorant jusqu'à le faire disparaître, et une pensée affleura dans son esprit : elle n'avait pas eu ses règles. Elle avait un retard d'au moins dix jours. Aucun doute possible. Ce n'était pas inhabituel, surtout quand elle était au régime, mais *deux semaines* ? « Merde », dit-elle à voix haute. Ses dernières règles dataient d'août, lorsqu'ils avaient réuni la famille pour le barbecue d'anniversaire de Madeleine, et cela remontait à six semaines. Quatre enfants : une adolescente, une petite fille, un bébé, et maintenant un autre en route. Donal l'avait harcelée pour qu'elle perde du poids après la naissance d'Éric, elle venait à peine de retrouver sa silhouette.

Elle s'effondra sur l'énorme canapé dont elle caressa le daim gris et lisse où, malgré ses efforts, persistait l'empreinte d'une paire de petites mains. Elle jeta un coup d'œil à Jessica, assise à même le sol à l'autre bout de la pièce, qui ratissait les cheveux de sa poupée avec une petite brosse.

— Ne me regardez pas comme ça, madame, disait-elle.

Sa voix résonnait, ricochait contre les murs d'un blanc pur, le sol carrelé, la grande baie vitrée qui occupait un pan entier de la maison et leur offrait une vue imprenable sur la mer.

Cet endroit semblait avoir été dessiné pour qu'elle passe sa vie à nettoyer les carreaux. Ils ne manquaient ni de lumière ni d'espace, c'était certain. Quatre chambres à l'étage, plus deux autres au rez-de-chaussée, et ils étaient bien partis pour les occuper toutes. Comment expliquer qu'ils avaient passé dix ans à tenter de concevoir leur deuxième enfant et qu'elle était tombée enceinte trois fois de manière aussi rapprochée par la suite ? Elle chassa cette pensée. Elle avait fait plusieurs fausses couches, cela pouvait se reproduire. Quel intérêt d'en parler à Donal, à ce stade ? Les occasions avaient été trop rares pour justifier qu'elle lui reproche sa négligence. Il s'était désintéressé d'elle durant l'été, ce qui d'ordinaire était le signe qu'il voyait une autre femme. Et, quand il était finalement revenu vers elle, elle n'avait pas eu le cœur de le repousser.

Elle perçut le ronronnement d'un moteur. Sans doute le facteur, ou une de ses sœurs, elles lui rendaient parfois visite le matin. Rien de tel ; une élégante

BMW noire s'était garée devant ses fenêtres. La portière s'ouvrit, une jambe chaussée d'une bottine noire à talon haut apparut. La conductrice se redressa de toute sa hauteur et Dolores reconnut l'épouse de Shaun Crowley. Elle trouva bizarre qu'elle n'ait pas attaché son épaisse chevelure brune. Comment réussissait-elle à voir la route avec un fouillis pareil devant le visage ? Elle portait un pull à col roulé sur une longue jupe à carreaux ainsi qu'une sacoche en cuir en bandoulière, ajustée à hauteur de la taille. Dolores se dépêcha d'enfiler un sweat à fermeture Éclair par-dessus son débardeur et alla l'accueillir.

— Bonjour Dolores ! s'exclama la femme, et Dolores se dit qu'elle n'était pas aussi ringarde qu'elle l'avait jugée au premier coup d'œil.

Elle avait la peau lisse et diaphane, des yeux d'un bleu intense.

— Vous vous souvenez de moi ? Colette !

Elle lui sourit et Dolores observa de petites rides apparaître autour de ses yeux et sa bouche. Elle l'avait déjà vue au village, la savait mariée à Shaun Crowley, mais pour quelle raison particulière aurait-elle dû se souvenir d'elle ?

— Bonjour, Colette.

— J'aurais aimé vous dire un mot… au sujet de votre cottage.

Elle lui sourit à nouveau, et Dolores s'émerveilla de la manière dont ce sourire transformait son visage, accusant ses pommettes, traçant deux lignes parfaites au-dessus de son menton. Et elle qui n'était même pas maquillée ! Elle zippa jusqu'en haut la fermeture Éclair de sa veste et croisa les bras sur sa poitrine.

— Le cottage ?

La femme tourna la tête vers la bâtisse en pierre blanche qui surplombait leurs terres depuis la colline.

— Il est à vous, n'est-ce pas ?

— Oui.

— Il vous arrive de le louer ?

— Oui, mais pas à cette période de l'année.

— Il est vide, donc ?

Sa fille s'était faufilée entre ses jambes, Dolores la hissa dans ses bras.

— Vous feriez mieux d'entrer, dit-elle.

Les talons de Colette claquèrent sur le carrelage.

— Vous avez une bien jolie maison, Dolores. Je l'admire depuis la plage, pendant mes balades. Vous devez avoir une sacrée vue !

Elle pivota, inspecta l'entrée et le large escalier qui menait à l'étage, puis glissa un regard par la porte en direction du salon et de la baie vitrée. Elle caressa le mollet dodu et tout doux de Jessica qui la gratifia d'un grand sourire avant de cacher sa tête dans le cou de sa mère.

— Combien d'enfants avez-vous ?

— C'est ma deuxième, dit-elle. Éric, mon troisième, est dans son parc, là-bas. J'ai dû les séparer, ils m'ont fait une comédie, dit-elle en adressant une grimace à sa fille, lui chatouillant la joue du bout du nez. N'est-ce pas, mademoiselle ?

Jessica colla son front contre le sien et l'enlaça.

— Je ne connaissais que Madeleine, ajouta Colette. Elle a joué dans une des pièces que nous avions montées au centre communautaire, il y a quelques années.

— Exact, acquiesça Dolores. Elle a treize ans aujourd'hui. Elle est en première année à Saint-Joseph.

La fillette avait agrippé sa chaîne de cou. *Dolly*, pouvait-on lire en lettres d'or. Elle martelait la gorge de sa mère avec la pointe du *y*.

— Arrête, Jessica, gronda Dolores en s'efforçant de démêler la chaînette de ses doigts.

— Écoutez, je ne vais pas vous déranger longtemps, je souhaitais seulement vous signifier mon intérêt pour le cottage.

— Où logez-vous actuellement ?

— Dans un *bed & breakfast*, depuis deux semaines. Ce n'est pas une manière de vivre. J'aimerais m'installer un peu mieux.

Dolores ne comprenait pas pourquoi Colette ne rentrait pas tout bonnement chez elle, même si elle la savait séparée de son mari depuis quelque temps.

— C'est qu'on ne le loue jamais l'hiver. Je ne suis pas sûre que le ménage ait été fait après le départ des derniers occupants, fin août. Ils l'ont certainement laissé en bazar.

— Ce serait possible d'y jeter un coup d'œil, histoire de me faire une idée ? Évidemment, ça ne collera peut-être pas. Il y a le chauffage et l'électricité ?

— Oui, tout l'équipement. Donal est électricien, il a fait les travaux lui-même. Si vous aviez vu dans quel état on l'a récupéré… une véritable ruine. Il a fallu refaire le toit, la plomberie, la totale. Ça nous a coûté une petite fortune.

— À qui appartenait-il avant ?

— Des gens du Nord, ils n'en profitaient qu'une semaine par an. Ils ont refusé de nous le vendre à l'époque où on a construit. Sinon on l'aurait démoli pour bâtir là-haut. La vue sur la baie est encore plus belle. On habitait ici depuis cinq ans quand ils se sont décidés à nous le céder.

Sans se départir de son sourire, Colette l'examinait à la loupe, Dolores en avait conscience.

— On pourrait monter le visiter ?

— Je suis coincée là, tout de suite. Qui surveillerait ces deux-là ? De toute façon, il vaut mieux que vous reveniez quand Donal sera à la maison. Je ne peux rien décider sans lui en parler. Ce n'est sans doute pas une bonne idée de le louer à cette saison, ajouta-t-elle, tout en songeant que l'argent serait bienvenu. D'autant que si vous êtes encore là en juin, on devra tripler le loyer.

— Je serai partie en juin, déclara Colette. Ça vous embêterait de me confier les clés ? Cinq petites minutes ? Comme ça, je serai fixée. Vous n'aurez peut-être même pas à enquiquiner Donal avec tout ça.

Un cri fusa du salon.

Dolores s'approcha du portemanteau et farfouilla dans un tiroir. Elle en sortit un porte-clés en forme d'ancre et le lui tendit.

— La dorée ouvre la porte principale. La serrure est probablement un peu grippée, il faut tirer la clenche vers vous en tournant la clé. Le cottage a son allée privée depuis la route, mais inutile de prendre votre voiture. Il y a un chemin pour y accéder du jardin, à l'avant. Faites attention, ça doit être un peu glissant.

Colette saisit le trousseau pendu à son doigt en soutenant son regard.

— Merci, Dolores. Je vous les rapporte dans un instant.

Sur ce, elle sortit et Dolores eut instinctivement envie de la rappeler et de lui réclamer ses clés, mais le cri qui montait de son ventre resta prisonnier de sa gorge et s'éteignit en un soupir las.

Colette traversait le jardin des Mullen, les talons de ses bottines s'enfonçant légèrement dans la terre. Elle songea à rebrousser chemin et emprunter la route en voiture jusqu'au cottage, mais n'en fit rien. Jetant un coup d'œil circulaire, elle vit que Dolores l'observait toujours depuis sa porte, la petite lovée contre sa hanche.

La pente était sévère. D'en bas, Colette ne distinguait que le toit en ardoise. Elle se souvenait d'un temps où il était recouvert de chaume et supposa que les Mullen y avaient renoncé à cause des coûts d'entretien prohibitifs. Elle repéra les marches creusées à flanc de colline, passablement érodées ; elle les gravit une à une prudemment en s'agrippant aux touffes d'herbes. Au sommet, elle se glissa par une brèche dans le mur en pierre sèche séparant les deux propriétés. À cette distance, elle pouvait voir que le badigeon était élimé sur un coin de la façade, laissant poindre la pierre d'origine. La peinture bleue de la porte était écaillée sur presque toute la hauteur, révélant une sous-couche grise. Elle attrapa la petite poignée et la tira vers elle en tournant la clé. Le cottage exhala son haleine fétide.

Elle actionna l'interrupteur à côté de la porte, une ampoule nue projeta une lumière froide sur la pièce. Le décor se résumait à une collection de meubles bon marché à monter soi-même, ainsi que quelques autres plus anciens, sans doute chinés dans un vide-greniers. Le salon était exigu, le plafond bas renforçait cette impression que tout était miniature ou, à l'inverse, trop encombrant et volumineux pour l'espace. Mais elle releva çà et là quelques touches personnelles : ils s'étaient investis, c'était indéniable. Le sol était revêtu de dalles de pierre polie, le manteau de la cheminée se profilait harmonieusement dans le mur. Elle avisa un buffet en pin avec de la vaisselle surannée essaimée sur chaque étagère. Des rideaux vert et rose à embrasse encadraient la fenêtre donnant sur la mer. Dans la salle d'eau, elle fit coulisser la porte en plastique de la cabine de douche et essaya d'imaginer comment elle réussirait à s'y glisser. L'unique chambre avait grosso modo la même taille que le salon, comme si on avait divisé la maison en deux par une cloison, le seul changement structurel opéré depuis des siècles, manifestement. Elle était équipée d'une commode, d'un cadre de lit en fer forgé et d'une collection de cintres métalliques, suspendus à un fil entre deux murs. Au pied du lit était posé un berceau avec de fins barreaux blancs.

Il faudrait s'en débarrasser. Jeter les cintres, remplacer les ampoules, cogitait-elle en gagnant tranquillement la petite banquette en alcôve sous la fenêtre avec des coussins rembourrés du même tissu vert et rose que les rideaux. Elle s'y assit et contempla la grève. Depuis son retour, elle l'arpentait chaque jour sans exception. C'était ainsi qu'elle avait remarqué le cottage et s'était mis en tête de trouver son propriétaire. La plupart des maisons de vacances appartenaient à des gens du Nord et, apprenant que les Mullen l'avaient acquise dans le but de la louer quelques années plus tôt, Colette avait tout de suite commencé à s'y projeter. Elle aurait le luxe de s'éveiller chaque matin au bruit des vagues mourant au creux de son oreille, de regarder le ciel changer au-dessus de la baie pendant qu'elle écrirait, assise face à la fenêtre. Elle pourrait y attendre son heure.

Elle promena de nouveau les yeux sur la pièce : « douillette » semblait l'adjectif le plus adéquat pour la décrire, « désuète » aussi. La maison ne correspondait pas vraiment au cottage irlandais traditionnel qu'elle avait imaginé, mais elle ferait l'affaire. À ses pieds, un petit coffre en pin attira son attention. Elle souleva le couvercle. Il était rempli de linge de lit. Elle caressa le drap rêche et amidonné en haut de la pile et son doigt effleura une surface lisse. Un magazine était caché dessous. En couverture, une femme aux cheveux permanentés et dans le plus simple appareil – bas blancs, hauts talons et tour de cou en dentelle – se penchait en avant en pressant ses seins. Son visage était figé en une expression d'horreur feinte, bouche entrouverte, comme si l'objectif avait immortalisé son cri à l'instant où un supposé intrus l'avait surprise. Colette le feuilleta, un sourire aux lèvres. Un modèle du genre : des femmes en léger surpoids ou avec la peau sur les os étaient parées de lingerie colorée et bas de gamme, telles des guirlandes sur un sapin de Noël. De leurs culottes échancrées s'échappaient leurs toisons pubiennes négligées tandis qu'elles s'offraient à l'objectif, un doigt plaqué sur les lèvres. Pas l'ombre d'un homme, nulle part. Puis, à la toute fin, des pages entières d'annonces vantant des services de chat en ligne et d'escortes.

Était-ce pour cela que Dolores avait paru embarrassée quand elle avait émis l'idée de visiter le cottage ? Avait-elle peur qu'elle tombe sur ce torchon ? Non, elle l'avait trouvée nerveuse dès son arrivée, timide et à fleur de peau. Elle avait commencé à se détendre une fois sa fille dans ses bras. Elle était maigre, frigorifiée. Sans compter ses mains rougeaudes, on aurait cru qu'elle les avait plongées dans une bassine d'eau glacée. Et ce carrelage reluisant, aussi glissant qu'une patinoire… Était-ce ce à quoi elle occupait ses journées, briquer les sols jusqu'au retour de son époux qui l'autorisait enfin à se consacrer à autre chose ? Colette n'avait jamais rencontré le mari en question, mais elle le connaissait de vue ; la photo dans l'entrée lui avait rappelé combien il était séduisant. Il était difficile de ne pas le remarquer. C'était le seul portrait de famille exposé au mur. Sur la photo, Dolores avait l'air lasse et les traits tirés, elle tenait sur ses genoux un nourrisson pomponné dans une robe en dentelle blanche qui pointait maladroitement du doigt l'objectif. Donal posait au premier plan, placide et absent, pas une mèche rebelle ne dépassait de sa tignasse brune.

Elle considéra le magazine. Il pouvait tout autant appartenir à Donal qu'avoir été oublié par un locataire et planqué à la va-vite… ou par un ado, songea Colette. Elle se demanda si Barry, son ado à elle, expérimentait cette phase, s'il se procurait en douce des magazines qu'il fourrait sous son matelas dès qu'il entendait Sheila monter ranger sa chambre. Elle avait commencé à travailler chez eux quand il était bébé et, même s'il se confiait à elle, ce n'était pas un sujet dont ils discuteraient. Son fils en colère qui se cognait la tête contre le monde depuis la naissance. Ronan était en première année à Trinity et n'avait jamais traversé ce genre de crise, quant à Carl, il était encore si petit… En revanche, Barry la rendait responsable de tout.

La dernière fois qu'elle avait téléphoné à la maison, il avait décroché et elle lui avait bêtement demandé comment il allait. Elle entendait encore le ton faussement joyeux de sa propre voix, tant elle redoutait sa réaction. « Va te faire foutre, avait-il dit. Tu peux aller te faire foutre », et il lui avait raccroché au nez. Plus tard, elle s'était reproché de ne pas avoir rappelé jusqu'à ce que Shaun réponde et qu'ils s'accordent sur la manière de gérer le comportement de leur fils. Mais sur le coup, quand Barry avait prononcé ces mots, Colette avait cessé de respirer. Sa main crispée sur le combiné, les hoquets de la tonalité… Elle était restée sidérée dans l'entrée du *B & B*, face à la petite boîte en bois où elle avait glissé les vingt *cents* pour l'appel. Se faire congédier avec une telle violence par son fils – sans mentionner la forme – l'avait laissée plus idiote que surprise. Elle s'était appliquée à graver l'incident dans sa tête, à fixer ses pensées en regagnant sa chambre avec une lenteur contenue, de crainte qu'elles ne s'envolent. Elle s'était assise à la table pliante et avait retranscrit, aussi fidèlement que possible, le chagrin que les mots de son fils avaient déchaîné en elle. C'était comme se heurter à un mur de verre – le choc, la douleur et l'embarras –, contempler sa vie derrière la paroi sans pouvoir la toucher. Une fois cela fait, elle avait remis son poème à plus tard, estimant avoir été exhaustive. Les éventuels peaufinages pouvaient attendre. Seules importaient à ce stade l'authenticité et la sincérité.

Seule importe la sincérité… Au moment où cette pensée la traversait, une bourrasque balaya la baie et elle eut l'impression que l'auvent se soulevait et que la charpente tout entière s'était brièvement dilatée. Jamais ses fils ne lui rendraient visite ici : telle était la réalité des choses. Ronan passerait à l'occasion et serait tellement mortifié que cela en serait gênant. Quant à Barry, il ne resterait pas une seconde dans cette baraque, même si ni lui ni Carl n'y seraient jamais conviés. Ils avaient une maison, une forteresse que leurs parents avaient érigée pour eux, et où ils avaient été heureux en grande part. Alors pourquoi la retrouveraient-ils dans ce cottage étriqué dont les fenêtres tremblaient dans leur cadre et le toit s'envolait au premier coup de vent ?

Elle rangea le magazine sous le drap et referma le coffre. Non, ce serait son sanctuaire. Elle finirait par s'y sentir chez elle, elle en avait la conviction. Elle n'avait pas l'intention de s'y cacher ; elle s'y retirerait simplement. Le travail l'attendait.

3

Niall n'arrivait pas à remettre la main sur son uniforme pour l'école. Sa mère l'avait lavé la veille, il fouilla dans la buanderie. Pas moyen d'embêter son père avec ça, il était en interview au téléphone dans le couloir. En plus, il s'énervait tout le temps après lui quand il perdait un truc. Niall égarait constamment quelque chose. Il savait que son père devait se rendre à Dublin ce matin, qu'il le déposerait au passage à l'école, et il l'entendait déjà lui reprocher de l'avoir mis en retard.

— Ce n'est pas sans raison qu'on surnomme le Donegal « le comté oublié » ! braillait-il dans l'appareil.

Niall passa devant lui et fila dans le couloir jusqu'à la chambre d'amis. En poussant la porte, il flaira l'odeur chaude du sommeil et entendit le corps de sa mère bruisser sous la bosse de la couette. Elle couchait ici lorsqu'elle se disputait avec son père et, quand les choses dérapaient, elle passait d'ordinaire toute la matinée au lit. Cela arrivait plusieurs fois par an, tantôt après une dispute, tantôt juste comme ça. Quand il revenait de l'école, elle s'était traînée jusqu'au canapé du salon. Il la trouvait emmitouflée dans une couverture, bercée par les applaudissements d'un talk-show diffusé l'après-midi. Il lui faisait un câlin, lui demandait si elle allait bien, et elle se frottait doucement à lui comme un chat sur le dos de votre main. Elle ne disait jamais précisément ce qui n'allait pas et, quand elle parlait, sa voix avait le timbre rauque de celle d'une étrangère. En temps normal, il se hâtait de rentrer pour blaguer et rire avec elle des péripéties de sa journée, car sa mère était la personne la plus drôle qu'il connaisse. Il y avait souvent quelqu'un avec elle et ça le rendait dingue parce qu'il adorait l'avoir pour lui tout seul. Son amie Margaret Brennan, par exemple. Sa mère prétendait que Margaret pouvait palabrer pendant des heures parce qu'elle était séparée de son mari. Mais depuis un moment, il trouvait la voiture du père Brian garée devant leur maison, et ces deux-là en train de fumer, rigoler et siroter leur thé à la cuisine.

Il se pencha vers elle et lui murmura à l'oreille :

— Maman, tu sais où est mon uniforme ?

Elle se retourna sans ouvrir les yeux et marmonna d'une voix pâteuse :

— Dans le placard près de la chaudière.

Ses lèvres sèches se crevassaient dès qu'elle les bougeait. Il battit discrètement en retraite dans le couloir.

— Il y a eu zéro investissement dédié aux infrastructures au cours des vingt dernières années, et ça doit changer ! criait son père au téléphone.

Dans la cuisine, Niall se hissa sur la pointe des pieds et tira délicatement la lourde porte en bois du placard, craignant qu'elle claque et provoque un raffut. En l'ouvrant, il avisa le cul noir et poilu d'un rat qui se carapatait par le trou d'où les tuyaux sortaient du mur.

— Bon sang, qu'est-ce qui te prend de hurler comme ça ? demanda son père en accourant.

Il se radoucit aussitôt et le considéra, inquiet.

— Niall ? Qu'est-ce qu'il y a ?

— J'ai vu un rat dans le placard.

— Merde, lâcha-t-il en voûtant les épaules. Bon, écoute, laisse tomber.

— Mais faut que je récupère mon uniforme, il est là-dedans.

— Ce rat a plus peur de toi que toi de lui.

Son père n'avait pourtant plus l'air si sûr de lui quand il tira à son tour la porte puis la cravate de Niall, envoyant valdinguer par terre son pull, sa chemise et son pantalon.

— Calme-toi, dit-il en le serrant dans ses bras. Allez, monte t'habiller. On file dans dix minutes pétantes.

Niall termina de nouer sa cravate en route, les mains encore tremblantes. Il n'arrêtait pas de repenser au regard accusateur que son père lui avait lancé, comme s'il avait fait une bêtise.

Dans la classe, Mme Mallon avait punaisé une carte d'Irlande au mur. Elle pointait certaines zones et ils devaient donner le nom des comtés, d'abord en anglais puis en gaélique. Elle pointa ensuite les rivières, les lacs et les montagnes, dont ils récitèrent les noms à l'unisson. Elle déplaçait sa baguette en bois dans le sens des aiguilles d'une montre, puis en sens inverse, frappait la carte de façon aléatoire et ils devaient répondre le plus vite possible. Puis elle accéléra la cadence au point qu'ils furent bientôt pris de vertige et se mirent à gigoter sur leurs chaises en rigolant.

Niall loucha vers sa droite. Carl ne riait pas, alors il cessa lui aussi. Il mourait d'envie de lui dire pour le rat. Mais ces derniers temps, Carl ne lui répondait presque jamais quand il lui adressait la parole. Il se disait que, s'il trouvait une bonne histoire à lui raconter, Carl l'aimerait à nouveau. Résultat, il se faisait souvent gronder parce qu'il parlait. Vu qu'ils étaient copains, Mme Mallon les avait assis l'un à côté de l'autre, les menaçant de les séparer s'ils étaient dissipés. À présent, Niall aurait aimé qu'elle les change de place ; il s'était passé quelque chose pendant l'été et depuis, Carl lui faisait la tête.

Niall savait que Mme Crowley avait quitté M. Crowley, qu'elle était partie vivre à Dublin avec un homme. Il avait entendu ses parents en discuter. Quand il était allé jouer chez lui cet été, ce n'était plus pareil. Carl ne voulait jamais sortir et ne s'intéressait qu'à ses jeux vidéo. Avant, Mme Crowley les forçait à aller dehors, elle leur organisait des jeux les jours de pluie. Même qu'une fois, elle avait tapissé de journaux la dalle en ciment de la terrasse couverte derrière la maison et installé deux chevalets, ensuite elle leur avait fourni des blouses pour qu'ils s'aspergent de peinture, si le cœur leur en disait. Colette leur inventait toujours des trucs chouettes à faire. Si Niall aimait tellement aller jouer chez Carl, c'était en partie grâce à Colette. Elle travaillait le plus souvent dans son bureau à l'étage, ce qui signifiait qu'elle écrivait des poèmes et, quand c'était le cas, il ne fallait surtout pas la déranger. Mais de temps à autre, elle émergeait de la pièce pour aller chercher quelque chose, elle lui faisait un sourire et lui demandait comment ça se passait à l'école. Un jour, Niall lui avait lu un poème pour lequel il avait gagné un prix. Elle s'était assise pour l'écouter, et à la manière dont elle l'avait regardé, il était certain d'avoir captivé son attention. Après, elle s'était levée en souriant et lui avait caressé la tête. Puis elle avait tiré un livre de poésie d'une étagère. « C'est pour toi mon chéri… Emporte-le à la maison », avait-elle dit. Et Carl lui avait décoché un regard bizarre, sur le moment.

Il tenait absolument à ce que Carl sache que sa maman et son papa se disputaient eux aussi. Il n'arrêtait pas de repenser à l'autre soir : son père coursant sa mère dans le couloir, son hurlement quand elle lui avait balancé son coude dans les côtes. Le lendemain, pendant que son père se rasait dans la salle de bains, porte ouverte, Niall avait aperçu un gros bleu sur son flanc droit, un peu comme les peintures à l'encre qu'ils faisaient à l'école.

Alors il lui avait parlé des disputes pendant une récréation où il faisait trop mauvais pour jouer dans la cour. Mais son histoire terminée, Carl était resté sans moufter, se contentant de manger son sandwich au jambon et ensuite il avait juste dit : « On est allés voir *The Mask* au cinéma de Letterkenny, vendredi soir. »

Mme Mallon frappa la carte avec sa baguette en bois.

— Lough Neagh, entonnèrent-ils en chœur.

Carl criait les réponses plus fort que tout le monde, remarqua Niall.

Il lui fila un coup de coude.

— Hé, marmonna-t-il. Devine ce qui m'est arrivé ce matin ?

Mais Carl regardait droit devant lui, les mains jointes sur le bureau.

— Hé, fit Niall en lui assénant une autre bourrade, et cette fois Carl écarta son bras.

— Niall Keaveney, gronda Mme Mallon. Vous allez l'intention de nous infliger la même scène qu'hier ?

Pendant la pause déjeuner, il joua au foot avec les autres garçons de sa classe. Vu qu'il n'était pas super doué, il courait dans tous les sens et aussi loin que possible du ballon. Quand la cloche retentit, les élèves se mirent en rang devant la porte de la classe, attendant que Mme Mallon les invite à entrer. Carl lui tournait le dos. Il parlait à Luke Hanley, un garçon avec lequel il s'était récemment mis à traîner et qui allait parfois chez lui après l'école. Niall les avait entendus discuter de jeux vidéo, et maintenant ils faisaient des plans pour le week-end. Il se décida donc à lui raconter l'histoire du rat. Il lui tapota l'épaule, mais Carl ne réagit pas, il poursuivait tranquillement sa conversation.

— Hé, Carl, fit-il d'un ton faussement détaché.

Toujours pas de réaction. Il shoota dans le talon de sa chaussure : rien. Alors, il le bouscula.

— Aïe ! Arrête de me pousser, s'énerva Niall en lui rendant la pareille.

Niall s'obligeait à sourire, feignant un malentendu, mais plus il se forçait plus il avait envie de pleurer.

— C'était quoi ce coup de poing pourri ? le provoqua Carl. Tu te bats comme ta maman. Espèce de mauviette.

Niall le poussa plus fort.

— Ben au moins, ma mère est à la maison et elle s'est pas barrée avec un mec à Dublin.

Après ça, Niall sentit le choc du corps de Carl contre le sien, ils s'empoignèrent, Niall lui enserra le cou, décidé à lui dévisser la tête. « Baston, baston, baston », hurlaient les autres en faisant cercle autour d'eux. Ils essayaient de lever la jambe pour se filer mutuellement des coups de genou, mais ils étaient tellement harponnés l'un à l'autre qu'ils atterrirent en tas sur le bitume mouillé.

— Relevez-vous, tempêta la voix de Mme Mallon, et on le souleva de terre par la capuche de son anorak.

Les spectateurs reculèrent.

Il observa Carl se redresser en titubant. Sa peau pâle avait rosi, des larmes coulaient sur ses joues.

— Pourquoi t'as fait ça ? demanda-t-il.

Des petits graviers noirs s'étaient incrustés dans sa peau quand Niall lui avait collé le visage contre le sol.

4

Brian s'étonna de trouver les rideaux tirés au beau milieu de la journée. Il sonna, secoua la poignée de la porte d'entrée. Sans succès : elle était verrouillée. Il jeta un coup d'œil du côté où elle avait coutume de garer sa petite Nissan rouge et supposa qu'Izzy était partie se promener à pied. Il n'avait pas anticipé être à ce point déçu de ne pas la voir. Depuis qu'il l'avait aperçue quitter l'église en hâte le dimanche précédent, il avait songé à l'appeler et lui rendre visite, mais il avait laissé passer quelques jours. Il se résolut à rentrer chez lui, il essaierait de la joindre et, si nécessaire, téléphonerait à James au bureau. Il lui revint subitement qu'ils ne fermaient jamais à l'arrière, mais à peine avait-il fait quelques pas qu'il entendit la serrure cliqueter et la porte s'entrouvrir.

— C'est bien vous ? dit Izzy d'un ton morne.

Ils étaient proches et pourtant sa voix semblait venir de très loin. Avant qu'il n'ait le temps de répondre, elle avait déjà fait volte-face et filé dans le couloir, tirant la porte du salon au passage.

— Suivez-moi à la cuisine, lança-t-elle en le regardant enfin.

— Je passais vous rendre vos livres, rétorqua-t-il en lui emboîtant le pas. Ils sont dans la voiture. Ne me laissez pas repartir sans vous les donner.

— Bien sûr, aucun souci… Ça ne pressait pas.

Elle remplissait la bouilloire au robinet et lui présentait ses épaules menues et son dos fluet. Il se fit la remarque que, s'il y apposait ses mains, elles le couvriraient tout entier. Elle avait soigneusement attaché ses cheveux en queue-de-cheval, exposant le sombre duvet mousseux dans sa nuque. Son élastique bon marché évoquait ceux des gamines. Elle glissait d'ordinaire ses mèches couleur paille derrière les oreilles et les coiffait d'un serre-tête.

— Alors, comment vous en êtes-vous sorti ?

— Pardon ?

— Avec les livres.

— Oh, pas trop mal. J'ai aimé le Roddy Doyle. C'est triste… vraiment, vraiment triste, mais ça m'a plu. Parce que c'est du point de vue de l'enfant, sans doute. Ça décuple les émotions. En revanche, je n'ai pas accroché avec le Doris Lessing… c'est d'une noirceur lancinante.

— Mince, Roddy Doyle est assez noir à sa manière.

— Certes, mais il y a un peu de légèreté au moins, une pointe d'humour. L'impression de familiarité joue aussi, je suppose.

Elle posa la théière entre eux sur la table.

— Voyez comme je palabre. Prétendant savoir de quoi je parle, ironisa-t-il.

Elle s'effondra sur sa chaise comme si ses jambes l'avaient lâchée.

— Izzy, vous allez bien ? s'inquiéta-t-il.

Elle contemplait le vide et il crut un instant qu'elle ne l'avait pas entendu.

— Vous m'avez vue ?

— Je vous ai vue quitter l'église.

— Oh, j'ai honte, dit-elle en fermant les yeux. J'ai cru que j'allais m'évanouir, il fallait que je me sauve avant de m'écrouler sur quelqu'un. Je me suis sentie tout de suite mieux, une fois dehors. Ça m'arrive de temps à autre. Je m'en remettrai.

Son visage était inexpressif, apathique. Il n'officiait ici que depuis à peine six mois, et s'il avait déjà pu observer ses phases de dépression à plusieurs occasions, il ne l'avait toutefois jamais vue si peu elle-même. Izzy tira une cigarette de son paquet, le père Brian attrapa son briquet dans la poche intérieure de sa veste et la lui alluma.

— James est dans les parages ? demanda-t-il.

C'était toujours lié à James.

— Dublin, dit-elle en exhalant un nuage de fumée comme si le mot avait expulsé tout l'air de sa bouche.

Elle coinça sa cigarette sur le rebord du cendrier et fit le service.

— J'ai quatre baptêmes et un mariage ce week-end, dit-il. Imaginez.

— Dieu les bénisse, commenta-t-elle en pinçant sa cigarette.

Elle tira une bouffée et posa son menton entre ses paumes, les yeux rivés sur la table.

— *Sans compter* que vous vous êtes rendu à cet enterrement, le taquina-t-elle, un brin espiègle.

— Vous m'avez démasqué, s'esclaffa-t-il en tapotant sa cendre.

— Vraiment, vous ne manquez pas de toupet de mentir effrontément à vos ouailles.

— Ah, vous y allez fort, ce n'était qu'un petit mensonge. Il se trouve que j'étais occupé par les affaires de l'Église. Je planche sur quelque chose, ou plutôt je m'y emploie, mais ce n'est pas encore digne d'être porté à l'attention du public. Nous avons reçu une directive… d'en haut.

— Oh ?

— Il semble que le gouvernement ait le projet d'organiser un nouveau référendum sur le divorce. James vous en a sûrement parlé.

— Il ne me raconte jamais rien.

— Eh bien, pour prévenir le passage à l'acte, on nous a encouragés à prendre les devants en délivrant un vibrant sermon sur le caractère sacré du mariage propre à terrifier ceux qui songeraient à quitter leur conjoint.

— Seigneur… c'est donc ce qu'ils croient qu'il va se produire ? Que les gens vont déserter en masse leur foyer dès le divorce légalisé ?

— Oh, absolument… En l'espace d'un an, plus personne ne sera marié.

— Vous pensez quoi de tout ça ?

— Surtout, ne le répétez à personne, sinon je me fais trucider, mais je ne crois pas qu'il faille être marié pour être un bon catholique. En revanche, le mariage constitue un des sept sacrements, et… je considère que si on se donne la peine de s'engager, on doit honorer cet engagement.

— Et s'il devient facile de le rompre, qui s'en donnera le mal, c'est ça ? compléta-t-elle. À mon époque, ne pas être mariée était la pire chose qui pouvait arriver… On disait oui au premier prétendant venu.

Ce n'était pas la première fois qu'Izzy lui en faisait la remarque.

— Y a-t-il quelque chose dont vous aimeriez me parler ? demanda-t-il.

Cela relevait du soutien pastoral, ainsi qu'ils appelaient ça, l'attention portée aux besoins spirituels et émotionnels des pauvres ou des opprimés et, bien qu'elle n'appartienne à aucune de ces catégories, Izzy était la personne à laquelle il dédiait le plus de temps.

— Non, fit-elle, en secouant la tête.

— Comment s'est passé votre dîner dansant ?

— J'ai dîné et j'ai dansé, dit-elle en époussetant les cendres égarées sur la manche de son pull. C'est le même cirque tous les ans : ces messieurs se congratulent pendant que leurs épouses font semblant de s'amuser. Ça ne me ferait vraiment ni chaud ni froid de ne plus être invitée à ces soirées pour le restant de mes jours.

— J'ai ouï dire que James a prononcé un bon discours.

— Sérieusement ? Le blabla d'usage : investissements locaux, moins de dépendance vis-à-vis de la Communauté européenne… ou, au contraire, davantage d'aides de l'Europe, selon la direction du vent, dit-elle, ce qui le fit sourire.

— Il doit être compétent… Il est élu depuis un sacré bout de temps.

Elle semblait exaspérée.

— A-t-il fait quelque chose qui vous aurait contrariée ? demanda Brian.

Izzy plissa les yeux et le considéra d'un drôle d'air, se demandant s'il plaisantait ou non. Elle se pencha légèrement vers lui puis s'adossa à la chaise.

— Vous ai-je déjà raconté, mon père, que j'avais un commerce autrefois ?

Il grimaça au mot « père », Izzy ne l'appelait jamais ainsi.

— Non. Quand ?

— Peu après mon mariage. Je tenais une boutique dans la rue principale. J'étais fleuriste. Juste à côté de l'actuelle pharmacie. Le local est vacant et en vente depuis un moment, vous l'avez probablement remarqué.

— Je vois l'endroit dont vous parlez.

— En arrivant ici, je me suis rendu compte qu'il n'y avait pas de fleuriste et j'ai eu l'idée d'ouvrir une boutique. Ce ne sont pas les naissances, les décès et les mariages qui manquent, vous êtes bien placé pour le savoir.

— Une industrie prospère, convint-il.

— Je me sentais assez désœuvrée, à l'époque. J'espérais tomber tout de suite enceinte mais les choses ne se sont pas passées ainsi, et de toute façon…

Elle balaya de la main cette pensée.

— Bref, je m'ennuyais ferme. N'étant pas du coin, je ne connaissais pas grand monde et les rares personnes que je fréquentais avaient toutes des enfants. James travaillait à la coopérative, il gagnait bien sa vie, mais on veut toujours plus. Je me suis débrouillée pour reprendre le bail. Je me suis rendue à la banque, j'ai rempli la paperasse, réglé les trois premières échéances d'avance. James m'a laissée faire en quelque sorte, sans m'encourager, il espérait certainement que son manque d'enthousiasme m'inciterait à faire machine arrière. Il n'aimait pas l'idée que je travaille, l'idée que je ne sois pas là pour repasser ses chemises ou faire bouillir ses patates. Il était de plus en plus occupé et impliqué politiquement. Il assistait à un tas de réunions et autres obligations le soir après le bureau. Je n'ai pas fait fortune, mais le peu que j'ai gagné a servi à financer l'achat du terrain sur lequel cette maison est bâtie.

— Et qu'est-il arrivé ?

— James venait d'être élu au conseil local, ce qui nous assurait quelques billets en plus. Du jour au lendemain, il a décrété qu'on se passerait de la boutique. Je me souviens du matin où il a gravi l'escalier, j'étais couchée, il a pris Orla dans son berceau pour la câliner, puis il m'a annoncé la nouvelle comme s'il me faisait une grande faveur : il venait de rétrocéder le bail à Mark Carr. Alors que moi, j'avais en tête de me remettre au travail dès que possible. Vous passez cinq ans à monter une affaire et on la cède dans votre dos au premier venu, juste comme ça. Mark l'a reconverti en boutique de souvenirs, de l'artisanat local pour touristes et compagnie. Il a coulé la boîte en moins d'un an.

— Vous avez des regrets ?

— Oh, j'aurais pu me rebiffer plus, j'avoue, mais j'étais épuisée. Je venais à peine d'accoucher.

— Non, ce n'est pas ce à quoi je pensais, je veux dire... Vous êtes restée à la maison pour vous consacrer à vos enfants, c'est le job le plus important qu'on puisse accomplir.

— Je n'aurais pas été la première à avoir un travail, soupira-t-elle. Mais j'avais une relation tellement fusionnelle avec ma fille. Je voulais qu'elle ait tout.

— Et ce que vous lui avez donné n'a pas de prix : votre temps, votre présence et votre attention. Vous vous êtes investie corps et âme dans votre rôle de mère, vous n'avez pas fait...

— Comme Colette Crowley ?

Il attrapa une cigarette et y renonça.

— Certains viennent chercher auprès de moi des conseils d'ordre spirituel et...

— Elle en a sacrément besoin. C'était la première fois que vous la rencontriez ?

— Oui. Elle avait déjà quitté Ardglas à mon arrivée.

— C'est une si belle femme, remarqua Izzy.

Il décelait dans sa voix une pointe d'amertume.

— Parfois, les gens ont simplement besoin d'entendre qu'on leur pardonne, et qu'ils doivent se pardonner à leur tour.

— C'est aussi simple que ça ? C'est la meilleure, vraiment ! Donc, vous abandonnez mari et enfants pour batifoler avec un homme marié, et votre pénitence est de lire à la messe. Je devrais essayer pour voir.

— Je ne sais pas en détail ce qu'elle a fait ou pas. Tout ce que je sais sur cette femme…

— Oh… laissez tomber. Ce que je vois, c'est que certains peuvent se permettre de faire ce que bon leur semble et continuer à vivre comme s'ils n'avaient rien à se reprocher.

— Vous le pensez sincèrement ? demanda-t-il.

Elle se pencha et croisa les bras sur la table, l'air subitement à bout de forces.

— Cette femme a perdu un enfant, dit-il. Je ne pense pas que ce soit une chose dont on puisse se remettre.

— Je ne doute pas qu'elle ait souffert.

— Son retour est une bonne chose, selon moi. Une artiste et musicienne de sa trempe représente un atout pour la communauté. D'après ce que j'ai entendu, elle était très investie : chorale, club de théâtre. Elle m'a remis ceci, ajouta-t-il en sortant de sa poche une feuille de papier qu'il lui tendit. Elle veut que je le publie dans la newsletter de la paroisse.

Il observa les yeux d'Izzy s'écarquiller à mesure qu'elle prenait connaissance du document.

— « Atelier d'écriture, lut-elle à haute voix. Vous avez toujours rêvé de libérer votre potentiel créatif grâce au pouvoir des mots ? Venez travailler avec l'autrice professionnelle Colette Crowley et concrétiser vos ambitions. Que vous pensiez porter en vous la matière d'un roman ou d'un recueil de poèmes, venez échanger avec d'autres auteurs afin d'atteindre votre objectif, bénéficier d'une critique constructive et de conseils sur les techniques d'écriture. Cours d'une heure trente, huit livres, à partir du mercredi 10 octobre à 19 h 30, au centre communautaire. » « Atelier », pourquoi ce mot ? questionna-t-elle.

— Oh, c'est plus accrocheur que « cours », j'imagine. J'estime que c'est une aubaine pour la communauté, surtout à l'approche de l'hiver. Une saine occupation.

— Vous pensez que ça va intéresser les gens ?

— Elle a apparemment beaucoup de talent. Elle a publié un tas de livres.

— Oh, je ne remets pas en doute son talent, mais…

— Mais quoi ? la coupa-t-il. Vous devriez vous lancer.

— Oh, vraiment ? Vous avez l'intention d'y aller ?

— Non… ce n'est pas la place d'un prêtre. Je ferais fuir les candidats. Personne n'oserait se montrer ouvert et sincère. Les gens auraient l'impression d'aller à confesse, la grille en moins.

Il perçut des crissements de pneu sur le gravier et se tourna vers la fenêtre.

— Qui est-ce ? demanda Izzy en repoussant le papier vers lui.

Il reconnut la vieille Ford Escort gris métallisé de Mme Mallon.

— Bon sang, qu'est-ce qui s'est passé, encore ? pesta Izzy en se pressant dans l'entrée.

Mme Mallon descendit de voiture, talonnée de quelques secondes par son passager qui se cachait sous la capuche de son anorak, cartable au dos. Le père Brian entendait les voix en provenance du palier, sans saisir de quoi il retournait. La porte claqua et Izzy réapparut, poussant son fils dans le dos. De sous sa capuche, Niall adressa au prêtre un regard plein de honte. Il avait le visage bouffi par les larmes et un coquard en formation au coin d'un œil.

5

Depuis sa voiture, Izzy contemplait les armoiries du comté peintes sur le pignon du centre communautaire. Elle était du moins presque certaine qu'il s'agissait de cela : le bouclier rayé de vert et d'or, les couleurs du Donegal. Elle ne s'était jamais intéressée d'aussi près à l'oiseau galeux perché au sommet, la croix rouge au centre, et n'avait pas la moindre idée de ce que signifiait la devise latine inscrite en pied. En arrivant devant le bâtiment, elle avait eu la tentation de poursuivre sa route dans la ruelle sombre jusqu'à l'artère principale et de rentrer illico chez elle. Le carnet à spirales et le stylo, achetés l'après-midi à la maison de la presse, iraient rejoindre dans un placard les carnets de croquis, les pinceaux et les tubes de peinture à moitié entamés, datant du cours de dessin qu'elle avait suivi l'hiver précédent. Mais Izzy n'avait aucune envie de rentrer chez elle, et nulle part où aller.

Elle avait continué à ignorer James, après son retour de Dublin. Elle traînait au lit le matin, guettant son départ. Le soir, elle déposait le dîner de Niall dans le four et quittait le domicile avant que James n'apparaisse. Ses manœuvres d'évitement s'avéraient nettement plus faciles quand ils se chamaillaient l'été. Les jours étaient longs, elle pouvait s'éclipser à loisir et s'offrir un parcours de golf complet avant la tombée de la nuit. Elle roulait jusqu'au Lough Eske et se promenait de longues heures dans les bois infestés de moucherons. Le plus souvent, elle se garait face à la plage de Mountcharles et bouquinait en écoutant la radio. Lorsqu'elle observait la lumière décliner, la mer et le ciel saigner, elle poussait le vice jusqu'à s'attarder un peu plus : une petite heure ou deux. James était un anxieux de nature et Izzy prenait un malin plaisir à imaginer les conclusions auxquelles ses cogitations le menaient : elle avait eu un accident de voiture, elle l'avait quitté pour toujours, elle s'était rendue à la plage et enfoncée dans la mer. Pourtant, Izzy rentrait toujours avant qu'il n'ait de raisons sérieuses de se ronger les sangs.

Les mois d'hiver, en revanche, il était impératif de passer les soirées en intérieur. Éviter son époux impliquait qu'elle s'inscrive à des activités pour lesquelles elle avait globalement peu d'appétence. Une année, elle s'était même jointe au club de tricot, un groupe de femmes de vingt ans ses aînées, et avait tué le temps en confectionnant des vêtements que personne ne porterait jamais. Elle expédiait ses pull-overs à Galway afin que sa sœur Magella termine les manches et se charge des ourlets. Si l'atelier d'écriture l'intriguait, elle était surtout curieuse de voir dans quelle mesure sa participation incommoderait James. Les cours de dessin, peindre des paysages ou des coupes de fruits, c'était une chose, mais se cacher derrière les mots serait autrement plus compliqué : James aurait peur de ce qu'elle pourrait révéler à leurs voisins.

Elle tendit la main pour couper le moteur, puis la laissa retomber. Elle scruta le parking, quelques véhicules étaient garés, trop peu pour qu'il y ait foule à l'intérieur, mais suffisamment pour qu'elle ne soit pas seule. Si elle se sentait mal à l'aise, il lui suffirait d'inventer une excuse pour s'éclipser, se raisonna-t-elle.

Quand elle poussa la porte du centre, le cadre en bois vibra. Le bâtiment consistait principalement en une salle de concert basse de plafond, avec une scène au fond, d'où provenaient des chuchotements révérencieux qui se turent dès qu'elle apparut. Seule une lampe sur pied éclairait le groupe assis sur la scène, si bien que le reste de la salle était plongé dans l'obscurité. Izzy avait conscience des claquements de ses talons sur le plancher. Dix chaises étaient disposées en cercle, vides pour la plupart. Colette sourit en la regardant approcher.

— Bonjour, Izzy, comment vas-tu ?

— Bonjour, Colette, répondit-elle.

— Assieds-toi où tu veux, tu as l'embarras du choix.

Izzy prit place sur un siège en plastique rouge, puis sortit son carnet et son stylo d'un petit sac en toile blanc.

— J'étais en train d'informer le groupe que le gardien a expressément exigé que nous laissions les lieux dans l'état où nous les avons trouvés : ils organisent une soirée bingo demain. Quoi qu'il en soit, il ne vous aura pas échappé que l'équipement est spartiate. J'espère que nous disposerons de tables lors de notre prochaine séance, et de radiateurs en état de marche avant l'hiver.

Izzy passa le cercle en revue : Eithne Lynch, Fionnuala Dunleavy, Thomas Patterson et Sarah Connolly, la seule qui n'était pas d'ici. Elle ne la connaissait pas personnellement, mais on la lui avait désignée à maintes occasions comme l'épouse de Tony Connolly, un hôtelier à la tête de plusieurs établissements dans le Nord-Ouest. La morosité tenace dont cette femme semblait accablée ne cessait de l'étonner. Izzy savait que certains s'interdiraient de se montrer au motif qu'ils désapprouvaient Colette. Mais elle s'était demandé si, par pure curiosité, d'autres céderaient à la tentation, histoire de la reluquer de près et d'en savoir plus pour jaser ensuite sur le caractère sordide de cette histoire.

— Ce soir, reprit Colette, nous prendrons le temps de faire un peu connaissance, d'échanger sur ce que nous écrivons, les moyens d'améliorer notre style, et les questions que nous pourrions aborder au cours des prochains mois… Plus quelques exercices d'échauffement.

Izzy l'observa croiser les jambes, mains jointes sur les cuisses. Elle portait une jupe longue et avait retroussé les manches de son pull au-dessus des coudes, de sorte qu'elles bouffaient aux épaules. La peau pâle de ses bras menus luisait dans la pénombre. Elle se tenait fière, le visage formidablement expressif ;

Colette était assurément la personne la plus confiante qu'elle connaissait.

Thomas Patterson s'éclaircit la voix.

— Vous avez utilisé un mot intéressant, Colette : « exercices ». Pourriez-vous préciser ce que vous entendez par là ?

Thomas avait officié toute sa vie à Ardglas en tant que généraliste ; aujourd'hui retraité, il était aussi connu pour ses talents artistiques. Photographe amateur, il avait documenté les transformations de la ville au fil des décennies et présenté ses travaux à l'occasion de plusieurs expositions autofinancées, auxquelles les habitants s'étaient sentis obligés d'assister. Il avait été le médecin de famille d'Izzy, et elle l'avait toujours trouvé agréable même si, en homme cultivé et habitué à ce qu'on l'écoute, il avait la manie de se lancer dans des grandes déclarations emphatiques.

— Eh bien, Thomas…

— Parce que le mot « exercice » m'évoque plus l'aérobic, la callisthénie ou autres activités pour stimuler le rythme cardiaque.

— Eh bien, Thomas, les exercices dont je parle ne sont pas vraiment…

— Vous ne comparez pas l'écriture à la marche rapide, bien entendu ?

— Vous allez laisser cette femme parler, oui ou non ? Comment peut-elle vous répondre si vous l'interrompez à tout bout de champ ?

Fionnuala Dunleavy avait une dentition chevaline, les mots claquaient dans sa bouche comme si elle les crachait. Elle avait croisé les bras au-dessus de son gros ventre, si bien que ses seins généreux avaient l'air de deux noix de coco.

— Merci Fionnuala, intervint Colette.

Ses lèvres tressautaient comme pour réprimer un fou rire, et Izzy dut se retenir à son tour. Elle se voyait déjà raconter la scène à James puis se rappela qu'elle ne lui adressait plus la parole.

— Toutes mes excuses, Colette, s'amenda Thomas. Poursuivez, je vous prie.

— Donc, Thomas, pour répondre à votre question…

— Désolée de t'interrompre, Colette, intervint Eithne. Mais comme tu as évoqué le souci avec le chauffage, je me demandais quand ils arrangeront ça.

Fionnuala avait l'air excédée.

— J'ai prévu d'en parler au gardien, j'en profiterai pour réclamer quelques tables et lampes supplémentaires. J'espère que tout sera rentré dans l'ordre d'ici à notre prochaine séance.

— Est-ce que tu pourrais lui demander aussi de ne pas pousser les radiateurs à fond ? C'est encore pire quand il fait trop chaud. On crèvera de soif si l'air est trop sec.

— Je lui en toucherai deux mots, Eithne.

Hippie sur le retour, Eithne Lynch habitait une vieille chaumière aux confins de la ville, Izzy frissonnait rien qu'en passant devant. Elle se figurait qu'Eithne s'accommoderait agréablement de ce chauffage d'appoint.

— Pour en revenir à nos exercices, Thomas… j'aimerais qu'on envisage l'écriture comme une compétence ou un savoir-faire. Ces exercices ne vous paraîtront sans doute pas palpitants mais considérez-les comme des échauffements. Comme des exercices d'assouplissement, si vous préférez, dit-elle en souriant. Les gens pensent souvent avoir une idée, quelque chose à dire, sans réussir à le coucher sur le papier. J'espère que certains des exercices que nous pratiquerons ensemble vous aideront à surmonter cet obstacle, en particulier la peur de la page blanche.

— C'est précisément mon problème, Colette…, commenta Eithne.

Elle avait levé les mains et joint le bout de ses doigts comme si elle invoquait des esprits.

— Parce que j'ai tout le temps l'impression d'être habitée par des idées et des voix que je dois canaliser, mais elles m'échappent dès que j'essaie de les formuler.

— J'espère que cet atelier t'aidera à dépasser cet écueil, dit Colette. « Atelier d'écriture », le concept est sans doute nouveau pour vous. J'ai découvert leur existence lors d'une résidence d'auteur à Sacramento. Les Américains abordent plus volontiers l'écriture comme une pratique, une compétence qu'on acquiert. J'aimerais qu'on l'envisage comme une technique à perfectionner et non un don de Dieu. J'aimerais que, en travaillant chacun sur un projet qui nous tient à cœur, en partageant nos travaux et des critiques constructives – j'entends par là utiles et respectueuses –, nous devenions tous de meilleurs écrivains. Car j'espère moi aussi apprendre de vous.

C'était incroyable, songea Izzy, elle semblait penser chacun des mots qu'elle prononçait, et pourtant elle ne mettait aucune conviction dans ses propos. Elles n'avaient jamais été des amies proches, mais Izzy avait toujours mis un point d'honneur à lui parler quand elle la croisait. Discuter une minute avec Colette équivalait à se couler dans un bain de chaleur, d'enchantement et de bonne humeur. On se laissait saisir par l'acuité et l'intelligence de son regard, il vous absorbait, et elle s'était toujours sentie plus légère en la quittant. Aujourd'hui, en revanche, Colette paraissait réciter son texte, comme si elle lisait un scénario. Et les sourires qui défilaient sur son visage ne parvenaient pas à effacer l'éclat terne de ses yeux.

— Ne vous sentez surtout pas obligés d'écrire de la poésie parce que je suis poète, précisa-t-elle en brassant l'air avec ses mains. Si vous avez un penchant pour la prose, alors écrivez une nouvelle ou lancez-vous dans un roman. Le but étant que vous adoptiez le type d'expression le plus juste pour raconter votre histoire. À la seule condition que vous travailliez chez vous pendant la semaine et présentiez vos textes en classe. Écrire seul, se ménager du temps dans la journée pour s'y consacrer, est le seul moyen de devenir un bon écrivain.

— Mais Colette…

— Ah ah ah, Thomas, le coupa-t-elle en levant une main. Avant d'aborder d'autres questions, j'aimerais vous proposer un premier exercice. Je veux que vous vous essayiez au flux de conscience.

— Le flux de quoi ? questionna Sarah Connolly d'une voix chagrine.

Izzy n'avait jamais croisé Sarah en compagnie de son mari, en revanche, chaque fois qu'elle avait croisé son mari, il était en compagnie d'une autre femme.

— Le flux de conscience : j'aimerais que vous écriviez sans réfléchir pendant cinq minutes, sans lever votre stylo, sans chercher à faire sens ou…

Sarah laissa échapper un petit rire nerveux.

— Il n'y a aucune raison de stresser, Sarah. Il est impossible d'échouer. Enfin, sauf si on s'arrête d'écrire. Ne vous embarrassez ni de la grammaire, ni de l'orthographe, ni de la ponctuation, focalisez-vous uniquement sur votre stylo.

— Et on est supposé écrire sur quoi ? demanda Sarah.

— C'est justement ce que je vous explique. Le sujet importe peu. Je vous affranchis du diktat du sujet, précisa Colette avec un large sourire en écartant les bras.

Fionnuala Dunleavey considérait Colette avec défiance, mâchouillant un chewing-gum visiblement collé à ses dents du fond.

— Et qu'espère-t-on accomplir avec ce genre d'exercice ? s'enquit Thomas.

— Eh bien, nous en discuterons après, Thomas. Disons pour l'instant que le but est de libérer des pensées enfouies en nous auxquelles nous ne songerions pas autrement. Maintenant, à vos feuilles et vos stylos.

Ils calèrent leur bloc-notes sur leurs genoux, stylo pointé vers la page.

— Partez ! lança Colette.

Izzy écrivait de manière cryptique, au cas où Colette lui demanderait de voir son texte ou de le lire à ses camarades. Elle prenait soin de mentionner son mari et son fils par d'anonymes « il » ou « ils ». Mais l'exercice imposait une telle vitesse et absence de concentration que des idées auxquelles elle ne s'attendait pas affleuraient sur la page. Elle se surprit à griffonner « le fantôme d'une pensée ». Par deux fois, elle écrivit « et Dieu interdit », sans la moindre idée de ce qu'elle voulait que Dieu interdise. Elle avait à peine conscience du bruissement de ses pattes de mouche. De temps à autre, elle levait les yeux et croisait brièvement le regard d'un de ses acolytes, faisant de même. Mais il régnait une atmosphère de sérieux et d'application, Colette se livrait elle aussi à l'exercice.

Les crampes la guettaient quand Colette cria : « Stop ! »

Ils relevèrent lentement la tête, ouvrant de grands yeux implorants, pareils à des enfants qu'on aurait tirés du sommeil. De son côté, Sarah continuait à écrire.

En fait, c'était dans un bar qu'Izzy avait aperçu Tony Connolly – le bar d'un de ses hôtels – en train de boire un verre en compagnie d'une autre femme au beau milieu de l'après-midi.

— Alors, qu'en avez-vous pensé ? interrogea Colette. Izzy ?

— Oh, gémit-elle en contemplant sa feuille. C'est du charabia dans l'ensemble, je dirais.

— Mais tu n'as pas levé le stylo, c'est tout ce qui compte, commenta Colette en reportant son attention sur Sarah qui gribouillait toujours. Est-ce que l'un de vous pense avoir écrit quelque chose susceptible de constituer les prémices d'un récit ou d'un poème ? Sarah ?

Mais celle-ci ne répondit pas, elle écrivait frénétiquement, concentrée sur son carnet.

— Ben, Colette, intervint Eithne. C'est intéressant que tu demandes ça, parce que je suis assez estomaquée de voir ce que ça a débloqué en moi.

Elle leva sa feuille devant elle, menaçant de leur en révéler le contenu, puis elle plaqua la main sur sa gorge comme pour s'en empêcher.

Mais Sarah continuait d'accaparer l'attention de Colette. Alors qu'elle tendait la main, Izzy remarqua qu'elle tremblotait, et son tremblement ne se calma que lorsqu'elle toucha délicatement le bras de Sarah. Celle-ci se figea et releva enfin la tête, médusée face au visage compatissant de Colette.

— C'est bon, Sarah, vous pouvez arrêter maintenant.

Il était évident pour tous que Sarah était en larmes, pire même, que ses larmes étaient un choc pour elle. Une digue avait cédé, inondant la page, et elle en était mortifiée.

— Je suis vraiment désolée, lâcha-t-elle.

Elle referma d'un coup sec son carnet, passa son sac sur son épaule puis s'éloigna, bientôt avalée par les ténèbres du hall.

— Ne vous en faites pas, dit Colette tout bas, cela se produit plus souvent que vous ne l'imaginez. Elle reviendra la semaine prochaine.

La porte claqua.

Non, elle ne reviendra pas, pensa Izzy.

À son réveil le lendemain, elle entendit le murmure de la radio dans la cuisine, Niall grimper et dévaler l'escalier, chaque fois plus essoufflé, tandis que son père scandait ses directives. Elle resta un moment les yeux ouverts à épier les bruits familiers, cherchant à les isoler par-delà les injonctions sèches de James. La différence était que, ce matin, sa présence ne la heurtait pas et ne lui inspirait aucun ressentiment.

Elle se leva, passa la chemise et le pantalon qu'elle portait la veille. Elle chaussa ses souliers d'intérieur et descendit à son tour.

Dans la cuisine, Niall était assis devant un bol de céréales. Il lui jeta un regard par en dessous – exactement comme son père, un regard qui lui donnait toujours l'impression d'être un problème à régler.

— Bonjour poussin, lança-t-elle.

— Bonjour.

— Tu ferais mieux de t'activer si tu veux profiter de la voiture de ton père, sinon tu seras obligé de faire du stop.

Il sourit à sa boutade et courut à l'étage.

Izzy baissa le volume de la radio et s'attabla avec une tasse de thé chaud. Bataillant avec sa cravate, James entra et pila net en la voyant, le nœud coulissé à hauteur de la poitrine.

— Ça va ? dit-elle en avalant une gorgée de thé.

— Ça va. Niall ! hurla-t-il. Amène-toi, on part.

— Comment ça s'est passé à Dublin ? s'enquit-elle.

Elle l'avait désarçonné une fois de plus, ça sautait aux yeux. Ils avaient beau se quereller depuis vingt ans, James n'était pas fichu de détecter le moment où elle sonnerait la fin des hostilités. Elle ne le savait jamais vraiment elle-même, mais au regard de ses propres standards, cet armistice était assez soudain.

— Où étais-tu hier soir ? demanda-t-il en terminant son nœud de cravate avant de récupérer sa tasse de thé.

— Eh bien, tu ne vas pas le croire… j'étais à un atelier de poésie ! fanfaronna-t-elle en dodelinant de la tête.

— Un atelier de poésie ?

— Un atelier de poésie.

Il considéra l'information en avalant une gorgée.

— Qui d'autre y avait-il ?

— Oh, la troupe habituelle : ceux qui participent à tout. Fionnuala Dunleavy, Eithne Lynch, Thomas Patterson, et la femme de Tony Connolly a aussi fait le déplacement depuis Donegal Town.

— Oh, cette petite chose triste.

— Toujours est-il qu'elle a craqué. Elle est partie en larmes.

— Vraiment ?

— Vraiment.

— En pleurant ?

— En braillant.

— Et qui organise l'atelier ?

— À ton avis ? Colette Crowley.

— Et tu as écrit sur quoi ? demanda-t-il, encore sous le choc.

— J'ai écrit un poème sur l'enfoiré que tu es.

— Je suis sûr que tu t'es débrouillée comme une cheffe, s'esclaffa-t-il. Il était bon ?

— Oh, fameux. J'ai reçu les félicitations du jury quand je l'ai lu à haute voix.

— Mais dis-moi, tu l'as écrit en rimes ?

— Évidemment.

— J'ai hâte de l'entendre.

— Oh, je te le lirai ce soir au lit.

— J'ai appris qu'elle habitait sur la route de la côte, dit-il en remuant le fond de thé dans sa tasse.

— De quoi tu parles ?

— Elle loue le cottage de Donal Mullen.

— Colette ? Tu es sûr ?

— C'est ce que m'a dit Tom Heffernan, en tout cas.

— À cette époque de l'année ? Mince, elle doit geler là-haut. Tu crois qu'il y a l'eau courante ?

— Non, dit James. Je suis sûr qu'elle se lave dans un tonneau.

— Quoi !

— Elle collecte l'eau de pluie pour se laver.

— Tu racontes n'importe quoi, James.

— Je t'assure. C'est ce que prétend Tom Heffernan.

— Ah, elle la recycle sûrement pour un autre usage, tu sais comment sont les artistes.

— Oui. *C'est ce que font les poètes*, dit-il d'un ton pompeux qui les fit rire tous les deux.

Niall entra dans la pièce, son cartable sur le dos.

— Si on allait dîner au Harbour View demain, Niall ? proposa Izzy. Ça te ferait plaisir ?

Leur fils les considérait tour à tour. *Pauvre gosse*, songea-t-elle, *il se lève chaque matin en se demandant si son père et sa mère s'adressent encore la parole.*

— Orla rentre de pension demain, je pourrais réserver une table pour nous quatre, ajouta-t-elle. Une bonne soirée en perspective.

Sur ce, Niall et James s'éclipsèrent. Seule dans la cuisine, Izzy prenait conscience du ronronnement de la radio, du bourdonnement du réfrigérateur, du tic-tac de l'horloge murale. Hormis cela, il régnait un tel silence qu'elle avait l'impression d'entrer dans une autre pièce. Son carnet était ouvert devant elle. Elle posa la paume sur la couverture, apprécia la fraîcheur de la surface, la douceur du papier. Elle l'ouvrit et relut les lignes qu'elle avait écrites la veille, des pattes de mouche qu'elle seule était capable de déchiffrer, puis elle le referma.

6

L'accueil chaleureux de Colette – son franc sourire, sa mine affable – prit Donal au dépourvu.

— Donal ? Comment allez-vous ? Entrez, dit-elle en ouvrant grand la porte.

Il hésita sur le seuil, déconcerté d'être traité en invité dans sa propre maison.

— Je venais dire bonjour. Et vous donner ça. On l'a déposée par erreur chez nous.

Il lui tendit une enveloppe grise à la texture marbrée, affranchie à Dublin. Elle s'en saisit à deux mains et son sourire s'effaça.

— Moi qui croyais que vous passiez me débarrasser de ça, dit-elle en pointant les quatre panneaux en bois coincés derrière la porte. J'ai demandé plusieurs fois à Dolores de le déménager.

Il jeta un œil au berceau démonté. Elle s'était donné la peine de ranger les vis dans une pochette plastifiée qu'elle avait scotchée à l'un des portants.

— Ce n'était pas nécessaire de le démonter, dit-il. J'aurais pu le transporter jusqu'au garage tel quel.

— Pas de souci. Il prenait trop d'espace dans la chambre, déjà petite.

Le souci était que Donal serait obligé de le remonter et surtout de le transporter en pièces détachées ; il en voulut à Dolores de ne pas lui en avoir parlé avant que Colette ait le temps de le démantibuler. Sa femme était quasi mutique au sujet de leur locataire. Même lorsqu'il lui avait annoncé qu'il allait lui porter la lettre et se présenter, elle s'était tournée vers l'évier sans commenter, elle avait attrapé le gril et s'était mise à le frotter furieusement.

Colette avait emménagé depuis deux semaines, et il n'avait cessé de repousser ce moment. Il savait quand elle était là, voyant sa voiture garée devant le cottage et, lorsqu'ils s'apercevaient de loin en sortant de chez eux, elle le saluait de la main. Mais il n'avait encore qu'une vague idée de qui elle était : un genre d'artiste mariée à un homme riche mais maladivement timide. Ils étaient séparés – de cela il était courant –, il se demandait néanmoins pourquoi elle avait élu domicile dans son cottage. Autrement, il serait resté vacant jusqu'à l'été et, avec un nouveau bébé en route, cette rentrée d'argent leur serait utile.

— Je vais chercher le van, dit-il. J'embarquerai tout d'un coup.

Mais Donal voyait qu'elle ne l'écoutait pas. Elle s'était assise, elle avait décacheté la lettre et s'intéressait déjà à son contenu. L'enveloppe déchirée était posée sur la table que Colette avait recouverte, notait-il, d'une toile cirée neuve imprimée de poires jaunes. C'était chez elle, à présent. Des photos aimantées sur le réfrigérateur, des piles de livres partout sur les chaises, le buffet. Il se fit la remarque que ça ne serait pas du luxe qu'elle ventile de temps à autre, histoire de chasser l'odeur de tabac. Le sol aurait mérité un coup de serpillière. Des bouteilles de vin vides traînaient à côté de la poubelle.

Un courant d'air s'enfila dans la pièce et envoya voler l'enveloppe à l'autre bout de la table.

— Le chauffage fonctionne comme il faut ? s'enquit-il.

Il s'approcha du radiateur métallique suspendu près de la fenêtre côté mer, il était froid. La marée haute léchait presque les dunes de sable, aspirant le rivage avant de se replier, éreintée.

— On ne s'en lasse pas, hein ?

— De quoi ? demanda-t-elle en levant le nez de sa lettre.

Elle hissa ses pieds sur la chaise face à elle, sa longue jupe en laine glissa le long de ses tibias. Elle fléchissait les orteils. Il l'observa toucher du doigt sa lèvre inférieure pour caresser la trace d'un tendre souvenir.

— La vue, on ne s'en lasse pas.

— Oui, Donal, c'est certain, dit-elle.

— Des mauvaises nouvelles ? demanda-t-il et regretta aussitôt son indiscrétion.

Il s'agenouilla devant le convecteur dont il tripota le bouton.

— Je vous offre un thé ? proposa-t-elle en se levant.

Ses pieds blancs, à la plante crasseuse, remarqua-t-il, zébraient le sol tels des éclairs alors qu'elle se déplaçait. Et il lui revint tout à coup où il l'avait vue, à l'occasion d'une soirée au centre communautaire, un de ces ridicules spectacles de Noël auxquels tout le monde était sommé d'assister et d'acheter la vidéo dix livres pièce. Sa fille avait dansé déguisée en flocon de neige. À la fin, Colette s'était jointe aux enfants sur scène, pieds nus. Pour se mettre à leur hauteur, s'était-il dit, même si elle les dépassait encore de plusieurs têtes. Il y avait repensé ensuite, trouvant son comportement excentrique. Sur le trajet du retour, Dolores avait plaisanté à ce sujet : « Avec tout le pognon qu'il a, Shaun Crowley pourrait au moins offrir une paire de chaussures à sa femme. »

— Non, je ne peux pas rester, Colette. Je purge ce machin et je file.

— Pardon ?

— Le radiateur, il ne chauffe pas. Il a besoin d'être purgé.

— Oh, très bien.

— Vous ne vous étiez pas aperçue que les radiateurs ne fonctionnaient pas correctement ?

— Pas vraiment, j'avoue. Je ne les allume presque jamais.

— Ben, vous en aurez bientôt besoin. Vous auriez un vieux chiffon ?

Elle lui apporta un torchon. Il l'enroula à la base du radiateur. Il desserra l'écrou à l'aide d'une clé et observa le liquide huileux souiller le torchon.

— Je m'occupe de celui de la chambre puis je me sauve.

— Merci, Donal.

— Je peux ? demanda-t-il, la main sur la poignée de la chambre.

— Oui, bien sûr. Faites donc.

Les draps étaient entortillés et formaient une sorte de longue tresse en travers du lit. Un angle du drap-housse était défait, exposant le matelas jauni. Là encore, une pile de livres avait poussé, suffisamment haut pour faire office de table de nuit, un cendrier reposait dessus avec des mégots blancs ratatinés, pareils à deux asticots. La chambre en désordre rivalisait avec celle de Madeleine, les vêtements débordaient des tiroirs de la commode, encombrée de flacons et de sprays. Il avisa l'arbre à bijoux ployant sous les colliers et les bracelets ; il toucha une chaînette en argent et la regarda se balancer. La fenêtre donnait sur la façade de sa maison, il était frappé qu'elle paraisse si vide, le miroitement des baies vitrées ne laissait rien percevoir de l'intérieur, on l'aurait cru inhabitée. Il sentit qu'elle l'épiait, mais quand il se retourna, elle était en train de lire la lettre.

Il purgea le radiateur et regagna la pièce principale. Colette s'était rassise, ses longs cheveux noirs couvraient le dos de sa chaise. Elle les balaya d'un petit centimètre sur le côté, découvrant le col distendu de son pull et la courbe délicate de son épaule nue. Un geste singulier, comme on écarte un rideau pour regarder dehors. Sa main s'attarda, tripotant les mèches dans son cou, tête inclinée.

— Comment vont les enfants, Donal ?

Elle avait posé la question d'un ton si direct qu'il se demanda si elle était au courant pour Dolores. Ça se voyait à peine qu'elle était enceinte, pourtant. Avait-elle eu une intuition ? Attendait-elle qu'il le lui annonce avec fierté ?

— Ils vont bien.

— Je ne connais que Madeleine. Elle a joué, petite, dans une pièce qu'on avait montée au centre. Elle avait une jolie voix douce.

— Flocon de neige, dit-il.

— Tout juste.

— Eh bien, poursuivit-il en essuyant ses mains sur le torchon, elle a treize ans maintenant, et elle n'a plus rien d'adorable.

— Ah, dit Colette.

Elle avala une gorgée de thé.

— C'est une rebelle ?

— On peut dire ça.

— Il faut prendre soin de nos rebelles, Donal, parce que ce sont eux qui prendront un jour soin de nous. Du moins, je l'espère. C'est ce à quoi je me raccroche, dit-elle. J'ai moi aussi un rebelle. Barry, celui du milieu. Nous l'avons mis en pension à Dublin, mais il s'est fait renvoyer. Il a de nouveau atterri à Saint-Joseph, le seul établissement qui daigne l'accepter.

— Saint-Joseph m'allait bien.

— Bien sûr, Donal. Je ne critique pas Saint-Joseph. C'est une bonne école et ils ont la bonté de l'accueillir. Mais on voulait que Barry prenne ses distances, qu'il apprenne l'indépendance… et la discipline. Il ne m'écoute pas, ça c'est certain. Vous devriez voir comme il me déteste. Mon Dieu, c'est incroyable… toute cette colère dirigée contre soi.

Un sourire extatique se dessina sur son visage. Elle ferma doucement les paupières et, quand elle les rouvrit, il s'était effacé.

— Bref, ce que j'essaie de dire, c'est qu'il ne me détestera pas éternellement. Il traverse une phase. Imaginez cette même énergie mobilisée pour votre bien-être.

Donal ne savait que dire, même s'il sentait qu'elle espérait une réponse. Elle fixait la couverture d'un livre posé à l'envers sur la table. Elle se remit à tripoter ses lèvres, couvrant cette fois sa bouche pour se réduire au silence.

— On l'a étudié pour le bac, je me souviens, remarqua-t-il.

— Qui ?

— Yeats, dit-il en désignant le livre d'un geste du menton. On ne nous apprenait pas que la menuiserie ou la métallerie, à Saint-Joseph, vous savez.

— Désolée si je vous ai heurté, Donal… je ne voulais pas…

— « The Lake Isle of Innisfree[1] », c'est de lui, je me trompe ?

— Exact, confirma-t-elle en levant le recueil. J'ai toujours du temps à consacrer à Yeats, cette pauvre âme perdue.

— Ce n'est pas lui qui était amoureux de Maud Gonne[2] ?

— Épris, corrigea-t-elle. Et quand elle l'a rejeté, il a tenté sa chance auprès de sa fille.

---

1. « L'île du lac d'Innisfree », écrit en 1888. *(Toutes les notes sont de la traductrice.)*

2. Comédienne, féministe et icône du mouvement nationaliste pour l'indépendance de l'Irlande.

— Merde alors, dit-il. Satanés protestants… on ne peut vraiment pas s'y fier.

Il avait réussi à la faire sourire, il était satisfait, il sentit une bouffée de chaleur l'envahir. Il regardait ses pieds, les joues en feu.

— Je ferais mieux d'aller chercher le van pour vous débarrasser du berceau, dit-il.

— Je vous en suis très reconnaissante, Donal.

En longeant la fenêtre, il la vit de nouveau penchée sur la lettre, elle en relisait attentivement chaque ligne, ses lèvres remuaient comme si elle murmurait les mots pour elle-même. Cette lettre l'avait obsédée tout le temps qu'il avait passé au cottage et, si Donal avait épié le moindre de ses gestes, Colette ne l'avait même pas gratifié d'un regard. Il eut tout à coup envie de faire demi-tour et de retourner à l'intérieur, avec elle : s'approcher dans son dos, lui caresser les cheveux, enrouler ses mèches dans sa main. Avoir son attention.

7

Colette jeta un coup d'œil aux fleurs dans le rétroviseur. L'extravagant bouquet de roses jaunes et d'eucalyptus, agrémenté de gypsophiles, oscillait d'avant en arrière au rythme des chaos du véhicule. Dans la matinée, elle s'était rendue chez le fleuriste à Donegal Town et avait fait un crochet par le magasin d'alcool. Ses fréquents passages à la supérette d'Ardglas pour faire le plein de vin avaient éveillé l'attention de Mme Doherty. De nature habituellement maussade et réservée, Mme Doherty avait accepté son argent du bout des doigts avec une gravité étudiée, lors de sa dernière visite, plaçant Colette devant un cas de conscience qui l'empêcha presque de conclure la transaction. Ce qu'elle avait fait, bien entendu, se promettant de trouver à l'avenir un commerce plus accueillant où dépenser le peu d'argent qu'elle possédait.

Elle se concentra sur la route à l'approche du centre d'Ardglas. Sur sa gauche, elle avisa une bande de gamins vêtus de l'uniforme marine de Saint-Joseph qui traînaient dans la rue. Ils marchaient avec une synchronicité étonnante – épaules voûtées, mains dans les poches –, filant tel un banc de poissons sur le trottoir. De plus près, elle repéra son fils au centre du groupe. Elle consulta l'horloge du tableau de bord : ils devançaient d'une demi-heure la pause déjeuner. Il était à parier qu'ils rejoignaient la ruelle, près du vendeur de frites, où les gamins de l'école se retrouver pour fumer. Elle les dépassa, se rangea au bord du trottoir et manqua ne pas reconnaître son fils dans le rétroviseur. Il avait un sourire jusqu'aux oreilles, mais si faux, si sournois…

Elle baissa sa vitre quand le groupe fut à sa hauteur.

— Barry, appela-t-elle, pas assez fort toutefois.

Elle redémarra et les suivit. Elle cria de nouveau :

— Barry Crowley, je sais que tu m'as vue.

Un des gamins fila un coup d'épaule à l'adolescent en la désignant et Barry fonça sur elle.

— Tu veux quoi ? fit-il.

Il avait changé de coupe, ses cheveux étaient plus longs, coiffés en pétard, et sa frange lui mangeait presque les yeux. Il ressemblait aux frères Gallagher, le groupe que tout le monde écoutait à longueur de journée.

— Barry, qu'est-ce que tu fiches dehors à cette heure-ci ? dit-elle en serrant le frein à main.

— En quoi ça te regarde ?

— Barry, retourne immédiatement à l'école, sinon j'appelle ton père pour lui dire où tu es.

— Comme s'il allait t'écouter.

— Barry, qu'est-ce que tu as fait à tes cheveux ?

Il se pencha, enfilant presque sa tête à travers la vitre, il avait de la salive au coin des lèvres. Il se cramponnait au rebord de la portière et elle remarqua des petits croissants de terre sous ses ongles.

— Dégage, espèce de traînée ! beugla-t-il avant de s'éloigner.

— Barry, ne va pas t'imaginer que tu peux me parler comme ça et t'en tirer à si bon compte ! cria-t-elle en longeant de nouveau le trottoir. Reviens ici tout de suite !

À cet instant, Charlie McGeehan jaillit de chez Doherty's, un sac de provisions dans chaque main, et évita de justesse la collision avec les garçons. Il fit plusieurs moulinets des bras, tangua d'un côté puis de l'autre, regardant ébahi la bande s'éloigner avant de se tourner finalement vers elle. Colette écrasa l'accélérateur et se retrouva à l'autre bout de la ville avant même d'avoir le temps de se rappeler ce qu'elle était venue y faire. Jetant un nouveau coup d'œil aux fleurs, elle aperçut les petites corolles jaunes qui dépassaient de l'emballage en papier brun.

À la sortie du pont étroit, la route s'ouvrait devant elle et lui offrait un vaste panorama sur la mer et le phare dressé au milieu. Elle se gara devant chez Izzy et admira la vue qui embrassait toute la côte jusqu'à l'horizon. De l'autre côté de la baie, elle crut distinguer la cheminée du cottage, à peine visible sur la crête d'une colline. Elle s'octroya un moment pour se ressaisir, elle voulait tirer un trait sur l'incident avec Barry. En tant qu'épouse de politicien, Izzy avait l'habitude qu'on vienne quémander ses faveurs ; Colette devrait déployer tout son charme pour éclipser le caractère insolite et improvisé de sa visite.

À la porte, Izzy saisit le bouquet à pleins bras et s'extasia, pourtant Colette lisait la confusion dans son regard, elle essayait de masquer son étonnement derrière un sourire.

— Entre, Colette, je t'en prie. Installe-toi au grand salon, je vais nous préparer un thé, lança-t-elle avant de s'effacer dans le couloir.

Colette pénétra dans une pièce tout en longueur qui courait de la façade jusqu'à l'arrière de la maison. Bien que percé de fenêtres à chaque extrémité, le salon était sombre. Deux canapés s'offraient à elle, Colette opta pour celui disposé face à la porte. Le second était flanqué de lampes sur pieds dont les abat-jour étaient ornés de longues houppes. Un énorme buffet vitré occupait un mur complet, rempli de vases et de coupes en cristal d'un côté et, de l'autre, d'une pléiade de figurines de toutes les couleurs : garçons en *lederhosen* et fillettes angéliques avec un fichu. Des napperons en dentelle couvraient les tables d'appoint sur lesquelles des ballerines en porcelaine faisaient des jetés pliés. Sur la table la plus proche, une grande fille mince en jupe rose tendait le bras comme pour cueillir une feuille d'un arbre imaginaire.

— Ah, tu admires mon Lladró, dit Izzy en entrant munie d'un plateau.

Le double *l* se prononçait phonétiquement *y* en espagnol, mais Colette s'abstint de la corriger.

— J'admirais cette figurine.

— Elle fait ma fierté et ma joie, s'emballa Izzy en posant son plateau sur la petite table. Seigneur, la nuit est déjà presque tombée.

Elle se hâta d'allumer le plafonnier.

— Les jours sont si courts à cette époque de l'année.

— On ne les voit pas passer, renchérit Colette.

Après ses longues heures solitaires au cottage, sans personne à qui parler, les mots sonnaient d'une façon étrange dans sa bouche.

— Merci pour ce beau bouquet, répéta Izzy en s'asseyant dans le canapé en vis-à-vis. Quelle merveille. Des couleurs à vous réchauffer le cœur d'un temps pareil. Tu ne t'en souviens sans doute pas mais je gérais cette boutique dans la rue principale, autrefois.

— Si, bien sûr. C'était chouette d'avoir un fleuriste en ville.

— C'était beaucoup de boulot. La naissance des enfants a tout changé, dit-elle en saisissant la théière. Tu l'aimes léger ou corsé ?

Quelle énergie, songea Colette.

— Peu m'importe.

Izzy lui servit une tasse de thé clair et la lui tendit sur une soucoupe décorée de pétales vifs.

— Tu as tant de jolies choses, Izzy.

— Oh, je les ai gagnées au golf, pour la plupart. Elles proviennent de la Waterford Crystal, ceux-là sont des trophées de golf. James en a remporté quelques-uns. Les autres nous ont été offerts. Comme tu sais, James a l'interdiction d'accepter un cadeau au-delà d'une certaine somme, règle qu'il respecte scrupuleusement. Les gens trouvent donc d'autres moyens de le remercier. Je ne sais plus quoi faire de toute cette porcelaine : on croule sous les Belleek. Ils savent que je collectionne les figurines Hummel, j'en reçois sans cesse de nouvelles.

Elle se leva, et Colette l'observa s'approcher du buffet. Son buste était si menu, on aurait dit que les deux moitiés de son corps se mouvaient indépendamment ; ses hanches larges et ses fesses se balançaient. Elle actionna un interrupteur pour éclairer les figurines.

— Ça, c'est *Le Garçon à la flûte,* et ça *La Petite Fille dans un arbre,* et voici ma préférée *Le Garçon avec un mouton.*

Elle les pointait avec une telle afféterie que Colette ne put réprimer un sourire. Elle était charmée par l'attachement qu'Izzy portait à ses figurines, en dépit de leur laideur tape-à-l'œil.

— Je ne te dis pas combien elles coûtent. Ça relève carrément du vice, dit-elle en se rasseyant. Tu te réacclimates bien ?

— Plutôt pas mal. Je me suis organisé un petit chez-moi au cottage. Il commence à faire frisquet, mais je suis sûre que je m'en accommoderai.

— Reste au chaud quand même, il n'y a rien de plus affreux que le froid. J'espère que tu as une bonne collection de plaids et autres couvertures ?

— Oh, j'ai une bonne constitution.

Izzy opina en souriant.

— Et ton poste à l'université ?

— C'était une vacation de six mois. Il a fallu que je postule et tout ça, mais la dotation se limitait à quelques mois. Ce n'est pas plus mal, je peux me consacrer à mon propre travail.

— Et tu avances comme tu veux ?

— Autant que possible. Le boulot, c'est le boulot. Les gens s'imaginent que nous, les auteurs, sommes tellement passionnés par notre art que nous nous ruons dès le réveil à notre bureau, alors qu'on connaît aussi des matins difficiles où on rêverait de faire tout autre chose.

— Ah, mince ! C'est compliqué pour toi aussi ? Et c'est ton métier, en plus. Certains jours, quand je m'assieds pour faire mes exercices, c'est le blanc total.

— Ça arrive aux meilleurs d'entre nous.

— Je parie que tu n'as pas trouvé la ville beaucoup changée. Lorsqu'on quitte un endroit, on s'imagine qu'on ne le reconnaîtra pas au retour et, en définitive, tout est à l'identique, dit Izzy en scrutant le fond de sa tasse. Oh, mais si, nous avons un nouveau prêtre. Je sais que tu l'as déjà rencontré. Le père Brian. Une véritable bouffée d'air frais et une sacrée bonne pioche pour la communauté. Pile ce dont nous avions besoin, vraiment. Son prédécesseur était trop onctueux pour être fiable, dit-elle en lui adressant un clin d'œil complice. C'est un ancien policier.

— Qui ?

— Le père Brian. Il a été policier à Dublin pendant des années, puis il a reçu « l'Appel » et il a tout lâché du jour au lendemain.

— Il a certainement plein d'anecdotes à raconter.

— Oui… mais il n'est pas loquace sur le sujet, précisa Izzy, les yeux dans le vague. Rappelle-moi de quel coin du comté de Dublin tu viens ?

— Terenure.

— Lui est de quelque part plus au nord… Drumcondra, je crois.

— En tout cas, il a l'air sympathique et de bonne composition.

— Ah, oui, c'est un numéro. Même James l'apprécie. C'est dire.

— Comment va-t-il ?

— Ça va. C'est toujours un peu délicat de s'intégrer dans une nouvelle paroisse, mais il prétend que les gens sont accueillants et…

— Non. Je parlais de James… Comment va-t-il ?

— Oh, très bien. Égal à lui-même… Débordé, débordé, débordé. Il passe son temps sur la route. Il ne s'arrête jamais : c'est un véritable sacerdoce.

— La politique ?

— La ville, la communauté, le comté. On jurerait qu'il administre l'intégralité du comté, tellement il s'investit. Il y a constamment quelque chose, dit-elle en tapotant sur sa tasse. Tu vas pouvoir obtenir le divorce bientôt, tu sais.

— Quoi ?

— J'ai appris qu'il y aura un nouveau référendum, l'an prochain. Si le vote est favorable, tu pourras divorcer.

— Qui te dit que je souhaite divorcer ?

— Ah, euh… enfin, je voulais dire que… si tu le souhaites, ce sera possible.

— C'est bizarre de penser que l'avenir de mon couple dépend de la décision collective de parfaits inconnus.

— Mince, je suis désolée, Colette. Ne le prends pas mal. J'ai la fâcheuse habitude de dire ce qui me passe par la tête.

Colette fixa son alliance et la fit tourner sur son doigt. Elle se souvenait qu'Izzy fumait, mais il n'y avait aucune trace d'un cendrier ni d'odeur de tabac froid. Elle songea à sortir son paquet de son sac et à le poser en évidence sur la table, histoire de la tenter, mais il aurait été presque sacrilège de fumer dans cette petite bonbonnière.

— Comment vont les garçons ? s'enquit Izzy.

Colette eut subitement l'impression que quelqu'un, derrière elle, avait posé ses grosses mains sur ses épaules. Elle releva la tête et tâcha de se concentrer sur Izzy. La lumière distillée par les fenêtres s'amenuisait déjà. On approchait de cette heure entre chien et loup où Colette se livrait à un marchandage avec elle-même, et elle savait que, dès leur conversation terminée, elle rentrerait au cottage se servir un verre.

— Ronan se porte comme un charme, dit-elle en reposant tasse et soucoupe. Il est à Trinity, maintenant. Études de commerce. On lui a répété mille fois qu'il était libre d'arrêter et faire ce qui lui plaisait, mais je suspecte Shaun de rêver en secret que son fils s'intéresse à l'usine et qu'il en reprenne les rênes un jour. Et notre Ronan est un garçon conciliant. Une qualité appréciable, il ne nous a jamais donné de fil à retordre. C'était chouette quand j'étais à Dublin, j'ai pu profiter un peu plus de lui. On se retrouvait en ville pour déjeuner. Il ne m'a jamais fait le moindre reproche sur ce qui s'était passé. Contrairement à Barry qui me déteste de tout son être.

— Ah, ces ados ! commenta Izzy. Ils sont impossibles ! Orla ne rentre de l'internat le week-end que pour se chamailler avec moi.

L'attitude d'Izzy la désarçonnait, cet acharnement à prétendre qu'elles vivaient la même chose.

— Carl, par contre, je ne lui ai pratiquement pas parlé ces six derniers mois, pas davantage d'ailleurs depuis six semaines, alors qu'on vit à quelques kilomètres de distance. J'ai essayé de raisonner leur père. J'ai téléphoné, je lui ai écrit. J'ai tout tenté, excepté de me prosterner devant la maison. J'ai besoin de voir mon fils. Et je n'ai pas l'intention d'aller me suspendre à la grille de l'école comme une cinglée. Il a assez souffert comme ça.

— Tu as consulté un avocat ?

— Je n'ai pas envie d'emprunter cette voie pour le moment.

— Mais si Shaun t'empêche de voir tes fils…

— J'ai besoin de ton aide.

Izzy la considérait en silence.

— Carl et Niall sont amis, dit Colette. Je me disais que peut-être…

— Plus autant qu'avant.

— Quoi ?

— Honnêtement, je croyais que tu étais venue à cause de ça. En voyant le bouquet, j'ai pensé que c'était une sorte de gage de paix.

— Carl a fait quelque chose ?

— Ils se sont disputés et salement bagarrés dans la cour. Una Mallon a ramené Niall à la maison avec coquard.

— Et c'est Carl qui l'a provoqué ?

— Non, ils sont tous les deux fautifs, mais ça ne ressemble pas du tout à Niall.

— À Carl non plus.

— Niall m'a dit que Carl ne lui parlait plus depuis quelques mois et, quand je lui ai demandé pourquoi ils s'étaient battus, il a répondu que c'était à cause de toi.

— Moi ?

— Carl a vanné Niall et Niall a dit un truc sur toi, et c'est parti en vrille.

— Mais comment Niall est au courant ?

— Oh, il l'aura appris d'un autre môme.

— Mais les enfants… pourquoi sauraient-ils…

L'expression d'Izzy changea du tout au tout, Colette avait l'impression de découvrir son vrai visage.

— Colette, c'est naïf de ta part de penser que ton histoire n'a pas fait le tour de tous les foyers.

« Une sale traînée », c'est ainsi que Barry l'avait appelée.

— Je me suis montrée naïve sur bien des choses. Et je suis prête à réparer ce que j'ai cassé. J'ai besoin d'une heure avec mon fils, pour lui parler et lui donner ma version de l'histoire. Tu pourrais emmener les garçons en balade, quelque part où on ne risquerait pas de tomber sur une connaissance. Donne-moi le lieu et l'heure, et j'apparaîtrai comme par hasard.

Je m'isolerai avec Carl pour lui parler et te le redéposerai dans l'heure. Izzy, tu ne peux pas imaginer l'enfer que c'est d'être soir après soir dans ce cottage en sachant ma famille toute proche.

— Pourquoi es-tu partie, alors ?

— Je me suis tellement trompée… Je ne saurais même pas comment t'énumérer la liste de mes erreurs. Pour commencer, je suis partie avec cet homme qui en définitive s'est révélé le type le plus crétin et le plus lâche que j'aie rencontré dans ma vie. Je pensais emmener Carl avec moi, démarrer une nouvelle vie avec cet homme, que Shaun ne s'y opposerait pas, et que cela nous rendrait plus heureux tous les deux. Puis quand tout s'est écroulé, j'ai passé deux mois à me morfondre dans la chambre d'amis de ma mère au lieu de sauter dans ma voiture et de venir retrouver mes garçons. Je me suis trompée sur toute la ligne.

— Colette, tu penses vraiment que je vais sillonner le pays pour faciliter tes rendez-vous clandestins ? Qu'est-ce que tu crois qu'il va se passer ? Les enfants sont incapables de garder un secret : à peine rentré, Carl ira raconter à son père qu'il t'a vue. Tu penses aux conséquences pour toi ?

— Tu ne connais pas Carl aussi intimement que moi. Quand bien même il racontait tout à Shaun, cela aurait au moins le mérite de l'obliger à me parler. Ça ferait avancer les choses. En l'état actuel des choses, j'ai l'impression que je ne reverrai jamais mon fils. Et, tu ne faciliterais pas des « rendez-vous clandestins », comme tu dis. Tu faciliterais une rencontre entre une mère et son enfant. Tu as peur que je m'enfuie avec lui ?

— Non, je sais que tu ne toucherais jamais à un cheveu de sa tête.

— Tu ferais quoi, toi, si James t'empêchait de voir Niall ?

— Et si James l'apprend ? Nous serions deux à avoir des problèmes de couple.

— Ah, c'est donc ça, dit Colette en se levant du canapé. Tu tiens à préserver ta tranquillité.

Izzy posa ses mains sur ses cuisses en fixant la table devant elle.

— Très bien, conclut Colette en récupérant ses clés de voiture dans la poche de son cardigan. Si tu ne veux pas m'aider, je comprends. Je me devais de tenter le coup. Je n'aborderai plus le sujet. Et je ne veux surtout pas que cela complique nos relations à l'atelier, ou que tu imagines que tu n'y es plus la bienvenue. Je suis contente que tu viennes. Sincèrement. J'oublie tout, si tu le peux aussi.

Izzy opina sans quitter le plateau des yeux. Colette se sentit subitement géante, elle la dominait de toute sa hauteur. Elle jeta un coup d'œil au buffet et aux figurines avec leurs petits visages joufflus, l'étrange scène pastorale qu'elles composaient sur les étagères. Puis elle reporta son regard sur Izzy, assise fièrement, le dos bien droit, jambes croisées. Colette se mordit la langue pour ne pas lui balancer qu'elle connaissait quelqu'un qui rêvait de divorcer, et que ce n'était pas elle.

8

Ce vendredi, la flotte était rentrée au port chargée de poissons. À minuit, les pubs de la ville n'avaient pas désempli. Lorsque sonna l'heure de la fermeture, le propriétaire du Reel Inn verrouilla les portes et éteignit le néon extérieur afin de permettre au contingent des gros buveurs de continuer à picoler sans éveiller l'attention de la police. Parmi eux se trouvait Michael Breslin, le boucher de la ville. À quarante-cinq ans, Michael vivait toujours chez sa mère et blaguait volontiers sur le fait qu'il était peu probable qu'il abandonne un jour ses habitudes de célibataire. Chaque jour ou presque, il ôtait son tablier ensanglanté et rentrait se débarbouiller à la va-vite au lavabo, changeait de chemise et de veste et filait au pub.

Il adorait se donner en spectacle, et un groupe s'était formé autour de lui. Ses comparses l'observaient scrupuleusement pour pouvoir l'imiter ensuite. Michael avait un fort accent du Donegal, c'était un grand gaillard qui occupait beaucoup d'espace. Un personnage facile à singer. Il se lança dans le récit du fameux jour où, en route pour la finale de football gaélique, son bus était tombé en panne, l'obligeant à regarder le match dans un pub à Kells. Il reparla de cette fois où il avait fait une insolation pendant la Coupe du monde en Italie. Les rires fusaient, on se congratulait, le whisky glissait dans les gosiers. Vers quatre heures du matin, Donal Mullen fit ses adieux et les hommes portèrent un toast à sa santé. À peine avait-il passé la porte qu'ils le traitaient de fripouille parce qu'il avait installé Colette Crowley dans son cottage. De retour au bercail, il pourrait se taper Colette si l'envie lui en prenait, et laisser en paix sa maigrichonne de bonne femme. Ou bien se les taper toutes les deux. Il avait le choix, à présent, c'était l'avantage d'avoir une c-c-c-c… à disposition. Aucun des hommes n'était assez sobre pour songer à « concubine ». Et ils levèrent en chœur leurs verres à la belle Colette.

Michael étant saoul comme rarement, il se dit qu'il serait sage de lever le camp. Pourtant, il resta vissé au bar. Une pensée s'était enracinée dans son esprit, Colette Crowley solitaire au cottage, et cette pensée le faisait se sentir seul. Il se trouva à court de mots, il avait l'impression qu'il n'arriverait plus jamais à ouvrir la bouche. Il essayait de rire aux bons moments et parvint à se réimmiscer dans la conversation ; parler était la seule chose qui le maintenait encore debout, ça et Colette. Quand on leur montra enfin la sortie, Michael ne se dirigea pas vers la maison où sa mère dormait paisiblement, il tourna à droite et longea le rivage. C'était une nuit nébuleuse, peu fraîche pour la saison, Michael ne songea pas même à enfiler son manteau avant d'entamer l'ascension de la route de la côte.

Les lumières de la jetée s'éteignirent derrière lui. Tout autour, les champs formaient une zone opaque, comme si Michael était encerclé par l'océan. Mais quiconque l'observant aurait pu témoigner qu'il avait l'air d'un type qui savait où il allait. Certes, il tituba un peu dans l'allée du cottage, mais il était animé par un but, cela ne faisait aucun doute. Et, arrivé à bon port, Michael pila si brutalement qu'il aurait pu enfoncer la porte s'il ne s'était pas retenu au montant.

Dès lors qu'il eut atteint sa destination, il se sentit plus sobre qu'il ne l'aurait voulu. Un peu malade aussi, comme souvent après une beuverie, malgré un entraînement certain à la boisson. Mais à cette heure, d'ordinaire, il se tournait et se retournait dans son lit en attendant que l'alcool s'évapore, il n'était pas planté devant la porte d'une femme au beau milieu de la nuit. Il ne savait d'ailleurs plus exactement pourquoi il était là. Il essaya sans succès de s'inventer une bonne raison, un prétexte expliquant qu'il avait parcouru cinq kilomètres à pied jusqu'ici, au petit matin. Il frappa trois coups à la porte.

Rien. Il toussa, toqua encore trois fois et perçut du mouvement à l'intérieur.

— Qui est-ce ? demanda une voix perchée, mi-craintive, mi-agacée.

Michael avait beau s'efforcer d'articuler correctement, il s'exprimait de manière brouillonne. Alors il s'appliqua un peu plus.

— Colette, c'est moi, fit-il.

— Qui ?

— C'est moi, Michael Breslin.

Il mesurait le ridicule de sa réponse.

— Je peux te parler ?

— Michael, qu'est-ce que tu fous ici au beau milieu de la nuit ?

Il entendit le cliquetis du verrou. Elle entrouvrit la porte, la chaîne était mise. Ses yeux bleu pâle brillaient dans le noir.

— Je peux entrer ?

— Pour quoi faire, Michael ? Bon sang, qu'est-ce que tu veux ?

Comme il échouait à fournir un motif ou une réponse sensée, il se vit congédier.

— Rentre chez ta mère, Michael, avant que j'appelle les flics.

La porte lui claqua au nez. Michael pivota sur ses talons ; la ville lui paraissait beaucoup plus loin, à présent. Il esquissa quelques pas exploratoires et entama sa longue marche vers la maison.

Izzy avait accepté de déjeuner avec Teresa Heffernan au club-house après leur parcours, et elle commençait sérieusement à le regretter. Elles avaient mal joué, en grande partie à cause des commérages de Teresa, de l'avis d'Izzy. Il y avait du vent et, décidée à se faire entendre, elle n'avait pas cessé de hurler tout du long. Bert Harvey avait ajouté une extension à sa maison sans permis de construire, résultat, les instances régionales s'apprêtaient à la démolir. Le fils de Fionnuala Dunleavey avait fracassé sa voiture contre un mur. « Il était défoncé, avait précisé Teresa. Un miracle qu'il n'ait rien eu. » Izzy avait suspecté une tactique, une stratégie pour la déconcentrer. Elle avait raté quatre coups sur le deuxième neuf, Teresa avait gagné, et Izzy était en pétard contre elle-même. Assise dans la salle bondée du club-house devant une table jonchée de serviettes en papier chiffonnées, de théières et de corbeilles en aluminium remplies de sandwichs à moitié mangés, elle s'en voulait de continuer à s'infliger le flot de paroles apparemment intarissable de Teresa, quand celle-ci en vint au cas de Colette Crowley.

— Et tu as gobé ça ? demanda Izzy.

— Ben, Andrew est ami avec l'ex-apprenti de la boucherie, Michael lui a raconté qu'il était allé là-bas samedi dernier et qu'elle l'avait laissé entrer. Plusieurs personnes l'ont vu partir dans cette direction à la fermeture du Reel Inn. Elle tient une sacrée forme.

— Tu penses sérieusement que Michael Breslin s'est présenté au cottage au beau milieu de la nuit et que Colette a laissé ce crétin obèse lui monter dessus ?

— Ne m'engueule pas, l'arrêta Teresa, sourire en berne. Je te répète seulement ce que j'ai entendu.

— Eh bien, tu ferais mieux de t'abstenir de propager ce genre d'âneries.

— Écoute, c'est juste une blague.

— Juste une blague ? Cette pauvre femme a dû avoir la trouille de sa vie. Imagine qu'un type vienne frapper à ta porte en pleine nuit !

— Si seulement j'avais cette chance, marmonna Teresa.

— Punaise, je rêve ou il n'y a qu'une serveuse, aujourd'hui ? Tiens, essaie de capter son attention.

Izzy tendit une pile de corbeilles vides à la serveuse qui passait, une queue-de-cheval noire bondissant dans son dos.

— Elle repart chaque fois les mains vides, pesta-t-elle en reposant les corbeilles sur la table.

— Bien sûr, tu connais mieux Colette que moi.

— Et je sais qu'elle ne voudrait jamais frayer avec un mariole comme Michael Breslin. Ce type est une véritable plaie quand il a bu.

— Bon, très bien, dit Teresa, oublie ce que j'ai dit.

Elles passèrent au chapitre de Noël et de leurs invités ; le frère de Teresa faisait le voyage d'Australie pour la première fois en quinze ans ; elles détaillèrent la longue liste de ce qu'elles auraient à acheter, cuisiner et astiquer, mais Izzy n'arrivait pas à se sortir Colette de la tête.

L'air sec de la salle lui irritait la gorge. Il faisait trop chaud pour qu'elle garde son pull, Izzy l'avait posé sur une chaise à côté d'elle et arborait un chemisier en satin crème trop chic, auréolé de sueur sous les aisselles. Elle observait Colette, assise face à elle dans une longue jupe en tartan ornée d'une énorme épingle à nourrice censée la maintenir en place. On aurait cru une vieille couverture récupérée au dos d'un fauteuil. Elle avait croisé les jambes et battait l'air avec ses bottes noires à talons hauts, dont le cuir, remarquait

Izzy, se décollait à un endroit et bâillait telle une petite bouche.

C'était le cinquième atelier. Au fil des semaines, le groupe était monté à huit participants et avait de nouveau fondu à cinq. Eithne, Fionnuala et Thomas répondaient toujours présents. Helen Flynn, une enseignante à la retraite, s'était jointe à eux à la troisième séance, mais elle ne participait quasi jamais et fuyait leurs regards. À l'occasion, quand elle arrêtait de se cacher derrière son carnet et les regardait à travers ses lunettes rondes à monture invisible, sa contribution se limitait à des jérémiades sur les difficultés rencontrées avec ses devoirs.

Le cours s'ouvrit, sans surprise, par des considérations logistiques.

— Colette, dit Eithne, je sais que j'ai demandé qu'on monte le chauffage, mais j'ai l'impression qu'ils l'ont carrément poussé à une température invivable.

Elle était perchée sur sa chaise, un pied nu posé sur le genou, une posture proche du demi-lotus, et se balançait doucement d'avant en arrière en s'éventant avec son carnet.

— Il caille dehors aujourd'hui, ce n'est pas bon pour l'organisme de passer d'un extrême à l'autre.

— C'est la faute à cette satanée ménopause si ton corps passe par des extrêmes, fit remarquer Fionnuala.

— Sans doute, mais cette chaleur n'aide pas.

— Vous êtes allée voir votre médecin ? s'enquit Thomas.

— Je me souviens de cette phase, dit Helen. Un vrai supplice.

Eithne les ignora et continua à s'éventer.

Colette referma son carnet et lui adressa un sourire contrit. Ses yeux paraissaient la piquer, comme si elle se réveillait et s'accoutumait à la lumière.

— Bon, toutes mes excuses pour cette étuve. J'ai fait le tour des convecteurs mais ils sont bloqués, semble-t-il, il va falloir que j'aie une petite discussion avec le gardien, qu'il arrange ça pour la prochaine fois.

— Colette, intervint Thomas, je pourrais peut-être jeter un coup d'œil…

— Et si nous nous mettions plutôt au travail, Thomas, cela suffira à nous le faire oublier. Bon, comment vous en êtes-vous sortis avec vos travaux ?

L'exercice avait donné du fil à retordre à Izzy. Depuis qu'elle participait à l'atelier, elle avait écrit plusieurs poèmes et textes courts. Elle les jugeait nettement au-dessus du lot, un sentiment conforté par les commentaires de Colette. Mais ce nouveau défi exigeait d'elle encore plus et, après plusieurs tentatives infructueuses, elle avait tout bonnement jeté l'éponge.

Les commentaires d'Orla n'avaient rien arrangé. Sa fille rentrait de son internat à Sligo le vendredi soir, hormis quand elle se rendait chez l'une de ses amies. Les week-ends se déroulaient rarement sans anicroches, le plus souvent déclenchées par une remarque d'Izzy sur le physique de sa fille. Elle ne cherchait pas à la blesser mais, si elle n'intervenait pas, elle pressentait qu'Orla continuerait à ignorer ses kilos en trop. Elle exprimait son inquiétude via de petites piques obliques, qu'elle regrettait aussitôt prononcées. « L'argent qu'on te donne, c'est pour tes fournitures, pas pour que tu boulottes des cochonneries », avait-elle glosé quand Orla s'était plainte de ne plus rentrer dans son jean. Le dimanche soir, elle avait regagné son pensionnat en se jurant de ne plus adresser la parole à sa mère.

L'inciter à réfléchir sérieusement à son avenir était un autre de ses défis. Quand James n'était pas dans les parages, Izzy prenait un malin plaisir à la tourmenter : « Tu veux te retrouver coincée dans ce bled et mariée à un crétin pour le restant de tes jours ? » Orla était brillante, elle pouvait faire tout ce qu'elle désirait, dans la limite du raisonnable. Elle n'aurait probablement pas le niveau pour faire médecine ou véto ou un de ces prestigieux cursus, mais elle pouvait devenir avocate ou comptable, des jobs agréables où on ne se salissait pas les mains.

Si Orla n'avait pas d'opinion sur sa future carrière, elle en avait pléthore sur un paquet d'autres sujets. En cherchant quelque chose, elle était tombée sur le carnet qu'Izzy avait rangé dans un tiroir de la cuisine.

— C'est quoi ça ?

— Mes travaux, avait répliqué Izzy avec une préciosité exagérée.

— Tes travaux ? Tu t'es encore inscrite à un de ces cours ? Ça en fait combien, maintenant ? Peinture à l'huile, aquarelle, yoga, tai-chi, tricot…

— Occupe-toi de tes affaires, tu veux ? C'est un atelier d'écriture, si tu tiens à le savoir.

— Un atelier d'écriture ?

— Ouais… Tu n'as jamais entendu parler de ça, hein ? Il faut sortir, ma fille.

Orla avait pouffé de rire. Elle avait ouvert un petit pot de yaourt, léché le dos du couvercle, et s'était employée à le manger avec le manche d'une cuillère à soupe. Elle s'en était collée jusque sur le bout du nez.

— Qu'en dit papa ?

— Oh, il s'en fiche, du moment que je n'écris rien sur lui.

— Et vous *écrivez* sur quoi ?

Izzy avait croisé les bras sur sa poitrine et enlacé ses épaules. Puis elle avait fermé les paupières.

— On écrit sur des nuits de passion débridée et d'abandon, quand dans les premières affres de l'amour, on arrache nos vêtements et…

— Stop, maman !

Izzy avait décoché un sourire à sa fille.

— Sérieusement, vous écrivez sur quoi ?

— Oh, sur tout et n'importe quoi. Parfois sur des choses très triviales. Thomas Patterson écrit des poèmes d'amour à sa femme – des trucs assez sexy, en fait. Quand elle s'en donne la peine, Fionnuala Dunleavy fait des rimes sur l'art de la vaisselle. Eithne Lynch, sur les auras. Ça ne t'étonne pas, j'imagine. Colette nous donne des exercices à faire et on doit s'y plier.

— Colette Crowley ?

— Oui.

— Cette cinglée de Colette Crowley, la poète officielle d'Ardglas ?

— Qu'est-ce qui te prend de parler d'elle comme ça ?

— Bah, t'as vu sa touche, avec ses gros pulls et ses grandes jupes en laine ? Sans parler de ses tifs, je parie qu'elle se les coupe elle-même.

— Ah, tu vas te taire, oui ? C'est une très belle femme, disons qu'elle a un look bohème.

— Quel genre d'exercices elle vous donne ?

— Ben… cette semaine, elle nous a demandé de rédiger un éloge funèbre, le nôtre ou celui d'un personnage fictionnel…

Orla avait ouvert de grands yeux en retirant la cuillère de sa bouche.

— Si c'est au-dessus de nos forces, on a toujours l'option de s'en tenir à notre épitaphe.

— Merde alors ! avait dit Orla en martelant chacun de ses mots.

— Orla, je te préviens, si tu utilises encore ce langage, je vais te faire avaler une savonnette.

— Elle vous demande d'écrire sur votre propre mort ?

— On peut aborder le sujet sous la forme que l'on souhaite…

— Mince, moi qui pensais que vous vous borneriez à décrire des fleurs et des couchers de soleil, ou des trucs du genre « mon cœur est lourd parce que je dois cuisiner le dîner[1] » ! avait-elle commenté en abandonnant son pot de yaourt sur le comptoir. Beurk ! Des femmes au foyer qui s'amusent à écrire des poèmes sur leur enterrement... Et vous vous les lisez, après ?

Plus tard dans la soirée, alors qu'ils étaient couchés, Izzy avait rapporté à James leur conversation et les moqueries de leur effrontée de fille, et il s'était contenté de ricaner. Quand elle avait éteint la lumière, il s'était tourné vers elle et avait caressé son ventre. « Dis, si on faisait ce que font les poètes ? » avait-il murmuré d'une voix suave. Et Izzy avait roulé sur lui en se tortillant de rire.

Assise dans cette salle surchauffée, elle sentait son chemisier lui coller à la peau tandis que Thomas Patterson lisait un texte dans lequel il était question d'une tombe portant son nom. Elle saisissait à présent pourquoi sa fille la jugeait pathétique. C'était de la pure vanité, rien d'autre : la dame intelligente et sophistiquée l'avait convaincue qu'elle était intéressante et, en bonne élève, elle avait fait ses devoirs, participé et joué le jeu. Jusqu'au jour où Colette s'était pointée dans son salon et l'avait écoutée pérorer, parler bibelots et trophées de golf, et elle s'était sentie démasquée, insipide, et pas du tout à la hauteur de la tâche. Impossible néanmoins d'ignorer cette autre facette d'elle-même que Colette lui avait

1. Parodie de la chanson « A Woman's Heart » d'Eleanor McEvoy sur l'album éponyme d'un collectif de chanteuses, la meilleure vente de l'histoire de la musique irlandaise.

révélée. Izzy était donc revenue pour tenter une nouvelle fois de prouver à cette femme, dont elle savait si peu, qu'elle ne s'était pas fourvoyée en lui prodiguant ses louanges et ses faveurs.

— Désolée, Thomas, mais je dois vous interrompre, intervint Colette en levant sa paume ouverte, tout sourire. On doit limiter nos interventions à dix minutes par personne sans quoi nous allons manquer de temps.

Thomas marmonna quelque chose dans sa barbe et replia ses pages au beau milieu de son récit.

— Alors, demanda-t-elle, quelqu'un souhaite donner son avis sur le texte de Thomas ?

Izzy l'avait trouvé si ennuyeux qu'elle avait fermé ses écoutilles au bout de deux minutes.

— C'était très expressif, dit-elle. Le passage où le corbeau le conduit à la tombe et se pose dessus…

— Un truc à vous faire froid dans le dos, la coupa Helen en décochant une moue de dégoût à Thomas.

— Eh bien, Helen, intervint Colette, la fiction est un bon moyen d'explorer les méandres obscurs de la psyché. Cela m'a rappelé Edgar Allan Poe : le pressentiment, la symbolique, le schéma classique d'un homme confronté à sa propre mort.

— Le schéma classique d'un truc que j'ai déjà lu des centaines de fois.

— Fionnuala, intercéda Colette, pourriez-vous formuler cela autrement ?

Thomas fusillait Fionnuala du regard.

— Ben, c'est toujours la même chose avec ces histoires d'horreur : le type rencontre son propre fantôme, le type croit qu'il est vivant mais il est mort, le type entrevoit sa propre mort…

— Oui, abonda Colette, nous avons déjà évoqué ce point, le recours aux archétypes, le fait qu'il existe un nombre limité d'histoires et qu'il ne tient qu'à nous de créer quelque chose d'original à partir des éléments qui nous sont donnés…

— Si vous m'aviez permis de lire jusqu'au bout, vous auriez découvert que mon récit prend une direction vraiment différente de celle à laquelle on s'attend, renchérit Thomas.

— La date gravée sur la tombe est située dans le futur, et à la fin, il meurt à ladite date, conclut Fionnuala.

— Ben ça, je ne l'avais pas vu venir, commenta Helen.

Thomas jeta ses feuilles sur la table.

— Et quel genre de fiction originale et révolutionnaire avez-vous écrite, Fionnuala ? demanda-t-il.

— Je n'ai pas eu une minute à moi de toute la semaine. J'ai deux ados à la maison, quand l'un ne s'amuse pas à claquer les portes, je dois conduire l'autre à son entraînement de foot. Je n'ai pas eu un instant à consacrer à une histoire.

— Je le répète chaque semaine, dit Colette, vous n'êtes pas obligés de présenter un texte pour participer – vous êtes toujours les bienvenus ici –, je vous demande en revanche de veiller à faire des critiques aussi constructives et respectueuses que possible. Poursuivons.

Eithne Lynch lu son texte, « La vie après la mort », un poème sur les « multiples de soi », ses multiples réincarnations passées et ses multiples réincarnations futures. Elle se représentait comme le « vaisseau » charriant ces vies successives et trouvait en définitive « refuge dans son propre ventre ». Personne ne sut vraiment quoi en dire. Fionnuala s'était mise à gigoter sur sa chaise et tirait sur les manches de son pull. Helen prit le relais avec « Deirdre des douleurs[1] », évoquant l'effroi provoqué par le trépas de la jeune Deirdre. La pluie tombait dru, le vent soufflait, les animaux mugissaient... de manière générale, la nature se déréglait. Mais, en dépit de l'énorme impact de sa mort, personne ne se présentait à ses funérailles. Typiquement son genre et, après que Colette eut livré son commentaire et demandé au reste du groupe s'ils avaient quelque chose à ajouter, Fionnuala, n'y tenant plus, balança à Helen qu'elle serait bien inspirée de rentrer et de s'offrir une partie de jambes en l'air avec son homme. Même Helen en rigola.

— Veux-tu partager avec nous ce que tu as écrit, Izzy ? demanda Colette.

— Je crains d'avoir un peu bloqué sur cet exercice, répondit-elle en consultant son carnet.

— Pas de souci.

1. Titre d'une pièce du dramaturge John Millington Synge mettant en scène Deirdre, une jeune fille d'une grande beauté, figure tragique de la mythologie celtique irlandaise.

— Enfin, ce que j'ai écrit est très bref, rien ne m'est venu vraiment.

— Pas de souci, tu n'es pas obligée de le lire, peu importe si c'est court, nous ne sommes pas ici pour juger.

C'est précisément ce pour quoi vous êtes là, songea Izzy.

— Eh bien, puisque je tournais en rond autour de la même idée, j'ai essayé de la transcrire en une sorte de haïku, comme tu nous l'as appris.

— Intéressant, c'est plus complexe que ça en a l'air, n'est-ce pas ?

— Mais finalement, tout ce à quoi j'ai abouti se résume à deux lignes : la deuxième et la dernière.

— OK, Izzy. Nous t'écoutons.

Izzy considéra les visages de ses camarades, suspendus à ses lèvres. Elle baissa de nouveau les yeux sur son texte.

— *Sur sa tombe était écrit / Elle est morte inaccomplie*, lut-elle.

Le silence s'allongea autour d'elle et se propagea hors les murs jusqu'à envelopper la nuit dehors ; Izzy avait l'impression de glisser dans un vide immense de silence. Elle sentait le regard de Colette posé sur elle et, quand elle releva la tête, celle-ci la fixait avec intensité, comme si Izzy était son horizon, le point qui la maintenait en équilibre.

— Je le trouve vraiment très beau, Izzy, dit-elle. Votre avis ?

Ses camarades remuaient sur leurs chaises.

— Je ne vois pas ce qu'on peut ajouter à cela, concéda Fionnuala en reluquant ses genoux. Tout est dit.

— Bravo, Izzy, tu nous as laissés sans voix. Puis-je te suggérer d'essayer autre chose ? Et si tu l'écourtais un peu ? Si tu écrivais tout simplement : « Morte inaccomplie ». Comme un titre à partir duquel rebondir. La suppression du pronom, de l'identifiant « elle », t'autoriserait plus de distance, une plus grande liberté pour explorer les images associées à cette idée et conférer plus de profondeur poétique. Mais bravo, vraiment.

Izzy s'attarda à la fin du cours. Colette était en train d'empiler une chaise rouge sur une autre et s'arrêta subitement.

— Tu sais, Izzy, je pense que je vais me souvenir longtemps de ces mots, dit-elle en tripotant sa lèvre inférieure.

— Colette…

Elle se délesta des chaises qu'elle déplaçait.

— J'ai prévu de faire une virée avec les garçons à Bundoran, samedi. Je les emmènerai s'amuser une ou deux heures à Waterworld et ensuite on ira manger un morceau au Great Northern. Je ne pense pas qu'il y ait grand-chose d'autre à faire dans le coin en cette saison : la fête foraine devrait ouvrir quelques heures dans l'après-midi. Bref, on sera au Great Northern à seize heures.

Colette inclina la tête et ferma les yeux.

— Merci.

Izzy ramassa son sac en toile, salua Colette, puis sortit dans la nuit froide. Une fois la porte refermée derrière elle, elle se sentit à nouveau dériver dans le silence. Un peu chancelante, elle marcha dans le noir jusqu'à sa voiture.

9

Lorsqu'une quatrième lettre adressée à Colette échoua sur son paillasson, Donal sortit de ses gonds. Il ouvrit la porte pile au moment où le facteur remontait dans sa camionnette.

— Hé, fit-il en agitant l'enveloppe, tu ne sais pas lire ou t'es trop fainéant pour la monter toi-même là-haut ?

Le facteur se contenta de le regarder, ébahi, sans faire mine de redescendre de son véhicule et de récupérer le courrier.

— Laisse tomber, lâcha Donal en claquant la porte.

Il s'empara des trois autres lettres dans le tiroir de l'entrée et rejoignit son van. Les enveloppes étaient du même papier marbré gris et portaient la même écriture : il les avait gardées plusieurs semaines.

Le cottage était devenu une zone interdite. Il s'était attiré assez d'ennuis comme ça, ces derniers temps. Donal avait installé l'électricité dans une extension pour une nana de Donegal Town et, à peine entré chez elle, il avait tout de suite perçu qu'elle n'était pas heureuse. Le matin, son mari parti et les enfants à l'école, elle flottait dans sa maison comme si elle hantait sa propre vie. Évaluant les risques d'amorcer quelque chose, il en était venu à la conclusion qu'elle avait autant à perdre que lui. Mais après qu'ils avaient couché ensemble plusieurs fois, elle avait commencé à se faire des idées. À la fin du chantier, il lui avait déclaré que c'était la conclusion naturelle de l'histoire, une opportunité de sauver leurs mariages sans provoquer de dommages irréparables. Il avait feint de le vivre comme un grand sacrifice, pensant qu'elle n'aurait d'autre choix que d'imiter son courage. Au lieu de quoi, elle s'était jetée sur lui et l'avait supplié en s'agrippant à lui ; Donal avait dû l'attraper par les poignets pour l'arracher de sa poitrine. Et ce qu'il avait lu à ce moment-là dans ses yeux correspondait à la juste dose nécessaire de peur.

Trop proche. Trop proche pour que ce soit jouable, se dit-il en contemplant le cottage à travers la pluie fine qui mouchetait son pare-brise. Le genre d'histoires qui démarrent sur un coup de tête et se terminent par des coups de téléphone à la maison et Dolores qui le fixe en écoutant le silence à l'autre bout fil. Ça virait presque à un truc administratif, un truc de plus à gérer, et lui collait le même stress que celui qu'il éprouvait le dimanche soir quand il pensait à tout le boulot qui l'attendait dans la semaine. La distance était un élément crucial, avait-il décrété, il s'interdirait désormais de prendre une maîtresse à Donegal Town ou Ballybofey, ou même à Letterkenny. À partir de maintenant, il attendrait de se trouver dans le comté voisin avant de songer à entamer quoi que ce soit.

C'était la moindre des choses de garder les ennuis loin de son paillasson. Il s'interdisait de penser trop souvent à Colette ; une femme étrange qui se comportait comme une adolescente, qui roulait ses cigarettes et laissait sa chambre en bazar. De toute façon, elle n'était pas vraiment son type, elle était trop grande pour commencer, et elle avait pris de l'embonpoint avec les années. Mais elle était séduisante, c'était indéniable. Il n'était pas assez idiot pour se lancer dans une liaison avec sa locataire, même s'il entrevoyait pourquoi une femme telle que Colette, l'énigme qu'elle incarnait, pouvait inciter un homme à se conduire comme un crétin. Elle avait d'ailleurs trompé un spécimen aussi futé que Shaun Crowley.

Il saisit l'enveloppe au cachet le plus ancien. Il la retourna, coinça le pouce dans un des angles et l'ouvrit. Il en sortit des pages manuscrites numérotées jusqu'à douze, la dernière étant signée « John ». Il peinait à déchiffrer l'écriture, seuls certains passages lui apparaissaient clairement. Ils décrivaient son chagrin d'avoir perdu Colette, l'homme utilisait des mots comme « affligé » et « désarmé ». Cette phrase, par exemple : *La courbe de tes seins est pareille à une planète en orbite.* Certaines étaient écrites en vers, d'autres étaient rayées. Certaines centrées sur la page. Elles émanaient clairement d'un type qui perdait la boule. Donal n'avait jamais rien lu de tel. Colette s'était aussi payé la tête de ce pauvre John. Et il ne s'agissait là que des lettres qui avaient atterri chez lui par accident. Il la rangea dans la boîte à gants. Il la jetterait plus tard à la poubelle. Elle n'avait pas connaissance de son existence, elle aurait tout aussi bien pu être égarée par la poste. Au moins, il n'aurait pas à lui expliquer pourquoi il l'avait conservée si longtemps.

Il remonta l'allée menant au cottage. La voiture de Colette était garée devant, mais les rideaux de la chambre étaient tirés. Il regarda par la fenêtre de la cuisine. Sur la table trônait un épais paquet d'enveloppes du même gris, coincé entre le vase et le chandelier. Peut-être était-elle partie se promener sur la plage, il savait qu'elle en avait l'habitude, ou elle traînait au lit. Il l'imagina venir lui ouvrir en aplatissant ses mèches ébouriffées, ensommeillée, dans une vieille robe de chambre, et la chaleur qui émanait de son corps. Il leva le poing pour frapper à la porte et se ravisa. Il glissa les lettres dans la fente et les entendit atterrir en douceur de l'autre côté. En reculant d'un pas, il découvrit le petit écriteau en bois qu'elle avait accroché sur la façade, *Innisfree* était écrit en lettres blanches.

Il hasarda un nouveau coup d'œil en longeant la fenêtre, tâchant de noter le plus de détails possible, conscient qu'elle pouvait l'observer depuis l'intérieur en attendant qu'il s'en aille. Il remarqua deux cartes d'anniversaire près du four micro-ondes, des bouteilles de vin et de vodka vides à côté de la poubelle. Sur le comptoir, il repéra une pile de cassettes à côté d'un magnétophone. Parfois, lorsqu'il levait la tête en direction du cottage, il la voyait danser, sauter dans la pièce, secouer la tête dans tous les sens, si bien que ses boucles brunes s'enroulaient autour de son visage. Quoi qu'elle écoute, elle s'abandonnait corps et âme à la musique. Et il éprouvait de la gêne, un peu de dégoût même, qu'elle puisse s'oublier à ce point, se donner ainsi en spectacle.

Il remonta dans son van et démarra. À l'approche de Noël, il avait un planning chargé ; c'était bon d'être sur la route plutôt que coincé à la maison avec Dolores qui lui radotait que tel ou tel de leurs mômes avait besoin de nouvelles chaussures. Ce matin, quand il lui avait annoncé qu'il partait sur un chantier à Letterkenny, elle lui avait tendu une liste de cadeaux à acheter au centre commercial. Il était grand temps qu'ils s'y mettent et cachent les jouets au grenier avant que les enfants commencent à jouer les curieux, avait-elle dit. Comme s'il avait besoin qu'on lui rappelle ce qu'était sa vie, un cycle sans fin de Noëls et de baptêmes, de confirmations et de communions.

Il s'était marié à vingt et un ans : sur la photo de leurs noces accrochée dans l'entrée, il avait l'air d'un type avec un revolver pointé dans le dos auquel on avait ordonné de sourire. Mais il s'était consolé en songeant que, une fois Dolores épousée, jamais plus il ne connaîtrait de mauvais jours. Mick et Eileen McNally avaient débarqué de Howth à l'époque dorée où l'Union européenne distribuait des chalutiers à qui voulait. En l'espace d'une décennie, ils étaient devenus millionnaires. Mais, si les McNally étaient vulgaires et sans-gêne, ses parents à lui étaient des gens pieux et discrets. Ils comptaient parmi les plus religieux d'Ardglas et avaient été sacrément embarrassés d'apprendre qu'il avait mis Dolores enceinte alors qu'ils sortaient ensemble depuis quelques mois à peine. Donal avait songé à fuir en Angleterre. Au lieu de cela, il s'était saoulé pendant trois jours. Le troisième soir, Mick avait débarqué dans la boîte du Harbour View et l'avait tiré par le col de la chemise jusque derrière l'hôtel, dans l'allée sombre qui empestait une odeur d'ordures en putréfaction. Mick l'avait cloué contre le mur humide et lui avait dit que s'il n'épousait pas Dolores, il veillerait à ce que l'on repêche son corps dans le port.

Puis, histoire d'adoucir les clauses du contrat, Mick avait financé la construction de leur maison. Mais la vie conjugale avait eu sur lui l'effet d'un choc. C'était donc ça, ce à quoi se résumerait sa vie, et il s'était senti floué, trompé, et perpétuellement en colère. La première année, il abandonnait femme et bébé à la maison et allait se réfugier dans la cuisine de sa mère, où il passait son temps à geindre. Elle s'était toujours montrée indulgente envers lui et ses trois frères, compensant la froideur de leur père par son amour, son attention et son affection, mais elle s'était fatiguée à son tour de ses jérémiades. Elle savait que Dolores était une bonne épouse, qu'elle cuisinait, tenait sa maison et s'occupait de leurs enfants d'une manière qui ne souffrait aucun reproche. Dolores remplissait sa part du contrat. Et Donal lui en voulait aussi pour ça. En plus, elle faisait régulièrement pénitence et participait aux processions du chemin de croix, quand Donal assistait au minimum à la messe du dimanche. Il pouvait toujours se plaindre, ses parents n'accepteraient jamais qu'une autre vie existe pour lui en dehors de ce mariage. Ils militaient activement contre le vice, divorce en tête. Donal se souvenait qu'ils avaient pris le bus pour Dublin, à la veille du dernier référendum, et manifesté devant la

Leinster House[1] en brandissant leur bannière : LE DIVORCE ? était-il écrit. JÉSUS EST CONTRE.

Tous les frères de Donal étaient allés à l'université, ils avaient une bonne situation et vivaient en bons catholiques. Eux, au moins, avaient eu la décence d'attendre d'être mariés pour mettre leur femme en cloque. Son père ne jurait que par la discipline et l'éducation et, s'il regrettait que ses fils ne soient pas devenus séminaristes, il exigeait d'eux qu'ils se comportent en bons citoyens. Mauvaises notes et écarts de conduite étaient sanctionnés par des coups de ceinture, administrés avec un calme et une maîtrise assumés. Les quatre frères Mullen étaient beaux, propres, intelligents et – dans un bled où les adolescents au visage crasseux ne pensaient qu'à fourrer leurs mains sous le chemisier des filles et fanfaronner ensuite auprès de leurs copains – le postulat que la foi faisait d'eux des garçons respectables avait tourné à leur avantage. Donal avait remarqué dès le plus jeune âge la manière dont les filles le mataient et, parmi ses conquêtes, Dolores était la première qu'il pensait pouvoir manipuler à sa guise. Mais, quand elle lui avait annoncé qu'elle était enceinte, il avait compris que c'était bel et bien lui le dindon de la farce, il s'était fait piéger par une fille qui le savait pieds et poings liés.

Donal avait terminé son apprentissage d'électricien puis avait bossé dur pour faire fleurir son business. Acheter le cottage avait été son premier acte d'indépendance financière vis-à-vis de son beau-père. Hélas, en dehors des mois d'été, il y avait peu de demandes

1. Le Parlement.

pour les gîtes de vacances dans le Donegal et, vu que Dolores était de nouveau enceinte, louer à Colette leur avait paru une sage idée. Mais elle commençait à lui taper sérieusement sur les nerfs à débarquer sans arrêt chez lui pour poser des questions idiotes au sujet du tableau électrique et provoquer des disputes entre lui et Dolores. Et maintenant, elle avait eu le culot d'accrocher ce panneau sur la façade de la maison. Il n'en verrait décidément jamais la fin.

Donal coupa la radio. Pas moyen de mettre de l'ordre dans ses pensées. Il ne supportait plus le baratin des présentateurs, les quiz d'après-midi, et ces morceaux diffusés en boucle quelle que soit la station qu'on écoutait. Son esprit passait du coq à l'âne, ça avait été le cas toute la journée, et il traversa le Barnesmore Gap sans même s'en apercevoir. Il était indifférent à la vaste vallée qui s'élevait autour de lui, il pensait à Colette. Il la prenait sur la table du cottage, elle enroulait ses jambes autour de lui, martelait son dos avec la plante crasseuse de ses pieds blancs comme neige. Il était tellement distrait que c'était tout ce qu'il avait trouvé pour se concentrer sur la route, et il s'engagea sur la bande d'arrêt d'urgence vers un des parkings aménagés à l'usage des touristes pour prendre des photos du Barnesmore Gap. Mais en cette fin novembre, son van était bien seul sur le parking. Il contempla la vallée, le ciel gris, les forêts de pins lovées autour des pentes. Il appuya sa tête contre le volant et éjacula dans un mouchoir, il tremblait si fort qu'il sentit le van remuer. Il baissa sa vitre et jeta le mouchoir. Ça faisait un bail que cela ne lui était pas arrivé, songea-t-il.

10

Izzy s'attendait à ce que Carl surgisse de la maison à leur arrivée. Elle n'avait jamais eu besoin de sonner à leur porte ni même jamais mis un pied dans la maison. Le bruit de son véhicule dans la longue allée en gravier suffisait habituellement à signaler sa présence lorsqu'elle venait récupérer Niall. Izzy avait en revanche passé son fils à la question, pas moyen de résister. Il lui avait rapporté qu'ils avaient cinq chambres, chacune équipée d'une salle de bains. Une buanderie à l'étage et une autre en bas, reliées par un conduit pour le linge. Une idée futée, s'était dit Izzy. Sheila Sullivan travaillait chez eux tous les jours de la semaine, elle préparait les repas de Carl et Barry après l'école, ce qu'elle avait jugé encore plus futé. En plus, elle faisait le ménage. Izzy aussi employait une aide ménagère, mais celle-ci ne passait qu'une fois par semaine. Elle aurait aimé bénéficier plus souvent de ses services.

— Et qu'est-ce que fait Colette pendant que Sheila cuisine ? avait-elle demandé.

— Elle écrit, s'était contenté de répondre Niall comme si sa question était superflue.

Colette Crowley avait une aide à plein temps, tout ça pour se consacrer toute la journée à ses poèmes, cela dépassait l'entendement.

— Elle écrit ? avait-elle répété.

Izzy klaxonna et ils patientèrent en silence. Niall avait à peine décroché un mot depuis que, la veille au soir, elle lui avait annoncé avec un enthousiasme exagéré qu'elle lui réservait une surprise : elle les emmènerait lui et Carl à Waterworld, le lendemain. Il avait blêmi et l'avait aussitôt bombardée de questions, lui demandant si elle avait parlé à Carl en personne ou uniquement à son père. Il pariait que Carl n'aurait pas envie de venir et que son père l'y forcerait. Il était furax contre elle. Elle aurait mieux fait de lui en parler avant, avait-il ronchonné.

Lorsqu'elle avait contacté Shaun à son bureau afin d'organiser la sortie, Izzy avait prétendu qu'elle songeait à l'appeler depuis un moment. Puis les semaines avaient filé. Niall s'excusait pour la bagarre, avait-elle menti, ajoutant que c'était dommage que les garçons ne se fréquentent plus. Elle avait suggéré qu'ils tentent de négocier une sorte d'armistice. De son côté, Shaun émettait des petits bruits d'assentiment, échouant à former une seule phrase cohérente. Les choses s'étaient passées exactement comme elle l'attendait : elle savait pouvoir compter sur la souplesse légendaire de Shaun.

Au moment où elle s'apprêtait à klaxonner de nouveau, la porte s'ouvrit et elle le vit pousser son fils hors de la maison. Vu sa grande taille, Shaun dut se baisser pour sortir la saluer d'un sourire. Elle le salua à son tour, mais Shaun s'était déjà retranché à l'intérieur. C'était sa manière d'être avec les autres : il ne vous regardait jamais frontalement. Elle se rappela le jeune couple que formaient autrefois Shaun et Colette – la jeune Colette, du moins, Shaun ayant toujours paru entre deux âges avec sa mine sérieuse et son flegme à toute épreuve –, elle le revoyait chaperonner sa fiancée en ville, toujours en retrait d'un pas, une main posée au bas de son dos. Un si beau couple ! Aussi grande soit-elle, Colette devait incliner la tête en arrière pour le regarder. Tandis que Shaun, les yeux fuyants et le sourire introverti, s'efforçait de cacher son bonheur tant il craignait que quelqu'un ne la lui dérobe si par malheur il trahissait l'immense fierté qu'il avait d'être à ses côtés. Les préjugés qu'elle avait conçus en voyant cette séductrice pleine de glamour débarquer dans une ville où elle ne connaissait personne, et épouser un homme de dix ans son aîné, avaient volé en éclats dès lors qu'Izzy avait constaté le dévouement que Shaun lui portait. Quelles que soient les déconvenues que rencontrerait Colette dans la vie, elle aurait tout l'argent nécessaire pour y faire face. Et l'argent, Izzy l'avait toujours cru, se révélait d'un grand réconfort.

Carl se glissa à l'arrière de la voiture, emmitouflé dans une doudoune noire.

— Salut, dit-il en planquant son menton et sa bouche dans le col de sa veste.

— Salut, fit Niall.

Les garçons ne s'adressèrent presque pas la parole de tout le trajet. Izzy avait pourtant tenté de jouer les intermédiaires en posant des questions sur l'école à

Carl, auxquelles il avait répondu de façon sommaire et polie.

— Vous allez dans un endroit sympa pour les vacances cette année ? demanda-t-elle.

Les Crowley partaient fréquemment en vacances et arboraient des mines bronzées au beau milieu de l'hiver, quand toute la ville avait les joues rougies par le froid. Izzy regretta aussitôt sa question, c'était Colette qui emmenait les garçons en voyage.

— Non, pas cette année, répondit Carl.

Izzy chercha une parade.

— Tu es bon nageur, je me trompe ? J'essaie d'encourager Niall à prendre des cours de natation à Ballyshannon.

— Je sais nager, marmotta Niall.

— Je sais que tu sais, c'est seulement pour parfaire ta technique.

— J'ai prévu d'y aller, annonça Carl.

— Quel jour ? demanda Niall.

— Le samedi. Il y a un bus qui part de Diamond.

Devant l'accueil du parc aquatique, Carl tira un billet de vingt livres de sa poche et le lui tendit. Du Shaun tout craché, songea-t-elle, un homme si bien élevé. Il avait enjoint à Carl de faire le geste, quand bien même il savait qu'elle n'accepterait pas son argent.

— Ne sois pas ridicule, poussin. Tu rendras son billet à ton père.

Elle régla le ticket d'entrée des garçons, leur indiqua la direction des vestiaires puis alla s'installer avec son livre en terrasse. L'espace vitré donnait sur les bassins et les toboggans qui occupaient l'énorme bâtiment à ossature métallique. Le lieu était rempli de petits corps mouillés qui pataugeaient, d'adolescents cramoisis qui se sautaient dessus et jouaient à s'enfoncer la tête sous l'eau. Izzy attendit que Carl et Niall émergent des vestiaires avec leurs bonnets de bain rouge et s'aventurent du côté le moins profond de la piscine, avant de s'autoriser à ouvrir son livre.

Elle ôta le marque-page sur lequel était inscrit : *Mon autre livre de chevet, c'est* Guerre et Paix. Brian l'y avait glissé avant de le lui prêter. Elle apprécia le clin d'œil humoristique, bien qu'elle trouve les romans qu'il lui conseillait suffisamment exigeants et pria qu'il ne se découvre pas une nouvelle passion pour les Russes. Elle avait jugé le dernier en date, *Les Vestiges du jour*, franchement austère. Aucun des personnages n'avait d'humour dans ce roman. Si, la seule chose amusante du livre tenait au fait que le personnage principal, *butler* dans une majestueuse demeure ancienne, dissertait sans arrêt sur la loyauté, la dignité et le sens du devoir, alors qu'il était clair comme de l'eau de roche que tout ce qu'il désirait, c'était épouser la gouvernante. Du moins commençait-elle à le soupçonner parce que, au tout début, il lui avait paru incapable d'une quelconque émotion… Elle avait retourné plusieurs fois cette pensée dans sa tête afin d'être certaine de se la rappeler lorsque Brian lui demanderait ce qu'elle en avait pensé. Il le faisait pour chaque livre qu'il lui prêtait. Et leurs avis convergeaient souvent : elle avait apprécié le style, mais se sentait incapable de mentionner ne serait-ce qu'un seul événement marquant ou dramatique.

Cependant, ce roman la captivait au point qu'elle devait se faire violence pour lever la tête toutes les quelques pages et jeter un coup d'œil sur les garçons. Un klaxon retentit à l'heure pile, tous les baigneurs plongèrent dans le bassin où une machine à vagues s'était mise à brasser l'eau et, une à deux minutes plus tard, les garçons barbotaient avec eux dans la houle.

Elle referma son livre. Elle se figura raconter à Brian ce qu'elle était sur le point de faire, il l'écouterait en silence, imperturbable, réservant prudemment son jugement, la laissant dire ce qu'elle avait à dire avant de livrer un commentaire de quelque nature que ce soit. Le seul fait de parler sous son regard éclairant était devenu pour elle le moyen de découvrir ce qu'elle ressentait vraiment. Lorsque, par exemple, elle lui avait débité toutes ces inepties sur le comportement provoquant de Colette, la dépeignant comme une sorte de femme dévoyée, au fond de son cœur, Izzy savait pertinemment que cela ne cadrait pas avec l'idée qu'elle se faisait d'elle. Elle était convaincue à présent qu'il n'y avait rien de répréhensible à ce qu'une mère, aussi dévouée et aimante que Colette, profite d'un moment avec son enfant, même si le caractère tranché de sa position la déstabilisait un peu. De son côté, Colette était sûrement déjà au volant de sa voiture, anticipant de tout son être ces retrouvailles. Elle ne ferait machine arrière pour rien au monde, aucun doute là-dessus. Et Izzy désirait se montrer à la hauteur de sa détermination.

À quinze heures, elle aperçut Niall consulter l'horloge, puis les garçons se diriger sagement vers les vestiaires. À quinze heures trente, ils étaient attablés dans le restaurant du Great Northern Hotel. Izzy encouragea les garçons à prendre le menu enfant et se commanda un sandwich et un thé. Dans la salle bruissant de monde, elle avisa des golfeurs attroupés à l'accueil, l'air chafouin dans leurs vêtements de pluie, et se fit la réflexion que cet endroit n'était en définitive pas un choix si judicieux, vu que certains membres de son club venaient pratiquer sur le *green* de l'hôtel. Ou au contraire, parfaitement approprié, puisque justifiant le hasard d'une rencontre.

Elle s'enfonça dans son fauteuil, espérant que le dossier à oreilles lui assurerait une bonne couverture. Elle reconcentra son attention sur les garçons qui étaient manifestement de bonne humeur, quoiqu'un peu apathiques après la baignade et bêtas comme sont les gamins fatigués. Izzy en conclut que si le seul bénéfice à retirer de cette journée était qu'ils soient amis de nouveau, alors ce serait déjà une chose de gagnée. Et, comme cette pensée la traversait, elle sentit tout à coup sa détermination faiblir. Elle pria pour que Colette ne se manifeste pas.

— Allez, Niall, mange, dit-elle, on a de la route à faire.

Carl n'avait pas fini son assiette, lui non plus, Izzy s'apprêtait à lui en faire la remarque quand Colette fit son apparition. Elle était si grande qu'Izzy ressentit sa présence avant même de la voir. Ils levèrent la tête vers elle au même instant. Mais Colette n'avait d'yeux que pour Carl. Il mâchouillait ce qu'il avait dans la bouche et s'arrêta net en ouvrant de grands yeux, comme pour embrasser sa silhouette entière.

Son visage se crispa, ses lèvres se pincèrent légèrement, et il expulsa d'un souffle des miettes de steak haché.

— Coucou, lança Colette.

Niall la dévisageait, on aurait dit qu'il venait de tomber par accident sur une vieille connaissance. Carl avait le plus grand mal à avaler sa nourriture.

— Coucou, Colette… Comment vas-tu ? intervint Izzy, avec un enthousiasme qui sonnait faux à ses oreilles.

Colette se contenta de la regarder. Izzy voyait qu'elle essayait de sourire mais, avec toute cette tension, son sourire s'apparentait plus à une grimace. Elle la supplia du regard de ne pas l'obliger à se prêter à cette comédie.

— Tu permets ? dit-elle en tendant la main à Carl.

Carl se tourna vers Izzy et, voyant qu'elle approuvait, il se glissa sur la banquette et passa devant sa mère.

— Je te le ramène dans une heure, déclara Colette avant de lui emboîter le pas.

Izzy les observa franchir le portillon de l'hôtel, puis disparaître.

— Elle a le droit de faire ça ? demanda Niall.

— Bien entendu qu'elle a le droit, ne sois pas stupide : c'est sa mère. Elle va se promener avec son fils, où est le mal ?

— Et son père, il le sait ?

— Niall, imagine une seconde que ton père décrète que je n'ai plus le droit de te voir, répliqua-t-elle.

Mais son fils était hypnotisé par le portillon qui tournait désormais à vide.

— Niall, regarde-moi.

Il tourna doucement son visage vers elle.

— Tu aimes beaucoup Colette, n'est-ce pas ?

Il hocha la tête solennellement.

— Je sais que tu aimes aussi Carl et que tu veux qu'il puisse passer du temps avec sa maman. Alors la meilleure chose à faire, c'est d'oublier tout ça. Je t'en conjure, pas un mot à ton père. Il monterait tout de suite sur ses grands chevaux et Colette et Carl ne pourraient plus se voir. Sans mentionner les tensions que cela créerait entre nous.

Son petit front se plissa de frustration.

— Écoute, personne ne te demande de mentir, Niall. Mais ne rien dire est parfois la meilleure des solutions.

Izzy tira une cigarette de son paquet.

— On fait quoi, maintenant ? demanda-t-il. Est-ce qu'elle va raccompagner Carl chez lui ?

— Non, nous allons le reconduire. Dis, tu veux un dessert ?

— Oui, fit-il et son inquiétude sembla envolée comme par magie.

Il avait plu presque toute la journée, l'aire engazonnée où ils faisaient la queue pour les auto-tamponneuses était gorgée d'eau. Hors saison, la fête foraine affichait généralement porte close, hormis quelques heures le week-end quand la météo le permettait. Aucune de leurs attractions préférées n'était ouverte : le grand huit branlant ou le toboggan géant ou les bateaux-balançoires. Le plancher des auto-tamponneuses était jonché de flaques, la pluie s'était infiltrée par endroits à travers la bâche de protection. Coiffé d'une casquette de base-ball, un gamin collectait les tickets et nettoyait la piste entre deux tours.

Colette sortit une boule de Kleenex de son sac et essuya la banquette avant que Carl s'installe aux commandes. La voiture était si étroite qu'ils étaient collés l'un à l'autre, une proximité dont se délecta Colette, après si longtemps. Elle n'arrêtait pas de le regarder à la dérobée, tâchant de s'imprégner des changements successifs apparus depuis leur dernière rencontre, de les graver dans sa tête avant qu'ils ne soient séparés de nouveau. Les contours doux de son visage s'étaient roidis, une dureté dont ses traits étaient jusqu'alors épargnés. Elle enroula son bras autour de ses épaules et le serra contre elle. Ils étaient bringuebalés en tous sens ; plus on les chahutait, plus Carl riait, et plus il était déterminé à poursuivre le chauffard. Ils aimaient les attractions foraines, c'était une passion qu'ils partageaient. Ce qui n'était aucunement le cas de Shaun. Même lors de leur escapade à Disney World, Shaun s'était tenu à bonne distance des manèges alors qu'elle avait accompagné les garçons sur chacun.

Quand les voitures s'arrêtèrent, Colette lui acheta un deuxième ticket.

Il y avait une éclaircie. Des rectangles bleus perçaient dans le ciel et le soleil pâle scintillait derrière les nuages bas qui avançaient sur la baie. Le temps qui lui était imparti avec son fils touchait presque à sa fin, elle devait saisir cette petite fenêtre de dix minutes avant la prochaine averse. Mais Carl l'entraînait déjà vers la salle de jeux.

— Rentrons à l'hôtel par la plage, mon cœur, dit-elle. Histoire de discuter un peu.

Ils se frayèrent un passage à travers un chaos de rochers, s'agrippant l'un à l'autre pour garder l'équilibre. Le vent glacé était cinglant, ils enfoncèrent leurs bonnets jusqu'aux oreilles.

— Tu ne peux pas me reconduire ? cria Carl.

— Non, mon cœur. J'ai peur que non. Bientôt sûrement. C'est tellement beau, hein ? Regarde ça, dit-elle en décrivant un cercle avec les bras alors qu'un rayon trouait les nuages. Il y a les quatre saisons dans ce ciel.

Elle s'accroupit à sa hauteur en pointant l'horizon.

— Regarde ! Dans ce coin, une tempête se prépare ; là, une averse ; et là-bas, le soleil brille. Et cette mer !

Elle exultait. La houle était forte, les rouleaux s'écrasaient plus loin sur la plage, grondant tel le tonnerre.

Carl ne se laissait pas distraire pour autant.

— Pourquoi tu ne peux pas me raccompagner ?

— Je ne suis pas sûre que ton père apprécierait.

— Mais si tu me ramenais à la maison, tu pourrais entrer et parler avec lui.

— Oh, Carl, mon chéri, j'aimerais tellement que les choses soient si simples.

— Mais c'est simple. C'est toi qui compliques.

— Oh, tu as sans doute raison, mais je ne crois pas que ton papa soit encore prêt pour que la situation se détende. Ça sera bientôt le cas et, toi et moi, on passera plein de temps ensemble. Pour le moment, il vaudrait mieux que tu ne dises pas à ton père que tu m'as vue.

Elle l'attrapa par le bout du menton et leva sa frimousse vers elle. Ses yeux gris la contemplaient derrière le rideau de ses cils noirs, et elle retint son souffle.

— Surtout ne te méprends pas, Carl, tu ne dois rien faire qui te mette mal à l'aise ou te rende triste ; si tu as envie de tout lui raconter en arrivant à la maison, alors fais-le. Mais ça pourrait compliquer des prochaines rencontres comme aujourd'hui.

— T'as pas le droit de me voir ?

— Carl, ton père t'aime beaucoup, il cherche juste à te rendre la vie aussi facile que possible, et je suppose que je n'ai pas beaucoup aidé à ce que ce soit le cas. Même si aujourd'hui il est fâché contre moi, ça ne durera pas indéfiniment. En attendant, tu as Sheila l'après-midi, et je sais qu'elle te gâte. Tu as Barry, aussi.

— Barry est un connard.

Colette ralentit le pas et prit sur elle pour le sermonner.

— Pourquoi Barry est un connard ?

— Il se bagarre avec moi, il casse mes affaires et me vire de la banquette…

— Tu l'as dit à ton père ?

— Ouais, mais il est jamais là pendant la journée. De toute façon, il peut pas faire grand-chose vu que Barry l'écoute pas. Il a défoncé une vitre, à l'école.

— Quoi ?

— Il a éclaté une fenêtre dans la salle de sciences, pendant la récréation. Il dit que c'est pas lui, mais à l'école ils savent que si. Parce qu'il a accusé le prof de biologie de le harceler.

— Qu'a fait votre père ?

— Il l'a privé de sorties pendant quinze jours. Il se tire quand même avec ses potes tous les après-midi vu qu'il n'écoute pas Sheila non plus.

— Oh, Barry, laissa-t-elle échapper, tout en prenant note de rappeler l'école.

La dernière fois, le proviseur O'Connor lui avait laissé entendre qu'elle l'importunait, prétendant que l'absentéisme de Barry ne la concernait pas.

— Mais Sheila, elle te défend quand Barry joue les gros bras ?

— Ouais.

— Et Mme Diver ? Elle est gentille avec toi ? Tu l'aimes bien ?

Elle s'était pourtant promis de ne pas lui poser de question sur Ann Diver.

— Ouais, ça va. Elle m'achète des bonbons et d'autres trucs. Mais des fois…

— Des fois quoi, mon cœur ?

— Elle me dit sans arrêt ce que je dois faire. Que je regarde trop la télé, que je dois me brosser les dents, et elle m'oblige à me coucher à neuf heures alors que toi tu me laissais rester debout jusqu'à dix heures.

— Elle dort souvent à la maison ?

— Pas trop, disons une fois par semaine.

Ann Diver dans *son* lit, aux côtés de *son* mari. Ann Diver si sainte, si bonne et si gentille. Elle avait réussi l'exploit de traîner Shaun à la messe du dimanche, à laquelle il n'assistait habituellement qu'à Noël et à Pâques. Est-ce qu'ils couchaient ensemble ou avaient-ils scellé une relation sacrée, du genre chaste ? Par le passé, les rares fois où ça leur arrivait, Shaun appréciait le sexe, il était connecté à elle et à son corps pendant l'amour, il se comportait avec une aisance plutôt inattendue vu sa maladresse naturelle. Du reste, il était difficile d'imaginer que quiconque puisse être enthousiaste à l'idée de faire l'amour à Ann Diver.

La marée montait vite, les repoussant plus haut sur le sable et le banc de roches qui étayait le remblai.

— Carl, j'avais envie qu'on se parle parce que je veux que tu saches que, quand je suis partie, je n'avais pas l'intention de rester loin de toi pendant si longtemps. Je voulais que tu viennes à Dublin et que tu vives avec moi, et…

— Cet homme ?

— Carl… cet homme ne fait plus partie de ma vie. Pour de bon. C'est fini.

Carl avait ramassé un long bâton. Il tapait sur un tas d'algues noires comme l'encre, il les soulevait avec le bout de son bâton puis les replongeait dans l'eau d'une petite piscine formée au creux des rochers.

— Carl… tu m'écoutes ? Je veux juste que tu saches que rien de tout ça n'est ta faute.

— T'avais déjà dit ça, la fois où t'es revenue à la maison et repartie, dit-il en la pointant avec son bâton. Papa le dit aussi. Alors ça doit être *ta* faute, sinon pourquoi je n'ai pas le droit de te voir ?

— C'est ce que j'essaie de t'expliquer : les mamans et les papas se disputent, ils passent par des moments difficiles et, parfois, la situation est tellement compliquée que ce n'est pas simple à réparer. Personne n'est à blâmer pour autant.

— Pourquoi tu peux pas juste revenir à la maison et y rester ? C'est là que tu vis. Comment c'est possible de se faire virer de chez soi comme ça ?

C'était pour elle un crève-cœur d'entendre son fils parler si franchement de cette injustice.

— Carl… j'ai pris la décision de partir. Mais je n'ai jamais décidé de te quitter. Sache que si ça ne tenait qu'à moi, je rentrerais à la maison avec toi dans la minute qui suit et passerais chaque heure du jour à te cajoler. Surtout n'oublie jamais que maintenant les seuls hommes de ma vie, c'est toi, Barry et Ronan.

— Et pas papa ?

— Carl, fit-elle.

Elle posa un genou sur le rocher et sentit le tissu de son jean se mouiller.

— Il ne nous reste pas beaucoup de temps et je ne veux pas le gâcher à t'enquiquiner, mais il y a encore une chose dont j'aimerais te parler… L'école m'a dit que tu t'étais bagarré.

Il pencha la tête et gonfla les joues, deux gouttes tremblèrent dans ses cils et roulèrent sur ses joues.

— Qu'est-ce qu'on a toujours dit au sujet de la colère ? demanda-t-elle.

Il s'y reprit à plusieurs fois pour desserrer les lèvres. Il essayait de parler, mais les sanglots qui montaient dans sa gorge l'empêchaient de respirer.

— Eh ben… euh…

— C'est juste une autre façon de montrer que tu as du chagrin, et je sais que tu es blessé, mon cœur. Je sais que tu es en colère et triste, et tu as tous les droits de l'être, mais tu ne dois pas t'en prendre aux personnes qui t'entourent. Tu sais ce que je fais quand je suis en colère ? C'est un nouveau truc que j'ai appris.

Carl leva les yeux vers elle.

— Je descends sur la plage et je hurle aux vagues. Je rugis à pleins poumons. Tu veux essayer ?

Sans le laisser répondre, elle le saisit par les poignets, renversa la tête, elle ouvrit si grand la bouche que ses joues la tiraillaient et elle laissa échapper un cri venu du plus profond de son être qui la laissa à bout de souffle. Elle tangua légèrement, rincée par la puissance de l'effort. Elle riait aussi, comme submergée par une bouffée de joie suffocante. Lorsqu'elle reporta son attention sur Carl, elle perçut la confusion dans ses yeux puis il libéra un long gémissement grave et effrayant. Elle essaya de se caler sur son timbre, d'harmoniser leurs vociférations ; les cris de Carl gagnaient en intensité, en audace ; ils s'abandonnèrent en chœur à leurs rugissements, et Colette resserra ses mains sur les épaules de son fils de peur qu'ils s'envolent. Le vent était tel qu'il avalait leurs hurlements, les enveloppait et les semait au loin, si bien qu'elle ne percevait plus qu'une douleur ouatée au creux de ses oreilles, un écho sourd dans tout son corps. Leurs cris se muèrent en rires et elle serra son fils fort en fermant les yeux. Au moment où elle les rouvrit, elle distingua deux silhouettes sur les marches du remblai, emmitouflées de manteaux et d'écharpes, et il lui fallut un moment pour reconnaître ceux qui les observaient. Izzy enlaçait les épaules de Niall et l'attirait à elle.

11

Au moment où elle se garait devant le cottage, les bouteilles émirent un dernier cliquetis triomphant dans le coffre. Elle resta assise dans le noir à contempler l'endroit où elle habitait désormais : il avait l'air d'un abri improvisé et très temporaire. Une impression de néant en émanait, comme s'il avait été abandonné il y a fort longtemps et qu'il n'était plus qu'une coquille vide qui l'observait avec ses yeux éteints.

— Pauvre folle, dit-elle tout haut.

Elle marcha jusqu'au coffre dont elle sortit deux sacs en plastique. Les poignées distendues par le poids des bouteilles lui entaillaient les doigts. Elle manœuvra pour ouvrir la porte et se délesta de ses sacs au pied du comptoir avant d'allumer la petite lampe au-dessus de la gazinière. Puis elle s'empara d'une des bouteilles, enfonça le tire-bouchon dans le goulot et regarda la capsule aluminium s'écailler.

Manger et filer se coucher, voilà ce qu'il aurait fallu faire. Colette était exténuée. Elle avait à peine fermé l'œil les nuits précédant ses retrouvailles avec Carl. Et elle n'était certainement pas préparée au choc de sa colère. Elle brillait là, dans les yeux de son fils, et lui avait sauté au visage. Elle avait essayé de l'amadouer à coups d'explications dont elle avait conscience qu'elles sonnaient creux au moment même où elle les formulait. Ses efforts pour apaiser son chagrin étaient avant tout une manière de se réconforter elle-même, ce à quoi elle avait échoué. Elle n'éprouvait pas le sentiment de paix escompté. Il lui manquait désespérément, un point c'est tout. Elle était si avide de le voir qu'elle avait fini par se convaincre du bien-fondé de sa démarche. Et le néant qui l'habitait à présent était si incommensurable qu'elle serait prête à tout pour le combler. Elle repensa à Michael Breslin, son cœur qui battait la chamade lorsqu'elle avait entrouvert sa porte, lui qui empestait l'alcool, sa grosse bedaine débordant de sa ceinture. Il était timide, il avait battu en retraite avant même qu'elle le congédie. Ce soir, en revanche, elle ne l'aurait pas renvoyé. Elle l'aurait fait entrer, lui aurait collé un verre dans les mains, et aurait volontiers passé la soirée à repousser ses avances, ne serait-ce que pour tromper sa solitude.

Colette avala son verre et se resservit avant de rejoindre sa table. Un carnet était ouvert devant elle, une page noircie de mots écrits au crayon, pareille à une liste de course. Les titres de futurs poèmes. Elle se fixait des objectifs de moins en moins ambitieux. Le matin, elle se remettait au lit avec un mug de thé sucré et corsé à souhait pour éteindre sa gueule de bois. Aux alentours de midi, elle s'asseyait à sa table. Coucher les mots sur le papier se révélait parfois une telle torture qu'un seul vers suffisait à sonner la fin des hostilités pour la journée. Souvent, quand sa concentration lui jouait des tours, elle se plantait devant la fenêtre de la cuisine et se surprenait à guetter un signe de vie des Mullen. Elle apercevait rarement Donal et Dolores ensemble, mais il leur arrivait de partir en virée avec les enfants. Dolores montait côté passager, Donal installait les enfants à l'arrière, bouclait les ceintures et refaisait le tour du véhicule pour fermer les portes en balançant au passage un coup de pied dans les pneus. Un spectacle absurdement possessif, mais ce qu'elle voyait, c'était un homme soucieux de véhiculer sa famille en toute sécurité.

C'était nouveau pour elle, ce sentiment d'insécurité. Pendant les longues années où elle avait partagé son lit avec Shaun, elle n'avait jamais envisagé sa présence comme une protection. Puis, il y avait eu John. Elle imaginait à présent le corps de l'un d'eux occuper l'espace vide du matelas et, depuis récemment, elle y convoquait le type d'à côté. Mais ce qu'elle invoquait était bien plus qu'une protection. Elle manquait d'éléments de comparaison, « hygiénique » lui semblait néanmoins un mot approprié pour qualifier le sexe avec John, une autre déception à porter au compte de leur liaison. Donal Mullen offrait d'autres perspectives ; impossible de nier qu'elle le trouvait attirant, avec cette simplicité brute qui émanait de lui. Elle se rappelait la première fois où il s'était présenté au cottage, l'assurance délibérée avec laquelle il avait investi l'espace ; la lettre lui avait servi de parade, la tentation de le regarder était trop grande.

Il pouvait se révéler aussi magique qu'un jour de neige, une dérobade à la routine et aux rituels qui émaillaient désormais sa vie, ou bien un coup de froid cinglant qui l'arrachait à sa torpeur. Elle était disposée à endurer l'une ou l'autre de ces éventualités. Depuis sa fenêtre, quand elle apercevait Donal sortir de chez lui, Colette se mettait à compter – *un, deux, trois* –, et il levait à tous les coups la tête vers le cottage.

L'après-midi, elle se baladait sur la plage et faisait son possible pour étouffer les angoisses liées au délabrement de ses finances, repoussant le moment où elle n'aurait d'autre choix que d'aller trouver Shaun et lui demander l'aumône. Les jours étaient si courts qu'il faisait noir à seize heures trente ; peu lui importait que la nuit soit précoce, Colette s'en accommodait et jugeait que c'était une heure acceptable pour s'offrir un verre. Elle dînait sur le pouce en écoutant la radio. Elle arrivait à peine à lire plus de quelques pages d'un roman et n'avait d'intérêt que pour la nouveauté des poèmes qui ne lui étaient pas familiers. Un seul vers issu des recueils, qui autrefois la consolaient, pouvait aujourd'hui la faire chavirer. Elle n'avait plus besoin d'Elizabeth Bishop pour lui rappeler que l'art de perdre était un talent si facile à acquérir. Elle ingurgitait aussi les pilules qu'elle avait chipées à sa mère, croquait la moitié d'un cachet bleu. Elle buvait jusqu'à ce que ses pensées capitulent devant les déferlantes de la fatigue et se laissent draguer vers le sommeil.

Elle referma le carnet et l'envoya valser sur la table où il cogna la pile d'enveloppes coincées contre le vase. Elle se renversa et une des lettres glissa jusqu'à elle sur la toile cirée, comme pour se rappeler à son bon souvenir. La faible lumière au-dessus de la gazinière effleurait à peine les angles de la pièce, mais elle éclairait suffisamment pour révéler le contour des choses ; pendant une fraction de seconde, Colette eut l'impression que son monde était tout entier contenu dans cette zone lumineuse. Elle avait tant obtenu, on lui avait tout offert. Garde l'appartement à Dublin, lui avait dit Shaun, vas-y tant que tu voudras. Il n'avait même pas suggéré qu'elle se débarrasse de John. Garde ton mari, garde ta famille, garde ta maison. Garde tout. *Tu ne m'écoutes pas, tu ne m'écoutes pas…* Voilà ce qu'elle lui avait répété la nuit où elle était rentrée dans le Donegal pour annoncer à Shaun qu'elle le quittait, lequel lui avait sagement opposé une version édulcorée de l'avenir qu'elle dessinait. Comme s'il avait anticipé leur conversation, qu'il s'était déjà fait à l'idée qu'elle s'efface quelque temps de sa vie. Elle mesurait à présent à quel point il l'avait comprise.

Plus encore, même. L'homme qu'elle avait épousé lui avait offert le confort financier et la liberté de mener sa vie, sa carrière, exactement comme elle l'entendait, tout en l'enveloppant de son humble admiration. Combien de femmes pouvaient en dire autant, combien pouvaient affirmer avoir été adorées par leurs maris ? Pour sa part, à l'heure de quitter le sien, Colette avait déclaré qu'elle ne voulait rien.

Elle s'était montrée magnanime, ou n'était-ce qu'un triste coup d'éclat ? Pas étonnant qu'il se soit durci envers elle, le moment venu ; pas étonnant qu'il se soit tourné vers Ann, une femme saine et équilibrée. Quelle n'avait pas été sa déception en le voyant se comporter comme tous les hommes dès qu'il avait senti qu'on lui ravissait quelque chose qu'il jugeait lui appartenir. Elle ne savait pas si elle parviendrait à le lui pardonner un jour.

Quand elle lui avait téléphoné de Dublin pour lui dire qu'elle souhaitait que Carl passe l'été avec elle, Shaun y avait vu un prétexte pour le faire venir et le garder près d'elle. Il avait cessé de payer le loyer de l'appartement et, deux jours plus tard, un van conduit par un des employés de l'usine avait débarqué du Donegal avec quarante-sept cartons renfermant toutes ses possessions. Debout dans l'appartement exigu, encerclée de montagnes de boîtes, elle avait décroché son téléphone et l'avait joint à son bureau.

— Tu ne me l'as jamais pardonné, avait-elle dit.

— Tu ne te l'es jamais pardonné, avait-il répliqué.

Dix-sept ans avaient passé depuis ce jour où Colette était allée donner son biberon du matin à son fils Patrick et l'avait découvert froid et rigide dans son berceau. Elle avait totalement sombré, elle avait fait venir sa mère de Dublin pour s'occuper de Ronan, encore petit à l'époque. Une semaine après l'enterrement, Shaun avait repris le travail. Ça l'avait rendue folle de rage qu'il semble capable de continuer à vivre alors qu'elle ne pensait qu'à mourir. Elle s'assommait d'alcool tous les soirs. Ensuite, Colette avait découvert qu'elle était enceinte de Barry et avait commencé à entrapercevoir la possibilité de survivre. Elle était déconcertée de désirer mettre un enfant au monde, au moment même où elle n'avait plus goût pour la vie, pourtant c'était la seule chose qui avait un sens. Les années passant, elle avait observé Shaun embrasser et câliner chacun de leurs garçons, leur lire des histoires le soir, elle prenait du plaisir à voir lequel de ses trois fils, assis à la table de la cuisine, avait le plus besoin du soutien de leur père pour l'aider avec ses devoirs, au gré des jours. Shaun ne fréquentait pas les pubs, il ne jouait pas au golf à la différence de la plupart des hommes du coin. Il appréciait la compagnie de ses enfants. C'était un homme occupé, mais il leur consacrait le peu de temps libre dont il disposait. Elle avait sous-estimé l'amour qu'il portait à leurs fils et s'était dit que, parce qu'il en avait déjà perdu un, il lui abandonnerait Carl si elle le lui demandait.

Elle avait tout calculé scrupuleusement. À bien des égards, rester à Dublin avait un sens. Elle avait passé toute sa vie adulte dans un désert culturel, lui offrant des perspectives de carrière limitées. À Dublin, elle aurait l'opportunité d'enseigner. Alors qu'en retournant dans le Donegal, elle se retrouverait vite en tête-à-tête avec Shaun à la maison, relevée de quasi toutes ses responsabilités maternelles. Ronan étudiait à Trinity, Barry au pensionnat à Dublin, et Carl suivrait un an plus tard. Mais quand elle avait informé John que Shaun ne payait plus le loyer et qu'ils devaient trouver un logement plus spacieux afin d'accueillir Carl, ce dernier était devenu tout à coup très disert sur ses responsabilités envers son épouse et ses filles, les traites de son crédit.

— Pauvre folle, répéta-t-elle, comme pour tester sa voix et l'entendre résonner.

C'est au cottage qu'elle avait commencé à se parler tout haut. Bien entendu, ça lui était arrivé par le passé, elle chantonnait à l'occasion, elle avait juré quand elle s'était brisé l'orteil. Mais, dans cette maison, elle avait pris l'habitude d'énoncer des phrases complètes à haute voix. C'était sa manière de provoquer le destin. *C'est typiquement le genre de trucs qu'une folle ferait*, lui arrivait-il de se sermonner. À peine avait-elle formulé sa pensée qu'elle avait eu l'impression de franchir une ligne blanche, et elle s'était mise à se parler pendant ses balades sur la plage, jaugeant la distance limite avec un corps étranger avant de s'imposer le silence. Jusqu'où cela la mènerait-il ?

Elle se servit un autre verre de vin et alla se planter devant le miroir en pied de la chambre. Aussi insignifiante lui avait paru sa vie pendant les longues heures d'errance dans cet appartement à Dublin, ou les mois cruels passés chez sa mère, elle semblait à présent avoir perdu toute substance. Elle leva son verre de vin et trinqua avec son reflet.

— Santé, dit-elle.

Elle entendit le bruit d'un moteur, elle s'approcha de la fenêtre et jeta un coup d'œil dehors, pile au moment où le van de Donal se garait devant chez lui, activant du même coup la lumière au-dessus de la porte d'entrée. L'observant sortir du véhicule, elle compta tout haut – *un*, *deux*, *trois* – et le vit hasarder un regard vers le cottage puis baisser aussi vite la tête, exactement comme il l'avait fait la dernière fois qu'il était venu lui déposer une lettre et lui avait glissé que Dolores et les enfants s'absentaient pour le week-end. Elle descendait voir sa sœur à Roscommon, avait-il dit en redressant du bout du pied le paillasson.

Colette sortit en hâte et courut sous le crachin jusqu'au mur mitoyen. Le vent rabattait ses cheveux sur son visage.

— Donal ! cria-t-elle au moment il pénétrait dans la maison.

Mais son cri fut emporté par une bourrasque et réduit à néant. Elle cria de nouveau et il se tourna vers elle, coiffé d'un halo de lumière.

— Vous pourriez monter une seconde ?

— Quoi ? hurla-t-il.

— J'ai un souci.

— Ouais, donnez-moi une minute, j'arrive, dit-il, hésitant sur le seuil avant d'essuyer ses pieds.

Elle se hâta de rentrer.

— Merde, merde, merde, jura-t-elle.

Elle se rassit et avala son verre de vin. Puis elle ôta ses chaussures et traversa les dalles froides jusqu'à la chambre, éteignit le plafonnier, alluma la lampe de chevet. Debout devant le miroir, elle lissa les pointes de ses cheveux avec ses doigts de sorte qu'elles s'enroulent harmonieusement autour de ses épaules.

On toquait à la porte, Colette avait l'impression que les coups vibraient à l'intérieur de son corps. Elle lui ouvrit et le contempla un moment, immobile ; Donal fit de même.

— Il y a un problème ?

— Non, dit-elle en s'écartant pour le laisser entrer. Tout va bien, c'est juste les convecteurs. J'ai des gros problèmes avec les convecteurs.

— Ils ne chauffent pas correctement ? dit-il en s'approchant de la fenêtre.

— C'est ça, confirma-t-elle en se rasseyant.

Il portait une grosse doudoune noire qui ressemblait beaucoup à celle de Carl. Elle se souleva de quelques centimètres quand il se pencha vers le radiateur, laissant paraître un croissant de peau blanche. Une toison noire couvrait la base de sa colonne.

— Ben, celui-ci m'a l'air de fonctionner, dit-il, surpris, et elle opina. Vous devriez décorer un peu, donner à la pièce un côté plus festif.

Elle le dévisageait, tâchant de déterminer s'il blaguait ou non, sans parvenir à déchiffrer l'expression de son visage.

— Vous écoutiez quoi ? demanda-t-il.

— Pardon ?

— Quand vous dansiez. Vous écoutiez quoi ?

— Vous m'avez vue danser ? s'esclaffa-t-elle.

— Vous le savez.

— Sérieusement, ça vous intéresse de savoir quelle musique j'écoute ?

Elle vit ses yeux s'étrécir – un mouvement subit et presque imperceptible –, elle y lut de la frustration et se félicita de l'avoir déstabilisé.

— Je ne pense pas que vous soyez là pour ça, Donal, pour me parler de ma collection d'albums.

— Je suis ici parce que vous me l'avez demandé.

— Exact, fit-elle en fixant la table. Je vous offre un verre ?

Elle se releva d'un coup au moment où il esquissait un pas vers elle. Son visage était à quelques centimètres du sien, mais elle ne voulait pas le regarder. Elle reluquait ses orteils nus pointés vers ses chaussures de sécurité noires et maculées de boue. Donal avait l'odeur de la nuit, de l'air vif collé à la peau. Elle flaira dans son haleine un relent de tabac – ce qui l'étonna, elle ne l'avait jamais vu fumer – et un soupçon d'alcool tapi derrière. Elle le regarda droit dans les yeux et, avant qu'elle ne se détourne, un pacte se scella entre eux. Elle se rendit dans la chambre, s'arrêta face au lit. Elle entendit ses pas de loup derrière elle et se mit à compter leur progression lente – *un, deux, trois* – jusqu'à ce qu'il soit de nouveau assez près pour qu'elle sente le froid rayonner de son corps. Il repoussa ses cheveux, elle sentit ses doigts sur sa peau. Et l'air froid embrassa sa nuque.

12

Izzy entendit la porte d'entrée s'ouvrir, elle baissa le feu sous les casseroles et les poêles qui encombraient la gazinière. Sur le plan de travail, le petit poste de télévision diffusait le journal, exclusivement consacré à la formation du nouveau gouvernement. Les ministres remerciés quittaient les bâtiments officiels têtes basses ; les fraîchement nommés saluaient cordialement face aux caméras en franchissant les grilles. Malgré ce changement de majorité, James ne s'était pas vu offrir un poste ministériel, quand bien même il semblait le candidat naturel pour le ministère de la Mer. Il lui avait téléphoné la veille de Dublin pour le lui annoncer, masquant sa déception avec des arguments peu convaincants. L'homme par lequel il avait été évincé était issu d'une famille versée dans la politique irlandaise depuis des générations. « Il doit sa nomination à son père », avait dit James. La seule pointe d'amertume qu'il s'était autorisée. Izzy était navrée pour lui, elle savait combien il espérait ce poste, cet échec renforcerait sa conviction que le pays était dirigé par des hommes meilleurs – plus éduqués, plus introduits – que lui.

Izzy baissa le volume de la télévision.
— Coucou, papa ! cria Niall depuis le salon.
— Viens, Niall, appela-t-elle. Le dîner est prêt.
James s'attardait dans l'entrée, cet horrible anorak sur le dos qu'il portait par-dessus son costume comme un adolescent se présente à son premier entretien d'embauche.
— Bonjour, chéri, dit-elle en le gratifiant d'un sourire.
Il avait l'air perdu, songea-t-elle, comme s'il s'était trompé de maison. Elle lui servit une dose de whisky et lui tendit le verre.
— Bonjour, fit-il en rejoignant sa place en bout de table, abandonnant son anorak sur le dossier de sa chaise.
Sous l'escalier, pensa-t-elle, *sous l'escalier*. Ils avaient cette sempiternelle conversation tous les soirs : on pend son anorak sous l'escalier ! Mais elle ne s'engagea pas sur ce terrain. Au lieu de cela, elle récupéra les assiettes dans le four et fit le service. Elle porta la sienne à James, lequel vidait ses poches, empilant courriers, agenda et clés sur la table. *Ne dis rien*, se commanda-t-elle, *ne dis rien.*
— Voilà, fit-elle en posant son dîner devant lui.
Elle avait préparé des côtes d'agneau avec des carottes et des panais, son plat favori.
Le téléphone sonnait, Niall bondit dans le couloir. Elle plaça le plat de pommes de terre à la crème au centre de la table, James se pencha au-dessus, les narines frétillantes.
— C'est Colette, annonça Niall.

— Dis-lui qu'on dîne et que je la rappellerai plus tard, cria Izzy en essuyant ses mains sur son tablier.

C'était la troisième fois que Colette téléphonait, ce jour-là. Elles avaient planifié une nouvelle sortie. Elles se rendraient le lendemain dans le Nord, à Enniskillen, au prétexte de faire quelques courses de Noël. Izzy conduirait les garçons, Colette les retrouverait sur place. Elles auraient pu choisir une ville plus proche, mais Colette l'avait convaincue du contraire, c'était le dernier samedi avant Noël, mieux valait ne pas se risquer à croiser la moitié d'Ardglas en pleine séance de shopping.

Depuis leur escapade à Bundoran, elle l'appelait plusieurs fois par jour. Quand James jouait les curieux, Izzy prétendait que c'était son amie Margaret Brennan, son autre interlocutrice attitrée. Parfois, Colette prenait le prétexte de l'atelier, l'interrogeait sur la pertinence de l'exercice proposé et sur ce qu'en avait pensé le groupe. Puis elle se confondait en remerciements pour l'aide précieuse qu'elle lui apportait, se désolant de son sentiment de solitude croissant à l'approche de Noël. En suggérant cette virée shopping, Colette avait fait valoir que ce serait très probablement sa seule chance de voir Carl pendant les vacances. Izzy avait donc capitulé, non sans conclure comme suit leurs discussions sur le sujet : ces rendez-vous secrets n'étaient pas une solution, ils devaient cesser.

— Éteins cette télé, tu veux, dit-elle à Niall qui entrait dans la cuisine.

— Non, l'arrêta James. C'est important de savoir ce qui se passe dans le monde.

Le présentateur était passé à une autre actualité, introduisant un reportage sur le cessez-le-feu dans le Nord. Izzy se signa. L'accord remontait à deux mois déjà, et perdurait pour le moment. Mais les négociations entre les partis, les factions et les groupes paramilitaires s'éternisaient, sans qu'aucun se satisfasse de l'issue des débats.

— Punaise, dit James, on ne peut jamais prévoir quand ils vont remettre ça.

— Contentons-nous d'accueillir les bonnes nouvelles quand elles se présentent.

— Ils ne seront jamais satisfaits… quelle bande de salopards.

Izzy observait Niall se battre avec la bouteille de ketchup, il la secoua tellement fort que la moitié de son contenu atterrit sur sa côtelette.

— Regarde-moi ce gâchis, tu pourrais en remettre les trois quarts dans la bouteille, dit-elle.

— J'ai pas fait exprès, se justifia Niall, les larmes aux yeux.

— Qu'est-ce que te voulait Colette ? s'enquit James.

— Pas la moindre idée, vu que je n'ai pas pris l'appel.

— Elle a téléphoné l'autre soir quand tu étais à ton bridge.

— Tu as oublié de m'en parler.

— Ben, elle m'a dit qu'elle te recontacterait.

— Elle l'a fait, plusieurs fois même. Elle me téléphone souvent au sujet de l'atelier, et ensuite elle me tient des heures au bout du fil. Elle se sent seule.

Son fils la dévisageait, Izzy fuyait habilement son regard.

Il ne restait plus une miette dans son assiette, pourtant Niall n'avait pas filé regarder la télé comme à son habitude.

— Tu peux y aller, Niall, dit-elle.

Il se dirigeait déjà tranquillement vers la porte mais James le retint. Il tira un billet de vingt livres de son portefeuille et le lui tendit.

— Tiens, pour demain à Enniskillen.

— Merci papa, dit-il en le fourrant dans sa poche.

— Ne le perds pas, hein ! ajouta Izzy.

— Ça n'arrivera pas.

— Tu veux que je le garde pour toi ? proposa-t-elle mais il s'était déjà éclipsé.

Elle coula un regard vers James dont l'attention était happée par l'écran. La chaîne diffusait maintenant un reportage sur les soldats russes en partance pour la Tchétchénie. Des hommes en tenue de camouflage d'hiver, fusil à l'épaule, marchant au pas sous une neige abondante. C'était vraiment un beau spectacle, enfin, beau et terrifiant à la fois, et elle songea à inclure cette image d'une manière ou d'une autre dans un de ses prochains textes. Ses poèmes se rapportaient beaucoup à sa vie jusqu'ici, elle commençait à se lasser.

— C'est à vous briser le cœur, dit-elle.

— Oui, le monde est dans un sale état.

— Je ne parlais pas des infos. Mais de Colette.

James se resservit une pleine cuillère de patates à la crème, laquelle tinta contre son assiette.

— Oh, tu ferais bien d'être prudente.

— Que veux-tu dire ?

— À ta place, je ne m'en mêlerais pas.

— Et qu'est-ce que je suis censée faire si elle appelle tous les jours pour vider ce qu'elle a sur le cœur ? Je ne vais quand même pas lui raccrocher au nez.

— Non, veille juste à ne pas trop t'impliquer dans leurs histoires de famille.

Izzy se tut un instant.

— Et toi, tu ne t'occupes pas d'un tas d'histoires qui ne te regardent pas ?

— C'est mon métier.

— En plus, tu ne sais même pas le quart des choses. Shaun lui interdit de voir ses fils.

— Je suis au courant, tu penses. Tout le monde est au courant.

— Et personne n'intervient. Elle n'a pas vu Carl depuis six mois, tu te rends compte ? Tu sais aussi qu'il a coupé les vannes ?

— Comment ça ?

— À ton avis ? Côté finances. Cette femme n'a plus un centime, c'est une honte. Pourquoi crois-tu qu'elle habite ce cottage ? pour s'offrir une cure de jouvence ?

— N'empêche que tu devrais rester en dehors de tout ça et les laisser se dépatouiller entre eux.

— Tu pourrais les aider, lança-t-elle en posant ses couverts.

— Comment ça ?

— Tu pourrais en toucher un mot à Shaun, pour commencer. Tu pourrais lui dire quelque chose…

euh par exemple, que tu penses que Carl et Niall se sont bagarrés parce que Colette manque à son fils et que ce serait bon pour lui qu'il la voie. Lui glisser une remarque, la prochaine fois que tu le croises, de manière informelle. D'homme à homme. Il t'écoutera sûrement.

La fourchette de James était suspendue dans le vide à quelques centimètres de sa bouche.

— Informel ? dit-il. Informel ? En quoi ce serait « informel » de dire à Shaun Crowley comment gérer son couple ? Et où suggères-tu que ce tête-à-tête ait lieu : faut-il que je me pointe de manière informelle à son bureau ou tu préfères une rencontre informelle dans la rue ? Nous ne sommes même pas amis, en plus. Ce type n'a pas d'amis.

— On ne peut pas dire que tu aies une longue liste de prétendants. Bref, vous avez des connexions professionnelles, vos enfants sont copains.

— « Informel »... répéta-t-il. C'est la meilleure.

— Oh, laisse tomber, je demanderai au père Brian. C'est plus son domaine, de toute façon. N'est-ce pas d'ailleurs ce qu'il fait auprès de nous, du conseil conjugal ?

— Il œuvre déjà à sa réhabilitation en lui permettant de lire à la messe. Laisse-le s'en charger.

— Tout ce qui t'importe, c'est de ne pas froisser Shaun Crowley.

— Tout ce qui m'importe est de ne pas interférer dans la vie privée des gens.

— Baratin. Si Shaun ne possédait pas la quasi-totalité de la ville, tu ne t'en priverais pas.

— S'il te plaît, Izzy. Ça jase déjà assez comme ça, évitons d'en faire les frais.

— Oh, ne rêve pas trop, s'esclaffa-t-elle. Quoi qu'on fasse, les gens ne se gênent pas pour jacasser dans notre dos.

— Tu t'ennuies tellement ? Tu es à ce point désœuvrée que tu as besoin d'aller fourrer ton nez dans leur couple ?

— C'est la meilleure… venant de l'homme qui n'encaissait pas que je veuille gérer cette boutique en centre-ville, et maintenant tu me reproches d'avoir trop de temps libre ?

— N'empêche que la prochaine fois que tu te chercheras une occupation, fais-moi plaisir, choisis un truc qui ne nous coûte pas vingt mille livres. Si j'étais toi, je m'en tiendrais à la peinture ou au yoga.

— Je parie que Shaun Crowley ne laisse pas son argent dormir à la banque, lui.

James lâcha ses couverts qui rebondirent avec fracas dans son assiette.

— C'est vraiment ça que tu veux ? Qu'on s'engueule avant Noël ? Qu'on se dispute à cause de Shaun et Colette Crowley ? Comme si nous n'avions pas suffisamment de putains de problèmes à régler.

Izzy fixait le dossier de sa chaise, bras croisés.

— Tant que tu t'obstineras à te balader avec cet anorak affreux, ne t'étonne pas de ne pas être nommé ministre.

Il frappa du plat de la main sur la table et se leva. Elle observa sa silhouette muette s'éloigner dans le couloir. Il irait s'enfermer au grand salon et elle ne le reverrait plus de la soirée. Elle empila les assiettes et, en se tournant vers le plan de travail, elle aperçut par la porte entrebâillée son fils couché sur le ventre en train de balancer ses jambes. Elle avait beau lui répéter de se reculer, il passait sa vie collée à l'écran. Elle repensa subitement à leur escapade à Bundoran, au moment où ils avaient observé Carl et Colette hurler aux vagues, et elle se jura de ne plus jamais le mettre dans ce genre de situation.

Elle posa la vaisselle et marcha jusqu'au téléphone du couloir. Elle informerait Colette qu'elle ne serait pas en mesure de l'aider, ni demain ni un autre jour. Elle ne chercherait pas à s'excuser, ni à tourner autour du pot, elle lui exposerait tout simplement les faits puis raccrocherait. Elle récupéra son petit répertoire dans le tiroir et trouva son numéro. Puis, derrière la porte vitrée du grand salon, elle vit James planqué derrière son journal. Il tirait d'un coup sec sur le pli, chaque fois qu'il tournait la page, comme s'il en voulait à la Terre entière. Elle remisa son répertoire dans le tiroir.

13

Ann Diver attrapa le pull rouge pour la quatrième fois. Elle le déplia devant elle en le tenant par les épaules, comme si elle s'apprêtait à valser avec. À côté d'elle, une femme s'empara d'un modèle et l'imita ; Ann se dit qu'elle ferait mieux de se cramponner au sien et ne pas risquer la rupture de stock. Le magasin était bondé. Elle vérifia qu'il n'y avait pas de malfaçons, fils lâches ou trous sous les bras. Quand on dépensait une somme pareille pour un chandail, on exigeait la perfection. Elle retourna l'étiquette cartonnée avec le prix. Elle ne se fatigua pas à convertir la livre en *punt*[1]. La différence était insignifiante. On obtenait au mieux un penny pour chaque *punt* dépensé. De toute façon, ce n'était pas la raison qui l'avait motivée à faire ses emplettes dans le Nord. Elle espérait dénicher quelque chose de vraiment spécial pour Ronan, Carl et Barry. On trouvait ici des marques qui n'étaient pas distribuées chez eux. Sans compter que ces garçons étaient tellement pourris gâtés qu'il fallait se donner un peu de mal.

1. La livre en République d'Irlande.

— Vous avez besoin d'aide ?

Elle fit volte-face et gifla le visage de la vendeuse avec son pull

— Mon Dieu, je suis désolée.

La fille lui sourit.

— J'ai beaucoup de mal à me décider, confia Ann.

La fille avait des marques de crème à bronzer sur le cou. Mais elle était jolie : regard vif, sourire lumineux, dentition parfaite. Elle était en revanche trop maquillée à son goût, avec ces traits de crayon noir aux contours des yeux et des lèvres. Elle s'appelait Bronagh, d'après son badge.

— C'est la taille qui vous pose problème ? demanda la vendeuse avec un fort accent du Nord.

— Franchement, s'il n'y avait que ça… Vous pensez qu'il conviendrait à un garçon de vingt ans ? interrogea Ann, estimant qu'elle n'avait pas plus de seize ou dix-sept ans.

— Il sera parfait, croyez-moi. J'ai offert le même à mon frère, ça va avec tout. Est-ce qu'il est grand ?

— Il mesure un mètre quatre-vingts environ.

— Et il est…, demanda-t-elle en alliant le geste à la parole, bras écartés, joues et poitrine bombées.

— Il est large d'épaules et sans un poil de graisse.

— Punaise, il doit être mignon, commenta la vendeuse. N'hésitez surtout pas à me l'envoyer. Brun ou blond ?

— Oh, c'est un beau grand brun.

— Pile à mon goût. Prenez donc la taille L, surtout gardez le ticket pour l'échanger en cas de souci.

Ann soupira, elle consulta de nouveau le prix sur l'étiquette.

— C'est un joli pull, le rouge est très dans l'esprit de Noël, insista la vendeuse.

Dans l'atrium du centre commercial se trouvait une fontaine, laquelle était entourée de palmiers en plastique. Des gamins s'amusaient à y jeter des pièces. Au-dessus, un panneau répertoriait les commerces avec l'étage correspondant. Ann inclina la tête en arrière et essaya de repérer dans la liste un magasin où se procurer du papier cadeau. Elle jugeait lamentable qu'on vous réclame quarante livres sterling pour un pull, sans proposer de vous l'emballer. Beaucoup de boutiques offraient aujourd'hui ce service gratuitement. Ann avait aperçu du papier derrière la caisse, sans oser demander, d'autant qu'une longue file s'était formée derrière elle. Elle avait donc embarqué son pull tel quel, entouré de papier de soie dans une boîte en carton à poignée, avec le logo du magasin Taylor sur le côté. La boîte aurait fière allure sous le sapin, ne lui restait plus qu'à dénicher un rouleau de papier cadeau. Hélas, elle ne repéra aucun commerce susceptible d'en vendre. Elle leva les yeux vers les trois étages de boutiques qui la surplombaient.

Elle sortit un bout de papier de son sac et le déplia : onze noms y figuraient. Principalement des neveux et nièces, quelques amies et collègues de l'hôtel, auxquels elle avait ajouté les noms de Shaun et des garçons. En face de celui de Carl, Ann avait noté « carnet de croquis et pinceaux ». Pour Barry, « aftershave ». Barry était l'ado le plus difficile et acariâtre qui soit, mais il était assurément facile à acheter. Il fréquentait depuis peu la discothèque de Glenties et, quand il quittait la maison le vendredi soir, il dégageait une odeur douceâtre et écœurante de déodorant bon marché. Le nom de Shaun figurait au-dessus, sans commentaires.

Ce matin-là, quand ils s'étaient parlé au téléphone, Shaun lui avait annoncé qu'il inviterait Colette à passer quelques heures à la maison avec les garçons le jour de Noël, le temps d'ouvrir les cadeaux. Il l'avait assurée qu'elle aurait disparu à son arrivée, aux alentours de quinze heures. Il le faisait pour Carl, avait-il précisé. Depuis deux semaines, Carl était à fleur de peau, il pleurait à l'heure du coucher et réclamait sa mère. « Si tu savais que maman ne vit plus avec cet homme à Dublin, tu la laisserais revenir, dis ? » avait-il imploré son père. Shaun savait bien entendu qu'elle n'était plus avec ce type, Colette s'était empressée de le lui annoncer à son retour en ville. Mais sa question l'avait incité à réfléchir. Carl avait visé juste. Ann avait noté que Shaun était moins enclin à blâmer Colette depuis que celle-ci lui avait avoué, de vive voix, que tout cela avait été une terrible erreur.

Shaun s'était excusé auprès d'Ann, il espérait qu'elle n'était pas contrariée, ajoutant qu'il devait faire ce qu'il croyait juste, que ce serait en définitive une bonne chose que les garçons voient leur mère. Ann avait toujours désapprouvé son entêtement à séparer Carl de sa mère, mais elle ne se sentait pas légitime pour donner un avis. Qu'importe ce qu'il décidait, elle se conformerait à ses plans, avait-elle commenté mièvrement. Ce à quoi il avait répondu : « Je t'aime. » C'était la première fois qu'il le lui disait. Il l'avait déclaré d'une voix atone et sans chichis, comme il aurait prononcé n'importe quelle banalité. Elle n'arrivait pas à y croire. Et elle était furieuse qu'il ait choisi ce moment, en particulier. Ann n'avait rien trouvé de mieux à faire que lui mentir, prétendant se rendre chez sa tante dans le comté de Mayo pour la journée.

Elle l'aimait, c'était une certitude. Elle ne gâcherait pas leur relation avec ses exigences, sa jalousie ou sa colère. Elle avait tant de raisons d'être reconnaissante. Au cours des vingt-cinq dernières années, elle avait célébré Noël à la table de parents ou d'amis ; à présent, un homme tenait à elle, un homme aussi bon qu'elle pouvait l'espérer, et elle passerait cette journée avec lui, du moins en partie. Mais Ann avait vécu à la merci des autres le plus clair de sa vie, elle savait que le vent pouvait tourner. À son prochain coup de fil, Shaun pourrait lui annoncer sa réconciliation avec Colette. Et les cadeaux qu'elle avait achetés resteraient cachés dans l'armoire de l'entrée de sa minuscule maison, tels des témoins de sa bêtise.

Ann relut sa liste avant de la ranger dans son sac. Elle se préoccuperait en priorité des garçons. Peu importe ce qu'elle offrirait à Shaun, il s'en satisferait, en revanche le cadeau adéquat redorerait son image auprès des enfants qui, pour le moment, supportaient sa présence avec une exaspération non dissimulée. Carl avait des talents d'artiste. Elle avait vu les dessins qu'il rapportait de l'école. Il était sacrément doué ;

elle déplorait qu'il passe tout son temps à jouer à des jeux vidéo sans que personne cherche à l'en dissuader. De nouveau, elle consulta le panneau, il y avait un magasin de matériel à dessin au deuxième niveau. Elle se dirigea donc vers les escalators qui serpentaient entre les étages.

Ann s'y reprit à plusieurs fois avant de mobiliser assez de courage et engager pour de bon son pied sur l'escalator. Ces engins lui avaient toujours posé problème – y monter comme en descendre –, elle se trouvait chaque fois prise de vertige et avait peur de verser vers l'avant ou l'arrière. Cramponnée à la main courante en caoutchouc, elle agrippait son sac dès que quelqu'un la dépassait. Elle le portait en bandoulière. Claire, de l'hôtel, lui avait raconté sa mésaventure à Dublin ; elle marchait dans O'Connell Street sans rien demander à personne quand une bande de jeunes lui avait arraché son sac et déchiré plusieurs ligaments à l'épaule par la même occasion.

Au moment où elle quittait le maudit escalator, les haut-parleurs diffusèrent une annonce. Son cœur s'arrêta de battre un instant. Ann vacilla sur place. « Hilary Carlisle est priée de se présenter dans l'atrium, à l'accueil principal où l'attend son fils. » Elle recouvra son équilibre comme par magie, mais son esprit restait en alerte, épiant le moindre mouvement, le plus petit bruit. Le danger était toujours présent. À chaque annonce, Ann redoutait une alerte à la bombe. Au journal télévisé, on voyait constamment les foules évacuées des églises, des cinémas et des centres commerciaux. Et cela ne se bornait pas à des alertes, de réels attentats avaient tué ou mutilé des dizaines de personnes. Il y avait un cessez-le-feu en ce moment, alors que d'habitude les bombes semblaient pulluler dans les rues en Irlande du Nord, à en croire la radio et la télévision. Autour d'elle, les gens vaquaient pourtant tranquillement à leurs occupations, chargés de leurs emplettes. Ann n'avait pas l'habitude de ce genre de foule ; cette sorte de guerre civile avait beau perdurer, les gens semblaient plutôt bien lotis. On s'habituait à la peur comme au reste, supposait-elle. Comme au chagrin, à la colère ou à la honte : soit on parvenait à les dépasser, soit on ne faisait même plus la différence à force de vivre avec.

Était-ce le cas de Colette ? Ann la connaissait depuis des années. Dans une commune telle qu'Ardglas, une femme comme elle ne passait pas inaperçue. Colette et sa luxuriante chevelure noire. Colette et ses yeux bleus. Colette et sa longue silhouette. Elle s'attifait n'importe comment pour s'enlaidir, mais une beauté comme la sienne était impossible à cacher. Elle était tellement jolie, toujours de bonne humeur. Elle gratifiait d'un sourire chaque personne qu'elle croisait, posait des questions, s'intéressait aux gens. Certains portent leur malheur sur leurs visages, on devine au premier coup d'œil ce qu'untel ou untel a enduré. Mais pas Colette. Ann imaginait qu'elle souffrait le martyre, après ce qu'elle avait vécu. Parfois, il lui arrivait de prier pour les autres quand elle était en panne d'inspiration ou avait épuisé sa liste de doléances personnelles. Elle priait pour sa nièce, laquelle avait fait quatre fausses couches dont certaines l'avaient clouée au lit des jours entiers. Elle priait pour Ellen Lafferty dont le fils, à la veille de l'examen du bac, avait soigneusement fait son lit avant d'aller se pendre à l'arbre du jardin, elle ne sortait pratiquement plus de chez elle tant son chagrin était immense. Elle priait pour les trois enfants Callaghan, dont les parents étaient morts dans un accident de voiture quand ils étaient adolescents et s'étaient pratiquement élevés seuls. Pas une fois, en revanche, elle n'avait prié pour Colette Crowley. L'idée ne lui avait jamais traversé l'esprit. Et voilà qu'à présent elle occupait toutes ses pensées.

Deux semaines plus tôt, en pénétrant dans la librairie de Donegal Town pour faire le plein de cartes de vœux, Ann avait aperçu du coin de l'œil la section « Auteurs locaux ». Sur une étagère, un des livres de Colette était mis à l'honneur. S'étant assurée que personne ne l'observait, elle avait attrapé un exemplaire et admiré la photo noir et blanc un peu délavée en quatrième de couverture. Le poème intitulé « Cycle » évoquait ouvertement les menstruations. Un certain nombre de poèmes, qu'Ann avait jugés ampoulés, expliquaient comment la responsabilité d'élever des enfants avait contrarié son ambition créatrice. Alors que Shaun lui avait confié qu'ils avaient toujours eu nounou et femme de ménage. Dans un autre recueil publié dix ans plus tôt, elle lut un poème sur un jeune et charmant héros qui se noyait, croyant à tort que sa bien-aimée l'avait délaissé. Elle y empruntait le style des vieilles légendes irlandaises et convoquait la nature pour décrire le désarroi et le chagrin de la jeune endeuillée. Un hymne funèbre à l'ancienne, avait pensé Ann.

Shaun avait débarrassé sa maison des affaires de Colette afin d'effacer son souvenir, mais son goût affleurait partout, son empreinte persistait. La porcelaine dans les placards, la faïence de la salle de bains, le linge de lit, si raffinés et singuliers qu'ils ne pouvaient être que le choix d'une seule personne. Shaun l'évoquait rarement, pourtant un soir qu'ils étaient couchés, Ann avait eu l'audace de lui demander comment était leur mariage. Leur amour était mort avec leur fils, lui avait-il confié. La mort subite du nourrisson. Ces mots l'avaient glacée, bien qu'elle le sache déjà. Colette était en état de choc, elle refusait d'accepter la réalité. Elle était restée alitée. Les premières semaines, elle s'alimentait à peine. Il y avait des jours où, honnêtement, il avait cru qu'elle allait mourir aussi, qu'elle ne s'en remettrait jamais. Elle n'autorisait personne à approcher de la maison et, si par mégarde des visiteurs se présentaient, elle les chassait depuis la porte. Shaun ne savait plus quoi faire pour l'aider. Elle s'était mise à boire beaucoup, une habitude dont elle s'était séparée à l'instant où elle avait découvert qu'elle était enceinte de Barry. Quand ils avaient enfin réussi à s'en remettre, ils pouvaient à peine se regarder dans les yeux, tant ils avaient honte de leur conduite, leur échec à s'apporter le moindre réconfort au moment où ils en avaient le plus besoin. Ils avaient continué à partager la même maison et le même lit, élevé leur fils, en se comportant tels des invités habitant poliment la vie de l'autre.

Il lui avait aussi confié que c'était un sentiment étrange et nouveau d'exister sans Colette dans ce monde. Pendant vingt ans, partout où ils allaient, sa seule présence aimantait l'attention sur eux. Puis elle était partie et il était devenu invisible. Et, parce qu'il avait existé si longtemps dans son ombre, il n'avait jamais vraiment considéré comment sa femme vivait les choses. Était-il si surprenant qu'elle se soit attendue à ce que la vie lui ménage une place, se façonne à sa mesure ? Il avait vécu tel le dépositaire d'un trophée, avait-il dit, et c'était bon d'être relevé de cette responsabilité, d'être enfin lui-même.

Après qu'il lui avait raconté tout ça, elle lui avait parlé de son mari Robert et du fait qu'il aimait jouer des poings : il la frappait toujours sur le corps, soucieux que personne ne remarque ses bleus. Puis, un dimanche soir, il était parti avec le bateau sur lequel il pêchait et n'était jamais rentré. La police s'était présentée à sa porte, lui annonçant qu'il était passé par-dessus bord au large de l'île de Toraigh, à cause des mauvaises conditions météo. Les opérations de recherche qu'ils avaient menées à l'époque n'avaient rien donné et, vu que son corps n'avait jamais été repêché, elle n'avait même pas pu lui organiser de véritables funérailles. Le conseil lui avait fourni une petite maison, mais l'entretenir avait un coût, il fallait aussi se nourrir, s'habiller et vivre. Elle s'était débrouillée pour garder la tête hors de l'eau, ne jamais se plaindre, paraître heureuse mais pas trop, et faire face à ses responsabilités. Elle avait donné le change. Les gens avaient pitié d'elle. Elle le lisait sur leurs visages. Alors qu'en vérité, elle était contente d'être débarrassée de son mari, il ne lui manquait pas le moins du monde. Elle avait eu honte de l'avouer à Shaun.

Ann retint son souffle en s'engageant sur l'escalator suivant. Elle se mit à compter dans sa tête en s'élevant vers le plafond de verre qui baignait d'une lumière neuve tout ce qui l'entourait. Elle croisa son reflet dans la vitrine d'un magasin : coup d'œil fugace à la femme d'âge moyen avec son blouson de ski jaune vif. Elle avait fait refaire ses mèches la semaine précédente, la couleur s'était un peu estompée et elle était satisfaite. Elle était mince, Ann l'avait toujours été, arpenter le restaurant toute la journée aidait à garder la ligne. Au fil des ans, elle avait été la cible des flatteries d'un bon nombre de clients masculins qui la savaient veuve de longue date et l'imaginait partante. Shaun Crowley était connu pour son flegme, un homme toujours d'humeur égale, et elle avait été surprise qu'il aborde le sujet de manière si directe et factuelle. Sans même une pointe de timidité. On aurait cru qu'il invitait des femmes à sortir tous les jours.

Huit, neuf, dix : le deuxième étage du centre commercial était plus calme, les boutiques différentes, de plus petites surfaces vendant du tissu, des cadres et de la papeterie. Comme elle approchait du magasin beaux-arts, elle sentit la pression se relâcher, et son attention fut bientôt happée par des tintements de couverts et de vaisselle. Au dernier niveau, le café avait l'air douillet et accueillant sous cette verrière et ce ciel bleu ; elle se dit qu'une tasse de thé la redoperait pour terminer ses achats. Seul un escalator l'en séparait, mais Ann l'emprunta de bon cœur.

Derrière le comptoir, les filles portaient des petits chapeaux mous noir et vert et des tabliers blancs à rayures. Elles auraient aussi bien pu travailler dans une boucherie. Elles avaient le visage rosi par la vapeur qui s'échappait d'énormes récipients à bain-marie. Ann s'empara d'un plateau et fit la queue pour se commander un thé et un donut. Le café était quasi plein, elle avisa une table pour deux, libre à l'arrière. Elle s'assit d'abord dos au comptoir, mais elle avait une vue directe sur l'escalator et tous les clients qui l'emprunteraient la reluqueraient. Elle opta en définitive pour l'autre chaise face à la salle bondée du café. Elle se sentait mal à l'aise, seule à sa table. De son gros sac, elle sortit la grille de mots croisés qu'elle avait découpée dans un exemplaire du *Irish Times* qui traînait à l'hôtel. Elle n'achetait jamais ce journal, uniquement *The Independent* à l'occasion, mais Shaun le lisait quotidiennement et, le soir, ils faisaient les mots croisés ensemble. Elle adorait les casse-tête, mais les mots croisés du *Irish Times* étaient plus complexes que ceux auxquels elle était habituée, elle avait besoin de s'entraîner. Elle avait déjà rempli quelques cases et bloquait sur la colonne huit en vertical, un mot en huit lettres : « euphémisme pour difficultés ». Elle avala une gorgée de thé et aperçut Izzy Keaveney dans la queue avec les garçons. Carl lui tournait le dos mais elle savait que c'était lui grâce à sa doudoune noire bouffante. Shaun l'avait informée qu'Izzy emmènerait les garçons faire du shopping, sans préciser qu'ils iraient à Enniskillen. Ce n'était pas le genre de détails qu'il pensait à demander. Quand Carl fit volte-face, sourire aux lèvres, elle peina à le reconnaître tant ce gamin ne souriait jamais. Carl, le malin, le plus beau. La prunelle des yeux de son père. Il souriait *à* quelqu'un : une grande femme marchait vers eux, un sac de chez Taylor au bout du bras.

Ann en lâcha sa tasse, laquelle rebondit sur la soucoupe et se renversa. Sa grille prit la teinte beige du Formica, l'encre bleue des lettres bavait. Ann garda la tête baissée. Le thé se répandait lentement sur la table, s'accumulant dangereusement sur le rebord. Elle s'autorisa quelques regards obliques. La fougère en plastique, juchée sur le muret à côté d'elle, lui offrait un piètre camouflage. L'escalator pour descendre était situé à l'autre extrémité du café, elle serait obligée de passer devant eux pour le rejoindre, ou d'attendre qu'ils s'en aillent. Cela faisait trois mois qu'elle se débrouillait pour ne pas tomber sur Colette, et elle ne permettrait pas que leur première rencontre ait lieu ici. Elle songeait à aller se cacher dans les toilettes quand elle repéra l'ascenseur derrière elle, à côté des toilettes des femmes. Les ascenseurs la rendaient claustrophobe ; hélas, c'était sa seule option. Elle jeta un nouveau coup d'œil dans leur direction et vit que Colette convoitait la table d'un couple de personnes âgées sur le départ. Rayonnante, elle les salua en s'installant face à Carl. Elle dévorait son fils des yeux, Ann aurait pu passer à leur hauteur en criant à tue-tête sans même que Colette lève la tête. Puis elle attrapa le sac de chez Taylor et, d'un geste théâtral, en sortit un article. On aurait dit un matador agitant son chiffon rouge sous le nez de Carl. Ou plutôt un pull : la copie conforme de celui qu'elle destinait à Ronan. Ann récupéra ses affaires, enfila son sac en bandoulière, se leva discrètement et fila tête baissée vers l'ascenseur. À la fermeture des portes, elle se mit à compter jusqu'à dix, paupières closes. Quand elle les rouvrit au rez-de-chaussée, elle s'aperçut qu'elle avait oublié le cadeau de Ronan sous la table du café.

14

Colette étala le papier cadeau à plat et posa la bouteille de whisky au centre. Elle n'avait aucune idée de la manière dont elle devait s'y prendre. Fallait-il entourer la bouteille de papier et fermer le tout avec un ruban, comme on ferme un sac à linge ? Elle but une gorgée de vin puis recula de quelques pas pour mieux examiner son ouvrage. Elle se décida en définitive à coucher la bouteille sur le côté et l'enroula dans le papier dont elle tortilla le surplus avant de sceller chaque extrémité avec un ruban, accouchant d'une sorte de papillote de Noël bordélique. Ce n'était pas pour lui déplaire. Shaun se ficherait de l'emballage de toute façon.

Trouver son cadeau lui avait donné du fil à retordre. Savamment choisi, il aurait valeur de cadeau de réconciliation. Tout ce qui était trop extravagant ou trop sentimental aurait pu menacer l'équilibre de la relation qu'elle espérait rétablir entre eux. Shaun aimait savourer un doigt de whisky rare et coûteux en regardant le journal télévisé de vingt et une heures. C'était un geste suffisamment ordinaire pour être jugé insignifiant, et suffisamment intime pour compter.

Elle se resservit un verre et consulta sa montre. Il était treize heures quarante-cinq, elle cesserait de boire à seize heures. Elle se réchaufferait un reste de pâtes au micro-ondes en guise de dîner et avalerait beaucoup d'eau. Elle serait ainsi lucide et reposée pour rendre visite à ses fils, le matin suivant. L'excitation des retrouvailles lui avait donné envie d'un verre de vin, puis une fièvre festive s'était emparée d'elle en empaquetant les cadeaux.

On frappa à la porte.

— Qui est-ce ? demanda-t-elle.

Une petite voix haut perchée fit une réponse qu'elle ne saisit pas.

— Une seconde, dit-elle avant une rapide inspection dans le miroir de la salle de bains.

Elle passa la langue sur ses dents de devant, gratta la lie de vin incrustée sur ses lèvres. Elle remisa son verre dans l'évier, ouvrit la porte et se retrouva face à Madeleine Mullen. L'adolescente se trémoussait en se rongeant l'ongle du pouce si bien que Colette dût la faire répéter plusieurs fois. Se décidant à retirer son doigt de sa bouche, Madeleine lui déclara d'un ton un brin agressif :

— Maman dit qu'il y a un coup de fil pour vous.

— Oh, Madeleine, mince, je suis encore en peignoir. Ils ne peuvent pas laisser un message ?

— Elle dit que c'est urgent.

Sans doute Shaun ou sa mère, se dit-elle, ils étaient les seuls à appeler ici. Son cœur se mit à battre la chamade.

— D'accord, j'arrive dans une seconde, lança-t-elle.

Mais Madeleine s'était déjà carapatée.

Colette fonça dans sa chambre et attrapa son vieux jean sur le cadre de lit. Elle l'enfila sous son peignoir et passa un pull par-dessus, consciente qu'elle avait l'air d'une folle avec la ceinture qui pendouillait de sa taille et ce peignoir qui voletait sur ses cuisses comme si c'était une jupe en haillons. Elle enfila sans chaussettes la paire de tennis qui traînait près de la porte. Elle franchit le passage dans le mur et entama sa descente, l'herbe mouillait ses pieds et le bas de son jean. Au pied de la colline, Dolores la guettait depuis sa porte.

— Oh, Dolores ! s'esclaffa-t-elle.

Elle dégagea les mèches coincées dans le col de son pull et s'ébouriffa les cheveux.

— Je suis confuse. Madeleine m'a surprise en déshabillé, précisa-t-elle d'un ton maniéré, empruntant la formule que sa mère réservait aux visiteurs impromptus.

Dolores clignait des yeux sans bouger.

— Quelque chose ne va pas ?

— Votre mari au téléphone, l'informa-t-elle avant de disparaître dans la maison.

Colette pénétra dans l'entrée et s'empara du combiné.

— Shaun ?

— Ne viens pas demain, dit-il.

Colette baissa la tête, elle avait l'impression que le carrelage noir et blanc reculait et se fondait en un brouillard grisâtre.

— Qu'est-ce que tu racontes, Shaun ?

Elle tenta de rire, mais seul un souffle franchit ses lèvres. Elle enroula le fil du téléphone autour de son doigt.

— Il est arrivé quelque chose ?

— Je pense… compte tenu des circonstances… qu'il n'est pas souhaitable que tu viennes à la maison demain.

Colette entrevoyait le dos de Dolores debout au salon, elle berçait son bébé sur sa hanche. Dans l'entrée, des guirlandes dorées ornaient portes et cadres photo, y compris la photo de mariage suspendue au-dessus du portemanteau. Colette se tourna vers le mur. Elle agrippa le combiné à deux mains et l'approcha de sa bouche.

— Bon sang, Shaun, je t'en supplie, aie au moins la décence de me dire ce qui se passe, murmura-t-elle.

— Je n'aurais jamais imaginé ça… jamais… de toutes les choses que tu as faites, demander à notre fils de me mentir…

Les coups de feu d'un dessin animé retentirent dans le poste de télévision du salon.

— Shaun, je t'en prie, laisse-moi au moins apporter les cadeaux dans la matinée, on pourra parler.

— Si tu avais vu comme il était bouleversé… Demander à un enfant de garder un secret pareil ! À quoi tu pensais ? éructa-t-il. Des virées shopping, des balades sur la plage… Tu as pris du bon temps, pas vrai ?

— Je n'ai pas à me justifier de passer du temps avec mes…

— Tu as bu, n'est-ce pas ?

— Shaun…

— Je te remercierais de rester loin de la maison demain, de ne pas gâcher le Noël des garçons.

— Shaun, tu n'as pas le droit de…, cria-t-elle dans le combiné.

Mais il avait raccroché. Donal se tenait à présent dans l'entrée. Il l'observait. Moitié dans la pénombre, moitié éclairé par la lumière de la cuisine. Il hocha lentement la tête. Elle regardait hébétée le combiné dans sa main, suffisamment près de son visage pour entendre la tonalité. Elle raccrocha et fit volte-face, se retrouvant cette fois face à Dolores, laquelle inspectait le sol que Colette avait maculé de boue de la porte jusqu'au téléphone.

— Je suis navrée, Dolores.

Colette détesta le son de sa voix pétrie d'obséquiosité. Elle se dirigea lentement vers la porte, ses tennis trempées couinaient sur le carrelage. Elle contempla une seconde le cottage et aperçut le toit de sa voiture, à peine visible derrière le mur ; elle songea à monter récupérer ses clés et foncer chez Shaun. Elle lui tiendrait tête. Ils tireraient ça au clair. Une bourrasque souleva la ceinture de son peignoir, Colette fixa ses chaussures mouillées. Il lui revint subitement qu'elle avait bu. Quelle quantité exactement, elle n'aurait su le dire, trop cependant pour prendre le volant et se présenter à la porte de son mari sans risquer une mise au point houleuse qui, à n'y pas manquer, bouleverserait son fils de onze ans.

Ça n'avait aucun sens. La dernière fois qu'elle l'avait vu à Enniskillen, Carl avait l'air heureux, il était impatient qu'elle vienne les voir dans quelques jours.

— Vous voulez bien fermer cette porte ? Toute la chaleur s'échappe, dit Dolores.

— J'ai besoin de passer un coup de fil, Dolores.

Colette entendit un « Tsss… le culot de cette femme ! ».

— Vous passez pas mal d'appels ces derniers temps. Je vais finir par vous les facturer.

Colette l'ignora et composa le numéro qu'elle connaissait par cœur. *31470.*

— 31470, qui est à l'appareil ? demanda Izzy avec sa prétention coutumière, grimpant d'une tonalité à chaque fin de phase.

— Tu lui as dit ?

— Pardon ?

— Tu lui as dit ? mitrailla Colette.

— De quoi tu parles ?

— Shaun est au courant. Il sait tout. Il prétend que Carl lui a tout avoué, mais je sais que quelqu'un a parlé. On devait se voir demain, pourquoi aurait-il vendu la mèche à son père ?

— Oh, Colette.

— C'est toi qui lui as dit ?

— Dieu m'est témoin, soupira Izzy, je n'ai pas dit un mot. Pourquoi irais-je semer la zizanie dans les chaumières à la veille de Noël ?

— Tout ce que je sais, c'est que je devais passer la journée de demain avec mes fils et que maintenant je suis bannie de la maison.

— Tu devais te douter que ton fils finirait par parler.

— Mais non.

— Colette… je ne sais vraiment pas quoi te dire. Rentre chez toi, et dessaoule un peu.

Sa gorge la brûlait, trop de mots tentaient de se frayer un chemin jusqu'à ses lèvres.

— Colette, je ne suis pas idiote, tout le monde peut deviner à ta voix que tu as bu. Va faire une sieste. Tu as de quoi manger pour demain ?

Colette raccrocha violemment. Donal se tenait à quelques pas d'elle, bras ballants. Elle l'avait rarement vu autrement qu'en tenue de travail et il portait une chemise élégante et un jean. Il était rasé de près et avait peigné ses cheveux en arrière avec du gel.

— Il y a un souci ? demanda-t-il.

Il avait pris soin de pousser la porte du salon mais la silhouette menue de Dolores se découpait derrière le panneau en verre dépoli.

— Non, Donal. Tout va bien. Désolée pour le dérangement. Joyeux Noël. J'espère que vous vous amuserez demain.

Au moment où elle passait la porte, il prononça son nom.

— T'es à moitié bourrée. Ne t'avise pas de revenir ici dans cet état, dit-il en lui claquant la porte au visage.

Colette bataillait pour garder l'équilibre en grimpant la colline rendue glissante par la pluie. Presqu'au sommet, elle se laissa tomber à quatre pattes et sentit ses mains s'enfoncer dans la terre humide. Elle cala ses pieds sur les marches usées et griffa la terre pour ne pas dégringoler en bas. Au pas suivant, la boue avala une de ses tennis, puis la seconde. Elle franchit les derniers mètres pieds nus. Une fois chez elle, elle envoya valser pull, peignoir et jean, et se glissa dans la douche dont elle poussa la température à fond. Elle se laissa envahir par la chaleur, haletante. Mais l'eau chaude ne dura pas plus d'une minute ou deux, elle éteignit le filet d'eau et quitta la douche, laissant une mare brune derrière elle. Elle s'entoura d'une serviette blanche et marcha jusqu'à l'évier pour récupérer son verre de vin, puis elle se ravisa en voyant le cadeau de Shaun sur la table. Elle arracha le papier, dévissa le bouchon, remplit un verre à ras bord et s'envoya une grande rasade. Depuis la fenêtre, elle contempla la plage. La mer avait presque englouti les halos bleutés qui la couvraient tel un linceul. Elle recouvra son calme devant le spectacle de l'eau qui éteignait les vestiges du jour, le whisky la réchauffa.

Elle alla se mettre au lit. Demain matin, si elle le désirait, elle pourrait toujours parcourir les quatre heures de route jusque chez sa mère. Mais si Ronan venait la voir ? Puis elle se rappela la joie dans la voix de sa mère lorsqu'elle lui avait annoncé qu'elle passerait la journée avec Shaun et les garçons. Elle avait pris ses dispositions, elle célébrait Noël avec sa sœur, son mari et leurs filles adolescentes. Il était hors de question que Colette l'accompagne. Elle n'avait aucune envie de subir les jugements de sa sœur et de sa mère. Rien que l'idée lui était insupportable. Elle ferma les yeux. Elle préférait dormir jusqu'au Nouvel An.

À son réveil, le ciel était un canevas noir et sans relief. Elle perçut le léger frémissement du gravier dehors. Les pas s'arrêtèrent à sa porte, elle entendit trois coups lents et réguliers, une clé tourner dans la serrure. Elle examina son corps nu enveloppé dans la serviette blanche. Un courant d'air s'engouffra dans la pièce et la piqûre du froid lui brûla la peau. La porte claqua, son ombre s'allongea bientôt sur le seuil de la chambre. Il avait relevé la capuche de sa doudoune et il avait l'air plus grand et plus massif, comblant presque entièrement le cadre de la porte. Il se pencha pour délacer ses chaussures en haletant, une première botte rebondit sur la pierre, puis la seconde. Elle songea à bouger, tenta de se secouer, mais une immobilité de plomb la clouait au matelas.

15

En ce deuxième lundi de janvier, James ne cachait pas son soulagement lorsqu'il déverrouilla la porte du local de sa circonscription. La pièce sentait le renfermé et, malgré la météo fraîche et humide, il ouvrit en grand les deux larges fenêtres qui donnaient sur le port. Son bureau occupait le rez-de-chaussée d'un des plus anciens bâtiments de la ville, l'odeur du temps imprégnait les murs, les corniches en plâtre et l'antique cheminée qui exhalait un râle chaque fois qu'une brise s'y engouffrait. C'était une jolie pièce, avec de beaux volumes ; James avait récemment couvert le parquet en bois d'un tapis chaleureux. Il posa sur son bureau la liasse de journaux qu'il avait apportée et suspendit au dos de sa chaise le nouveau manteau bleu qu'Izzy lui avait offert à Noël. Il retourna à la porte pour ramasser le courrier qu'il avait enjambé en entrant. Son dos lui jouait des tours, il dut s'accroupir et poser un genou à terre. Il rassemblait les enveloppes quand la porte s'ouvrit avec fracas, manquant le faire tomber à la renverse.

— Purée, James, désolée, s'exclama son assistante en glissant la tête dans l'embrasure.

— Bonjour, Cassie.

Il se redressa tant bien que mal et jeta le courrier sur le bureau de celle-ci. Si d'aventure il voulait régler sa montre, il disposait d'un indicateur très fiable : les cinq minutes de retard quotidiennes de sa secrétaire.

— Ça va ?

— Très bien. J'ai été dorlotée à Noël, fanfaronna-t-elle en exhibant son nouveau sac à main.

— Pourrie gâtée, voilà ce que vous êtes.

James savait que ses parents lui avaient récemment offert une voiture pour parcourir les dix minutes de route entre la maison familiale et le bureau. Et, malgré ce supplément de confort, il déplorait encore son absence de ponctualité maladive. Mais il s'abstint une fois de plus de lui en faire la remarque. Il avait eu maintes difficultés à garder ses secrétaires par le passé, et Cassie travaillait avec lui depuis presque trois ans. Son père était skipper sur un des bateaux du port, il avait supplié James de l'embaucher à la fin de son école de secrétariat. James s'était laissé attendrir par l'idée d'accueillir une débutante qu'il pourrait former à sa main, plutôt que de voir débarquer une secrétaire expérimentée, avec des méthodes acquises ailleurs. C'était un emploi peu exigeant, consistant à gérer son courrier, plus quelques tâches basiques de comptabilité. Quand James était à Dublin, sa mission se bornait à répondre au téléphone. Les premiers temps, il pratiquait la politique de la porte ouverte, mais les gens venaient sans cesse se plaindre qu'un voisin s'était garé sur leur place de parking ou que les éboueurs n'avaient pas ramassé leurs poubelles. Il recevait désormais sans rendez-vous les jeudis matin exclusivement. Le reste du temps, les gens se débrouillaient avec Cassie. James estimait que ce ne serait pas trop demander que, de temps à autre, elle mesure la chance que représentait cet emploi de bureau. Elle aurait aussi bien pu atterrir dans une des usines de poisson.

— Comment s'est passé Noël ?

— Un fier succès, Cassie.

C'était la seule chose qui lui était venue à l'esprit. Izzy et lui ne s'étaient pas disputés, voici ce qu'il entendait par là. Ils avaient évité de peu une querelle, avant le réveillon du jour de l'An, quand Izzy s'était installée à la cuisine devant une pile de brochures vantant des voyages au soleil, et s'était mise à lui lire le descriptif des hôtels à voix haute. Il méritait des vacances, avait-elle lancé, après tout le stress qu'il avait subi. James avait répliqué que c'était inenvisageable avant juillet, au plus tôt. Si elle avait envie de s'évader une semaine avec sa sœur, qu'elle ne s'en prive pas. Puis il avait battu en retraite au salon sans lui laisser le temps de riposter. Pendant la trêve de Noël, il s'était appliqué à ne pas élever la voix sur Niall, quand bien même ses lèvres tremblotaient à la moindre contrariété et que ce spectacle le mettait hors de lui. Quant à Orla et Izzy, elles n'avaient pas eu de prises de bec significatives, même si la menace couvait à tout moment. La veille au soir, un sentiment de paix véritable avait enveloppé la maison, une fois leur fille repartie à l'internat.

Cependant, James n'avait pas savouré ses vacances. Sérieusement, à quoi tout cela rimait ? Noël n'avait jamais été sa tasse de thé. C'était une période sentimentale et James n'était pas un sentimental. Il savait qu'il aurait dû profiter des plaisirs qui s'offraient à lui : la famille réunie au complet, le repos et la détente, cette bienveillance de circonstance. Il s'était senti constamment fatigué et avait essuyé quelques nuits blanches. James avait toujours été un prodigieux dormeur, un atout qu'il savait précieux. Cela rendait Izzy dingue qu'il arrive à dormir comme un loir quand leur couple traversait une zone de turbulences. Mais à présent, les tracas qui l'assaillaient dans la journée refaisaient surface la nuit. Les yeux ouverts, il montait la garde. Il se demandait s'il avait serré le frein à main de la voiture, payé la facture d'électricité, si Niall ne s'était pas endormi avec la couverture chauffante, ou si son indigestion relevait d'un mal plus sournois qui le dévorait de l'intérieur. Il avait décidé d'aller voir le docteur D'Arcy, début janvier, afin qu'il lui prescrive un somnifère quelconque. Puis, la minute d'après, James s'était dit que reprendre le travail lui ferait davantage de bien. D'autant que, lors d'une récente consultation, le docteur D'Arcy lui avait laissé entendre qu'il présentait tous les symptômes du surmenage. Le problème était « plus dans sa tête », selon ses propres mots. Quand les médecins se mettaient à émettre ce genre d'hypothèses, on n'était pas à l'abri de se voir prescrire des cachets d'une autre nature. Si James avouait à son médecin qu'il avait des insomnies, il ne ferait que l'encourager dans cette voie. Et ils seraient alors deux à avaler des antidépresseurs dans cette maison, ce qui révolterait Izzy. Elle l'accuserait de chercher à attirer l'attention.

Un courant d'air échappé de la cheminée fit bruisser les journaux sur son bureau.

— Vous voulez bien fermer ces fenêtres, Cassie ?

Il chaussa ses lunettes et attrapa l'exemplaire du haut de la pile de journaux.

— Pendant que vous y êtes, profitez-en pour *dé-Noëliser* le bureau.

— Qu'entendez-vous au juste par *dé-Noëliser* ?

Cela avait fait l'objet d'un contentieux entre eux. Cassie voulait décorer la pièce et James s'y était opposé.

— Eh bien, en commençant par jeter les cartes de vœux, par exemple.

— Ouais, c'est l'affaire de deux minutes, ironisa-t-elle.

James décortiqua l'équivalent d'une semaine de numéros du *Irish Times*. À cette période de l'année, la presse accordait peu de place aux nouvelles consistantes, les papiers politiques portaient essentiellement sur les manigances qui avaient prévalu à la formation du nouveau gouvernement. Bien qu'il les ait tous lus, James souhaitait les feuilleter à nouveau, histoire de s'assurer que rien ne lui avait échappé. Les postes changeaient de main si souvent. On pouvait être député un jour et ministre le suivant. Il fallait savoir garder son sang-froid. Izzy s'amusait à lui répéter qu'il n'était pas fichu de voir plus loin que le bout de son nez. Sa femme lui balançait souvent ce genre de méchancetés. C'était déconcertant qu'elle se permette ces remarques en escomptant qu'il reste stoïque. Les rares occasions où il s'emportait, elle se vexait sur-le-champ. S'il s'était seulement plaint de l'injustice de la chose, Izzy lui aurait rétorqué : « Ah, dommage pour toi. » Bref, James ne voyait pas comment on pouvait décemment lui reprocher de manquer de clairvoyance, alors qu'il avait quitté l'école à quatorze ans sans aucune qualification et qu'il était aujourd'hui un membre élu de l'Assemblée, même s'il avait échoué à devenir ministre.

Et cette blessure mettrait un long moment à cicatriser. Comment ne pas le prendre comme un affront personnel ? Quand personne n'avait eu le réflexe de l'informer que la décision ne penchait pas en sa faveur. Avant d'avoir même eu le temps de digérer la nouvelle, il serrait la main du nouveau ministre et le félicitait pour sa nomination. Et ce n'était pas comme si cet homme était plus expérimenté : James le surpassait en tout point, excepté son patronyme. Personne ne se souciait que la presse l'ait épinglé quelques années plus tôt pour fraude à l'impôt, parce qu'il avait déduit de sa déclaration une partie des travaux de rénovation de son domicile. James s'était toujours montré discret sur les délits des autres – à cet égard, il jouait le jeu –, il n'avait quant à lui jamais demandé l'annulation d'une contravention. Quand on était parti de rien, on était soumis à un niveau d'exigence supérieur. James finissait néanmoins par se demander ce que son comportement irréprochable lui avait rapporté.

— Merci, Cassie, dit-il, comme elle posait un mug de thé devant lui.

— C'est plutôt calme aujourd'hui.

James leva les yeux de son journal, Cassie observait le quai, plantée devant la fenêtre.

— Oh, ils ne sortiront pas de sitôt, dit James.

La majeure partie de la flotte était ancrée au port. La mer était aussi sombre que le ciel, presque grise, et le soleil rasant d'hiver perçait sporadiquement les nuages massés derrière le phare. Le vent s'était levé, la houle était forte. Malgré leur taille, les grands vaisseaux massifs se faisaient chahuter par les vagues. James regardait les cordes d'amarrage se tendre et se détendre, se tendre et se détendre, jusqu'à en avoir l'estomac retourné.

Ces bateaux avaient des allures de paquebots de croisière comparés à celui sur lequel il avait pris la mer. Deux ans durant, il avait roulé sa bosse sur le *Assaro*, un chalutier à sept couchettes, où la nausée l'avait contraint à se terrer sous le pont dans sa couchette. James avait alors découvert à ses dépens que c'était le pire endroit pour échapper au mal de mer. Mais le reste de l'équipage s'était mis en tête de faire de lui un homme. Il s'était indigné de leurs insinuations sur son manque de caractère, et s'était plaint de leur salaire médiocre et de leurs conditions de travail périlleuses. Puis une nuit, ils avaient reçu l'appel de détresse d'un bateau – avec quatre hommes à bord – qui prenait l'eau au large de Rathlin Head. Pas moyen de l'accoster avec cette mer déchaînée. Ils avaient dû se résoudre à le regarder sombrer doucement, jusqu'à ce que la mer se fende et l'aspire dans son dernier souffle. Une nappe d'écume blanche avait lentement comblé son absence.

Il s'était trouvé un autre travail dans les meilleurs délais, puis avait obtenu un poste de contremaître à la coopérative de pêche, peu après son mariage. Et James avait continué de se plaindre. Les pêcheurs ne recevaient pas un juste prix pour leur pêche, il avait donc organisé une grève et obtenu la mise en place d'une réglementation, la fixation d'un prix minimum sur la vente du poisson. À l'horizon des nouvelles élections du conseil local, on l'avait encouragé à se présenter. Il avait fait mine d'être réticent et l'avait emporté haut la main. Il échoua en revanche la première fois qu'il se présenta au Dáil Éireann, et fut élu député à sa deuxième tentative quelques années plus tard. À l'Assemblée, il avait eu le pouvoir de faire pression sur le Parlement européen et de remporter des avancées conséquentes, permettant aux marins de pêcher plus, de gagner plus, avec de meilleures conditions de travail. Et son entourage s'était considérablement enrichi. C'était précisément ce que pointait Izzy, ce qu'elle lui reprochait constamment, à savoir que son étroitesse d'esprit les avait limités question finances. Pourtant, il possédait une maison, deux voitures, sa fille étudiait dans une école privée. Il s'offrait des vacances au soleil une fois l'an. James possédait bien plus qu'il ne l'aurait espéré. Izzy, en revanche, n'était jamais satisfaite. C'était la seule chose qu'il détestait vraiment chez elle. Il passait outre ses moqueries perfides, parce que sa femme était drôle et qu'elle le faisait rire quand elle dirigeait sa causticité contre un autre. Mais elle était rapace, et elle excellait à estimer la fortune des autres. Selon Izzy, tout le monde était plus riche qu'eux. Et, quand il regardait autour de lui, James avait l'impression que ses contemporains étaient tous devenus millionnaires, sauf lui. Pire, qu'il les avait aidés à le devenir.

— Je fais quoi avec ça ? demanda Cassie en lui présentant une petite boîte remplie pour moitié de cartes de vœux.

— Combien en a-t-on imprimé ?

— Deux cents.

— Combien en a-t-on envoyé ?

— Environ une centaine.

— Merde, quel gâchis d'argent, fit-il, réfléchissant tout haut au moyen de les employer à autre chose.

— Je ne vois pas comment. Ce sont des cartes de vœux. Il y a « 1994 » imprimé dessus.

— Bon. Gardez quelques exemplaires pour les archives et jetez le reste à la poubelle.

— Quelles archives ?

— Cassie, là où vous classez les documents anciens.

On frappait à la porte. Cassie abandonna sa boîte sur le bureau de James et s'empressa d'aller ouvrir. Une carte témoin était collée dessus. La photo d'illustration avait été prise l'été dernier, au banquet annuel de l'Organisation des pêcheurs d'Ardglas. Au premier plan, figurait la présidente Mary Robinson, venue pour l'occasion. Elle était entourée des armateurs de la ville et de leurs épouses, Izzy et James compris. Sa femme portait une robe noire, un collier de perles et des boucles d'oreilles. Ses cheveux blonds étaient retenus par un bandeau de velours noir. Elle posait jambes croisées, mains jointes sur les cuisses. Le fait que sa femme soit séduisante et admirée par les hommes, qu'elle remplisse si brillamment son rôle lors des cérémonies officielles, le rendait fier et il aimait à penser qu'il lui exprimait son admiration aussi souvent que possible. Il essaya de se souvenir s'ils s'étaient disputés, ce soir-là.

— Bonne année, dit Cassie à l'homme de grande taille recroquevillé sous le dormant de la porte.

Il mettait un temps considérable à s'essuyer les pieds sur le paillasson et laissait le froid s'engouffrer dans le bureau. James se leva, son animosité se muant en curiosité dès qu'il reconnut Shaun Crowley.

— Bonjour, Shaun, comment allez-vous ?

— Je vous prépare un thé ? demanda Cassie.

Shaun se mouvait avec une lenteur étudiée dans la pièce, il tapotait les poches de son manteau et examinait le sol, comme s'il avait égaré quelque chose.

— Je vais prendre une autre tasse, pour ma part. Shaun ?

— Je ne compte pas m'attarder.

— Asseyez-vous, dit James en désignant la chaise en vis-à-vis. Que puis-je faire pour vous ? Vous avez passé un bon Noël ?

Shaun se laissa choir lourdement et s'avachit contre le dossier. Il tira un étui à lunettes de la poche de sa veste en coton ciré dont il sortit un carré de tissu blanc, et s'employa à nettoyer ses verres avec application. James nota que l'ourlet de son pantalon était trop court de trois centimètres et dévoilait ses mollets poilus au-dessus de l'élastique de ses chaussettes rouges. Shaun portait de luxueux souliers faits main, dont le cuir terni aurait mérité un coup de cirage. Sa chemise en flanelle était déboutonnée en haut, laissant percevoir son maillot blanc et les poils sur son torse.

Cassie apporta à James un autre mug. Shaun lui jeta un coup d'œil suspicieux, sans négliger d'astiquer pour la deuxième fois ses carreaux.

— Cassie, voulez-vous aller chercher les journaux du jour chez Doherty ? demanda James.

Elle acquiesça, attrapa son manteau et ses clés et déserta le bureau.

— Alors, Shaun. Que me vaut cet honneur ?

James avait planté ses coudes sur le sous-main en cuir et se tenait le menton.

Shaun rechaussa ses lunettes. Recouvrer la vue sembla raviver sa vigueur. Il cligna plusieurs fois des yeux, se familiarisant avec ce qui l'entourait. Puis il se leva et marcha vers la fenêtre d'un pas déterminé. Il croisa les mains dans son dos et contempla les quais en secouant la tête.

— Il y a vingt ans, la flotte n'excédait pas quinze bateaux. Il y en a presque cinquante aujourd'hui. Et d'ici à vingt ans, il n'y aura plus un poisson dans la mer.

— Jamais une parole n'a été plus vraie. Ils ne laisseront rien à la génération suivante. Je m'échine à le répéter : le tourisme est l'avenir de cette ville.

Shaun tourna brusquement la tête, comme si la présence de James l'étonnait soudain. Il regagna sa chaise et se rassit bien droit face à lui, il pinça les genoux de son pantalon, le tissu se releva de plusieurs centimètres, dénudant ses tibias pâles et osseux.

— Eh bien, de quoi voulez-vous me parler ? s'enquit James.

— Noël, James. Oui, Noël. Noël a été pénible, dit Shaun.

Il émit un murmure d'assentiment, signifiant qu'il était d'accord avec lui-même.

— Je ne vous cache pas que ça a été une période délicate. Carl était vraiment contrarié de ne pas voir sa mère, laquelle ne vit plus avec nous, comme vous le savez. Cet état de fait relève de son seul choix. Elle souhaitait aller vivre à Dublin, elle a abandonné le domicile et ses fils pour commencer une autre vie.

Shaun fouillait dans sa veste de coton ciré. Il ouvrit son poing, examina un mouchoir blanc froissé puis le remisa aussi sec dans sa poche.

— Shaun, je suis vraiment désolé d'entendre cela…

— J'estime avoir autant le droit qu'elle à un nouveau départ. Vous ne pensez pas ?

— Shaun…

— Et j'estime que mes garçons sont en droit d'avoir une vie stable et paisible. Ils le méritent, vous ne croyez pas ?

James croisa les bras et se recula sur sa chaise.

— Colette n'y a certainement pas contribué, pas plus que votre femme, d'ailleurs, lâcha Shaun.

— Quoi ?

— Depuis le retour de Colette, il semble qu'elles se soient liées d'amitié. Ce qui est étrange quand on considère qu'elles ne se fréquentaient pas beaucoup avant.

— Izzy suit les cours d'écriture de Colette, et alors ?

— Je ne les aurais jamais imaginées copines. Pas plus que je n'imaginais qu'elles aient les mêmes goûts et les mêmes centres d'intérêt. En plus, Colette n'a jamais eu beaucoup d'amis, ce à quoi je n'avais pas vraiment réfléchi jusqu'ici. Je me disais que c'était parce qu'elle n'était pas du coin, vous connaissez les gens, ou qu'ils la trouvaient bizarre à cause de son occupation.

James se sentait oppressé, il avait l'impression qu'on lui écrasait la poitrine. Il baissa les yeux sur le coupe-papier argent en forme de maquereau qui était posé sur le carré en marbre entre lui et Shaun.

— Votre épouse n'est pas d'ici, elle non plus, poursuivit ce dernier. Je sais qu'elle est née pas très loin, mais cela revient au même. Dans une petite ville, un étranger reste un étranger. J'ai toujours dit à Colette qu'Izzy était la femme la plus gentille que compte cet endroit. C'est regrettable qu'elle se soit laissé embarquer dans tout ça, rien d'étonnant à ce que Colette s'en soit servie… d'intermédiaire…

— Venez-en au fait, Shaun.

— Le fait est que votre épouse a facilité des entrevues entre Colette et Carl. Des virées shopping, à Enniskillen entre autres. Un choix étrange.

— Elle a emmené les garçons faire des emplettes de Noël dans le Nord… et alors ?

— Et elle s'est arrangée pour que Colette les retrouve là-bas, et ils ont passé la journée à acheter des cadeaux et à vadrouiller.

— D'où tenez-vous cela ?

— Oh, on les a vus.

— Qui ?

— Aucune importance.

— Puisque vous venez ici lancer des accusations contre ma femme, alors vous pourriez au moins avoir les couilles de révéler vos sources.

— Je n'accuse personne, James. Je livre les faits.

— Une mère a été vue en train de faire des emplettes de Noël avec son fils, voici les faits, et je suis supposé gronder ma femme en rentrant chez moi ? Et pour quel motif, au juste ?

— Ce que vous faites de cette information est votre affaire. Je ne suis pas ici pour vous dire comment gérer votre couple. Mais, si je puis me permettre, on ne voit pas toujours ce qui se passe sous notre nez.

— Très bien, Shaun, vous avez dit ce que vous aviez à dire, je suis maintenant parfaitement au courant que ma femme est allée faire du shopping avec Colette.

James remit ses lunettes et tendit la main vers son journal.

— Merci pour l'info. Je ne vous raccompagne pas.

— Ce n'est pas ce à quoi je faisais allusion.

— Alors quoi ? demanda James en le jaugeant pardessus ses lunettes.

— La voiture du prêtre de la paroisse est plus souvent garée devant votre maison que devant la sienne. Il semble qu'Izzy se soit fait un autre nouvel ami, ces derniers mois.

— À votre place, je ne m'aventurerais pas sur ce terrain.

Shaun enfonça son annulaire dans son oreille. Il grimaça et secoua la tête en inspectant le bout de son doigt.

— Le fait que vous n'ayez pas prêté attention aux agissements de votre femme, poursuivit James, ne vous donne pas le droit de me dire comment me comporter avec la mienne.

— Je vous rapporte uniquement ce que les gens disent.

— Et vous croyez que j'accorde une attention aveugle à ce qu'on raconte sur mon compte ?

— Je pense au contraire que vous vous souciez beaucoup de ce qu'on pense de vous, James. Si vous vous en étiez un peu moins soucié, votre carrière aurait été autrement florissante. Mon avis, c'est que vous jouez la prudence et que vous avez plus de respect pour vos concitoyens que vos pairs. C'est ce qui vous a permis de conserver votre siège aussi longtemps mais… Enfin, avec tous les changements à l'œuvre au sein du gouvernement, il ne fallait pas être devin pour comprendre que vous seriez évincé une fois de plus.

La porte s'ouvrit, Cassie batailla contre le vent pour la claquer.

— Purée, c'est un temps à vous fouetter le sang ! s'exclama-t-elle.

— Je vous souhaite une bonne journée, James.

Shaun se leva et le salua à nouveau de la tête. Il fut à deux doigts d'entrer en collision avec Cassie en s'acheminant vers la sortie.

— Au revoir, Shaun, dit-elle en s'essuyant les pieds sur le paillasson.

James avait les oreilles qui bourdonnaient, des bourdonnements allant crescendo.

— Tout va bien ? s'inquiéta Cassie.

En baissant la tête, il remarqua sur son bureau l'étui à lunettes de Shaun et le carré de tissu blanc qu'il avait utilisé pour nettoyer ses verres épais. À l'intérieur était scotché un bout de papier avec son nom, son adresse et son numéro de téléphone. James flanqua le tout à la corbeille qu'il saisit ensuite à deux mains afin d'aller s'attaquer au manteau de la cheminée.

— Je vous avais pourtant demandé de nous débarrasser de ces satanées cartes, dit-il en les jetant une à une à la poubelle.

16

Si on lui avait demandé quelle était la plus grande entourloupe que l'Église catholique jouait à ses fidèles – et elles étaient nombreuses –, le père Brian aurait répondu l'acte de confession. Le caractère anonyme de l'échange était trompeur. Le confessionnal était suffisamment lumineux pour distinguer la silhouette assise derrière la grille et, si cette personne vous était un tant soit peu familière, il était possible de l'identifier. Dans une commune comme Ardglas, laquelle comptait environ un millier d'habitants, dont seules quelques centaines se confessaient régulièrement, cela devenait un jeu d'enfant de reconnaître son interlocuteur. La voix constituait à elle seule un précieux indice. D'ailleurs, les paroissiens n'étaient pas totalement dupes, ils se gardaient d'entrer dans les détails, livraient une version aseptisée de leurs péchés. « J'ai dit à ma femme d'aller se faire foutre » devenait « J'ai mal parlé à ma femme ». « Je me suis tapé la femme de mon voisin » devenait « J'ai convoité la femme de mon voisin ». « J'ai roué ma femme de coups » devenait « Je me suis énervé contre ma femme ».

Brian méditait cette question tout en prêtant l'oreille à la confession de Dolores Mullen. L'espace confiné et l'air vicié avaient sur lui un effet soporifique. Il somnolait fréquemment ou rêvassait lorsqu'il recueillait les péchés d'autrui. Leurs révélations étaient volontiers ennuyeuses et répétitives ; à l'instar de leurs rêves, elles n'avaient d'intérêt que pour eux-mêmes. Mais le récit de Dolores prenait une tournure plus précise à mesure qu'elle parlait.

— J'ai tellement de colère envers mon mari.

Elle butait sur chaque mot.

Il avait deviné qu'il s'agissait d'elle à l'instant où elle avait pénétré dans le confessionnal. Elle était non seulement une fervente paroissienne et se repentait régulièrement – sa mère, son père et ses cinq sœurs étaient tous religieux – mais elle avait une telle touffe de cheveux qu'ils occupaient tout l'espace. Il distinguait le fouillis de ses boucles grâce au halo de lumière qui trouait l'obscurité.

— Il m'est infidèle, mon père, poursuivit-elle. Il m'a trompée de nombreuses fois. Mais là je crois que c'est avec... enfin, je sais que... je sais que c'est avec une... de nos voisines.

Brian chercha avec qui Donal pouvait fauter à proximité de sa maison. Dans son souvenir, il n'y avait aucune habitation autour de chez eux.

— Avant, il avait au moins la décence de faire ça loin de la maison, loin de moi et des enfants, mais il a maintenant si peu de respect pour moi qu'il se contrefiche que je sache qu'il va voir à la porte d'à côté.

Il comprit subitement qui était la femme en question. Elle lui avait téléphoné deux jours plus tôt pour lui annoncer qu'elle ne serait plus en mesure de lire à la messe et avait raccroché avant qu'il n'ait la chance de prononcer un mot.

— Des fois la nuit, quand il dort, je songe à prendre un couteau dans le tiroir de la cuisine et à le lui planter dans le dos.

C'était extraordinaire ce que cachaient les paroles des gens, lorsqu'on y prêtait attention. Dolores ne cherchait pas tant à obtenir l'absolution, elle l'informait seulement que son mari n'était pas un homme bien. Certes il assistait à la messe dominicale et faisait sauter ses enfants sur ses genoux, mais Dolores était venue lui signaler que cette attitude exemplaire était un leurre. Izzy avait peu ou prou tenté de lui dire la même chose avec l'anecdote du magasin. Elle lui avait signifié : vous savez, cet homme qui rit à vos blagues et rompt le pain ou joue au golf avec vous le week-end ? Eh bien, cet homme est capable d'égoïsme et de cruauté et, comme il ne viendra pas vous le confesser, je m'en charge à sa place. Pour elles, se confier au prêtre de la paroisse revenait à s'adresser au sommet de la hiérarchie : elles disaient à l'arbitre moral de leurs existences que leurs maris n'étaient pas des hommes bons. La déférence dont on entourait les prêtres n'avait de cesse de l'étonner, tout comme le fait que, de nos jours et à notre ère, des hommes tels que Donal Mullen et James Keaveney seraient mortifiés d'apprendre que le curé de la paroisse savait quels salopards ils étaient.

Comme si Brian ne le savait pas déjà.

Son principal rôle, estimait-il, était de recueillir le ressentiment des gens. Par son intermédiaire, les personnes démunies obtenaient une petite revanche.

— Oh, Dol… Ma chère… Avez-vous essayé de parler de vos soupçons à votre époux ?

Son long silence devint si envahissant qu'il vérifia à travers la grille qu'elle se trouvait toujours là.

— Je suis enceinte de cinq mois, mon père, déclara-t-elle.

— Dans ce cas…, dit-il avant de la bénir.

— Quelle est ma pénitence, mon père ?

— Oh, soupira le père Brian, je ne m'inquiéterais pas pour ça, à votre place. Disons que, pour l'heure, votre coupe est assez pleine.

— Merci, mon père.

Il supposait que Dolores serait la dernière candidate de la journée, mais il patienta quelques minutes. Pas moyen de passer une tête dehors pour vérifier si quelqu'un attendait ou non, sans quoi l'illusion serait brisée. Une fois convaincu que plus personne ne se présenterait, il quitta le confessionnal puis l'église.

En rejoignant le presbytère adjacent, il réfléchit au cas Donal et Dolores Mullen : *Et si elle le découpait en morceaux pendant son sommeil ?* songea-t-il. Au cours de sa carrière de policier, il avait été confronté à plus d'incidents de violences domestiques qu'il ne souhaitait se souvenir ; aujourd'hui prêtre, il gérait sans cesse des affaires domestiques.

Au moment où il déverrouillait sa portière, il commença à neiger. Il se mit à l'abri dans la voiture et contempla les petits cristaux isolés tomber lentement, on aurait cru l'œuvre d'une main invisible s'amusant à les lancer au compte-gouttes. Le ciel avait été menaçant tout le jour, affichant une grisaille pâle. Il neigeait plus fort mais les flocons se décomposaient dès qu'ils touchaient le sol humide. Le père Brian décida donc de se conformer à ses plans.

Il n'avait pas vu Izzy pendant Noël. Une période consacrée à la famille. Il escomptait que James ait repris le travail et les enfants l'école. Chaque fois qu'on lui confessait une chose croustillante, Izzy lui venait aussitôt à l'esprit. Il aurait aimé lui raconter l'affaire en détail, échanger avec elle et même s'autoriser à en rire – mais il était ligoté par sa conscience. Izzy était une femme drôle et irrévérencieuse, la seule âme de cette ville à ne pas le traiter comme un curé. À l'arrivée d'un nouveau prêtre, les citoyens de marque le conviaient au déjeuner dominical, l'invitation du député local ne fut donc pas une surprise pour lui. Il s'étonnait en revanche d'être devenu si proche des Keaveney, et d'Izzy en particulier, en un laps de temps aussi court.

Il ne lui avait pas fallu longtemps pour comprendre que quelque chose clochait dans leur couple. Dès le premier déjeuner, ils s'étaient chamaillés ouvertement. S'ils n'étaient pas capables de faire bonne figure devant leur curé, les choses allaient vraiment mal. Mais leur attitude variait du tout au tout d'une semaine à l'autre, si bien qu'on ne savait jamais à quoi s'attendre. Dans les bons jours, James semblait s'enorgueillir de l'esprit vif et caustique de sa femme, et son épouse accueillait sa déférence d'un coquet battement de cils. À d'autres moments, James se montrait irascible, il se hérissait dès qu'elle ouvrait la bouche, embarrassé par sa personnalité et son comportement théâtral. Izzy, de son côté, jugeait son mari faux et pompeux et ponctuait ses propos de remarques désobligeantes. Et Brian admirait sa ténacité. Elle ne l'attaquait pas bille en tête, mais elle ressemblait si peu aux ménagères dociles de la paroisse qui, face à des rivaux nettement moins redoutables que James Keaveney, s'en tenaient à des sujets aussi peu conflictuels que la météo. Cela n'en demeurait pas moins embarrassant. Mais Izzy était bonne cuisinière, la conversation était moins guindée, l'atmosphère moins oppressante que dans les autres foyers où il s'était rendu. Il avait manifestement fait bonne impression puisque James l'avait invité peu après à pratiquer un quatre-balles au club de golf.

Ils avaient tous deux envoyé leurs balles dans le *rough* et se trouvaient à l'écart des autres joueurs. Tout en travaillant son lancer, James lui avait confié que les choses n'allaient pas bien entre lui et Izzy.

— Elle est dépressive, avait-il dit en fuyant son regard. Ça lui tombe dessus sans crier gare. Dans ces moments-là, elle me rend responsable de tout. Un véritable chardon. Impossible de lui faire entendre raison.

Il avait attendu que James s'épanche d'avantage.

— Vous pourriez peut-être lui en toucher deux mots. Ne lui dites pas que je vous l'ai dit. De toute façon, elle ne m'écoute pas.

Son franc-parler l'avait surpris. Mais le père Brian, cette fois encore, avait perçu le sous-texte. *Cette femme que vous trouvez hilarante, l'épouse de l'année ? Elle est barjot.* Il savait d'expérience que les hommes avaient tendance à juger leurs épouses cinglées, dès qu'elles avaient le malheur de se plaindre de leur sort. Brian l'avait assuré qu'il parlerait à Izzy. Il se réjouissait d'avoir cette excuse pour passer plus de temps en sa compagnie.

Izzy était perspicace. Elle devina tout de suite que le prêtre était missionné pour l'arracher à sa torpeur. Elle s'était donc montrée plus ouverte sur ses problèmes qu'elle ne l'aurait été autrement. Puisque son époux s'était permis de dire à leur prêtre qu'elle était caractérielle, elle ne se gênerait pas pour adopter la même franchise concernant ses défauts.

— James vous apprécie, avait-elle lancé un jour, parce que vous êtes un homme, un vrai. Le dernier prêtre qu'on a eu ici était un peu…

Elle avait levé le bras et plié mollement le poignet.

— Cela ne me surprend pas, le séminaire n'en manquait pas.

— Exact, c'est là qu'on les croise. Ce type, le père Slattery, vous le connaissez sans doute, se donnait vraiment en spectacle. Il n'avait rien d'un prêtre. Tout ce qui l'intéressait, c'était parcourir la ville, manger, boire chez les gens et cancaner avec les femmes. Il adorait les fêtes. Il s'était entiché de moi, il me trouvait drôle, il n'arrêtait pas d'appeler à la maison. James l'a remis à sa place plusieurs fois parce qu'il m'empêchait de préparer le dîner. Bref, nous avions de cruelles disputes à son sujet.

— Pourquoi ? Le voyait-il comme une menace ?

— Absolument pas, s'était-elle esclaffée. James m'a dit un jour : « Izzy, cet homme est de la jaquette. » Que Dieu lui pardonne.

Ils avaient ri de bon cœur.

— Quel était le problème, alors ?

Il se rappelait l'éclat vif de ses yeux, cette façon qu'elle avait de le regarder.

— Le problème, c'est qu'il était ridicule. Tout simplement. James avait peur qu'on le mette dans le même panier, que les gens se moquent dans son dos. C'est ce que James redoute le plus : les sarcasmes, l'humiliation.

Alors que sa voiture se frayait un chemin sur le pont étroit pour rejoindre la route où vivaient les Keaveney, il voyait difficilement à cause de la neige, les giboulées nonchalantes et continues brouillant son champ de vision.

En tournant dans l'allée, il se joua la conversation qu'il n'aurait jamais avec Izzy à propos des Mullen.

Il se tape Colette Crowley et Dolores va le trucider.

« Ah, taisez-vous », disait-elle. Ou encore : « Il n'aura que ce qu'il mérite. »

Sous la neige, la silhouette de la Toyota verte de James se dessinait à côté de la maison. Le père Brian mesura combien il avait espéré passer ce moment seul avec elle. Trop tard, ils l'avaient probablement entendu, il n'avait pas le choix. Il entrerait les saluer et ne s'attarderait pas.

Il voulut récupérer son manteau sur la banquette arrière et s'aperçut qu'il était parti sans. Par-delà le pare-brise, il constatait que la neige avait faibli, il n'y avait plus que de rares flocons dans le ciel. Il s'apprêtait à courir jusqu'à leur porte quand il distingua deux silhouettes à la fenêtre de la cuisine. Tel un jeu d'ombre sur un mur mimant une altercation, elles se sautaient dessus et se séparaient. La plus grande des deux s'éloigna pour de bon et disparut et, un instant plus tard, James la lorgnait de la porte. Il attendit un instant puis, comprenant que James n'avait pas l'intention de bouger, il quitta sa voiture et s'approcha.

— Vous arrivez à un mauvais moment, dit James.

— Est-ce que tout va bien ?

— Oui, ça passera.

— Puis-je faire quoi que ce soit ?

— Oui, lâcha James en recroquevillant deux doigts pour l'inviter à approcher.

Il fit un pas vers lui et James lui murmura à l'oreille :

— Tirez-vous et allez vous occuper du couple d'un autre.

La porte lui claqua à la figure. Il entendit James hurler quelque chose, et Izzy lui répondre, puis silence. Il leva le poing pour toquer à la porte et laissa retomber son bras. Il vit qu'on tirait les rideaux de la cuisine, au moment où il démarrait son moteur.

17

Colette étendit les jambes sur le dessus-de-lit, doigts de pied pointés vers le plafond. Donal remonta le drap jusqu'à ses hanches et passa un bras autour d'elle. Elle lui donna un baiser et le repoussa du genou.

— Une autre, dit-il. S'te plaît.

— Non, s'esclaffa-t-elle. C'est cruel.

— Ah, allez, on est entre nous.

— C'est cruel quand même.

— Ce qu'il ignore ne peut pas le blesser.

— Tu crois vraiment à cette maxime ?

— Ne joue pas les mijaurées avec moi.

Elle récupéra une autre lettre sur la pile à côté du lit et la lui tendit.

— « Dublin, le 12 décembre 1994 », commença-t-il. Putain, seulement deux jours après la dernière. Il n'a vraiment rien d'autre à foutre. « Colette, j'ai observé aujourd'hui une famille qui rentrait d'une escapade, lut-il d'une voix saccadée. Ils se sont garés dans la rue, un sapin dépassait du coffre. Je les ai regardés tirer l'arbre du coffre en équipe dans un effort collectif, ils semaient des épines partout. » Bordel, ce type a besoin d'aide. « Je me suis imaginé ce qu'on aurait fait tous les deux à cette saison, si tu étais restée. Je considère les gens qui m'entourent et ma vie actuelle, et je mesure à quel point elle manque de couleur et de texture. » Allez, c'est bon.

Il déchira la lettre et jeta les confettis en l'air qui retombèrent en pluie sur elle.

— Tu vas arrêter, cria-t-elle en riant et se plaqua contre sa poitrine en le fixant droit dans les yeux.

— Suivante ! tonna-t-il.

Il la fit rouler sur le côté et pesa de tout son poids sur elle pour atteindre une autre lettre.

— Naaaan, fit-elle.

Elle essaya de l'en empêcher mais il lui immobilisa les bras avec les coudes et déplia la lettre sur son visage.

— « Le 12 de l'an 1994, lut-il. Oh, Colette, je rêve de tes seins. Chaque nuit, je les vois osciller devant mes yeux telles de petites pêches mûres et duveteuses… »

— Donal, je t'ai demandé d'arrêter.

— « Et je suis tellement fou de désir que j'éjacule sur pratiquement tous les murs de l'appartement… l'appartement où tu m'as abandonné. »

Donal la déchira en deux et jeta les morceaux d'un geste théâtral.

Il récupéra un petit bout de papier dans ses cheveux et le lui glissa sous le nez, collé à son doigt.

— Fais un vœu, dit-il.

Elle souffla dessus et l'envoya voler sur les couvertures. Elle scruta son visage, caressa la ligne de sa mâchoire, sentit la rugosité de sa barbe, puis toucha sa bouche.

— C'était parfait. Tu as parfaitement capté sa voix. Je dirais même que tu l'as magnifiée. Laissons ce pauvre homme en paix, maintenant.

— Il était bon à quelque chose, au moins ?

Elle s'assit dans le lit en soupirant et chercha son paquet de tabac.

— Passable, dit-elle.

— Juste passable ? C'est un peu court.

— Que veux-tu que je te dise… qu'il me faisait chavirer ?

— Non, dit-il en secouant la tête. Pas ça. Il ressemble à quoi ?

Elle enroula ses bras autour de ses genoux.

— Eh bien, il est professeur de linguistique et…

— Ah non, je m'en balance de ces conneries. De quoi il a l'air ?

Elle réfléchit un instant à sa question, tâchant de rassembler ses souvenirs et convoquer son visage dans sa tête.

— Il est grand. Il a beaucoup de cheveux, quasi tous gris. Pas grisouille genre vieux décati… mais avec plein de nuances de gris. Il a des lunettes à monture noire, le nez aquilin…

— Merde alors, un vrai play-boy à t'écouter… Continue, je veux des détails.

— Écoute, Donal, je t'ai dit que je n'ai plus envie de parler de tout ça. On s'est bien marrés à ses dépens, laisse tomber, tu veux ?

Il se hissa sur un coude, la dévorant des yeux.

— T'es rongée par le remords ? demanda-t-il.

Elle fixait le rayon de lumière pâle filtrant par la fenêtre.

— On sait, toi comme moi, pourquoi tu es revenue. C'est parce que tu as parié sur le mauvais cheval.

— Je t'ai déjà expliqué…

— Ah, oui… le fait que tu n'étais pas heureuse, que tu t'ennuyais. Bienvenue au putain de club, Colette. Tu crois que tu es un cas unique ? Ce n'est pas une raison pour se barrer et sauter le premier connard venu.

— C'est pourtant ce que tu viens de faire.

Il lui agrippa le bras et elle sentit ses doigts plonger dans sa chair.

— Ne joue pas les fortes têtes avec moi, pesta-t-il. J'ai trois gosses et je sais précisément où chacun d'eux se trouve à l'instant présent. Peux-tu en dire autant ?

— Tu ne pourrais pas comprendre.

— Pourquoi ? Parce que je ne suis pas prof ? Tout ce que je sais, c'est que certaines mères s'arracheraient les yeux plutôt que d'être séparées de leurs mômes. Elles remueraient ciel et terre pour être avec eux. Mais toi t'es là, au plumard avec moi au beau milieu de l'après-midi. Alors, n'attend pas que je te plaigne.

— Je n'ai jamais cherché ta compassion.

— Non, Colette, tu es venue me chercher pour un seul truc. Donc ne compliquons pas les choses.

Il lâcha son poignet, elle sentit sa main froide sur son ventre. Sa caresse lui coupa le souffle et elle ferma les paupières.

— Maintenant, dis-moi de quoi il a l'air.

Comme sous la poussée d'un courant d'air, elle se renfonça dans le lit.

— Pourquoi ça t'intéresse ? demanda-t-elle.

— Pour le reconnaître au cas où il se pointerait ici. Allez, dis-moi.

— Tu ferais quoi s'il se pointait ?

Sa main écarta ses cuisses.

— Qu'est-ce que je ferais s'il se pointait sur ma propriété ? murmura-t-il en effleurant ses lèvres.

Elle respira son haleine chaude.

— Qu'est-ce que je ferais s'il venait fouiner dans le coin ?

Il avait collé sa bouche si près de son oreille qu'elle avait l'impression que sa voix était dans sa tête.

— Je le tuerais, putain. C'est ça que tu veux entendre ?

— Ce n'est pas ce que je veux.

— S'il se pointe ici, j'attrape une des pierres du mur dehors, et je lui fracasse le crâne avec.

— Ce n'est pas ce que je veux.

Elle scrutait le plafond, elle essayait de se rappeler le vœu qu'elle avait fait quelques secondes plus tôt. Mais il lui échappait, tout discernement l'avait désertée et le plaisir emplissait tout. Elle ferma les paupières et s'y abandonna.

— Vous avez apporté vos lettres ? interrogea Colette. Je précise pour les nouveaux qu'avant Noël j'ai demandé au groupe de se glisser dans la peau d'un personnage de fiction écrivant à un autre personnage de fiction. Le but étant d'inventer deux vies singulières et d'imaginer ensuite la façon dont ces personnes s'adressent l'une à l'autre. Commençons par écouter le texte d'un de nos membres chevronnés.

Colette considérait les visages impassibles des participants. Ils avaient doublé en nombre depuis le premier atelier. Quelques-uns parmi eux n'étaient pas de la ville. Les gens prenaient souvent ce genre de bonnes résolutions : faire quelque chose d'inédit pour la nouvelle année. De là à penser qu'ils reviendraient la semaine suivante, c'était une autre histoire. Mais dix élèves lui rapportaient quatre-vingts livres, quatre-vingts livres dont elle avait besoin.

La porte s'ouvrit et Colette se retourna, espérant qu'Izzy faisait son apparition ; au lieu de cela, Helen Flynn traversait la pièce bille en tête en voûtant les épaules. Elle lui adressa un sourire timide qu'elle effaça aussi vite. C'était vraiment épatant, songea Colette, cette manière qu'avait Helen d'afficher constamment une moue à la fois navrée et agressive.

— Ce n'est rien, Helen, dit Colette. Asseyez-vous où vous voulez.

Depuis sa scène à Noël, Izzy adoptait un ton plus formel et plus factuel quand elles se parlaient au téléphone. Elle gardait ses distances, ce dont Colette ne pouvait la blâmer. Mais ces derniers jours, elle avait tout simplement cessé de prendre ses appels. Colette espérait la voir pour s'excuser platement de vive voix.

Elle observa le groupe une fois de plus. Eithne était assise droite comme un I sur le bord de sa chaise, elle examinait ses feuilles par-dessus ses lunettes.

— Eithne, auriez-vous la gentillesse de commencer ?

— Eh bien, Colette, dit-elle en retirant ses lunettes pour mieux les agiter. J'ai essayé d'imaginer mes personnages comme des êtres à part entière, des entités autonomes menant leurs vies chacune de leur côté, leurs pensées, leurs émotions…

Colette sentait son intérêt faiblir. Elle inspectait les quatre marques violettes autour de son poignet. Elle pétrit les hématomes avec son pouce et le léger inconfort qu'elle en retira suffit à raviver sa concentration.

Eithne rechaussa ses loupes et s'éclaircit la voix.

— Chère Eithne, commença-t-elle, je t'observe depuis un certain temps ; en fait ton parcours de vie a piqué mon intérêt…

Elle n'a pas du tout fait ce que j'avais demandé, s'énerva Colette, *elle a complètement ignoré la finalité de l'exercice. Cette femme est décidément incapable d'écrire sur autre chose qu'elle-même.*

— Je sais que ton voyage n'a pas été simple, poursuivit Eithne, mais tu t'es battue et as remporté bien des batailles, dont la plus grande fut contre toi-même. Les doutes et les peurs qui ont retardé ton éveil, qui ont fait qu'il a fallu soixante-sept ans avant que tu comprennes enfin qui tu…

— Stop ! cria Colette. Arrêtez, s'il vous plaît, dit-elle en plaquant sa main sur sa bouche.

Ses doigts tremblaient.

Eithne s'était interrompue brutalement et considérait Colette cachée derrière ses feuilles.

— Je m'excuse de vous avoir interrompue ainsi, Eithne, dit-elle en se forçant à sourire. Mais je viens de noter une absence.

Tout le monde était suspendu à ses lèvres, comme si Colette était sur le point de leur faire une grande révélation.

— Est-ce que l'un d'entre vous sait si Izzy a prévu de se joindre à nous ce soir ?

Eithne regarda les autres ; elle n'avait même pas remarqué qu'elle manquait à l'appel.

— Je n'en ai aucune idée, dit-elle.

— Je l'ai croisée une fois ou deux pendant les vacances de Noël, ajouta Fionnuala.

— J'ai papoté avec elle chez le primeur, samedi, s'en mêla Thomas Patterson. Elle avait l'air en forme, fin prête à faire fructifier sa créativité.

— Très bien, commenta Colette. Elle a dû avoir un empêchement.

— Je peux continuer ? demanda Eithne.

— Bien sûr. Voulez-vous reprendre depuis le début ? J'aimerais évaluer l'impact général.

Elle écouta le récit d'Eithne, relatant sa naissance, sa scolarité, ses divers amants, jusqu'à son éveil spirituel. Elle observa une baisse d'enthousiasme sur le visage des nouveaux et regretta d'avoir demandé à Eithne de lire en premier. Helen Flynn avait cette expression d'horreur qu'elle adoptait à la moindre allusion sexuelle, aussi vague soit-elle. Elle avait beau essayer de canaliser son attention, Colette n'arrêtait pas de loucher en direction du hall où le mot SORTIE clignotait au-dessus de la porte.

18

Devant le palais épiscopal de Letterkenny, James fut frappé par le caractère si peu solennel du bâtiment. Il manquait de splendeur, il aurait pu passer pour une maison de correction, un orphelinat ou un sanatorium. La jeunesse et l'accueil enthousiaste du novice qui lui ouvrit étaient pour lui un autre sujet d'étonnement.

— Vous êtes le bienvenu, monsieur Keaveney, dit-il, l'œil vif et brillant.

James conclut qu'il avait rejoint le séminaire très récemment. Il le suivit dans un long couloir dallé, bordé de consoles en bois sombre agrémentées de fleurs coupées dans de grands vases. La conversation joviale du prêtre pimentait leur déambulation. Il parla de la météo, du printemps imminent et du match entre Donegal et Meath le week-end prochain.

— Vous suivez le football gaélique, monsieur Keaveney ? s'enquit-il en marchant d'un pas sautillant, comme s'il menaçait de décoller du sol et de s'envoler à tout moment. Veuillez vous asseoir ici, monsieur Keaveney, tandis que j'informe l'évêque Hartigan de votre arrivée.

Il disparut derrière une porte, emportant sa chaleur et sa vitalité. Son effervescence céda la place au tic-tac d'une horloge de parquet qui égrenait les secondes. L'air fleurait l'encaustique et les légumes bouillis. Depuis le mur opposé, le portrait d'un religieux acariâtre jaugeait James. Il posait devant un décor indistinct de brouillard et de lumière. Un évêque ou un cardinal, une cape noire lui couvrait les épaules et une lourde croix en or accrochée à une chaîne reposait sur son ventre. James baissa les yeux et examina les motifs ecclésiastiques des pavés, puis s'obligea à affronter de nouveau le visage austère aux lèvres pincées du tableau.

Il avait vécu toute sa vie dans la même ville que Shaun Crowley auquel il ne s'était jamais vraiment intéressé. Shaun s'était toujours distingué des autres. Une grande majorité des habitants d'Ardglas avait grandi dans la pauvreté quand Shaun avait hérité de l'usine de poisson familiale, sans compter qu'il était maladivement près de ses sous. Il se montrait réservé et silencieux quand on le croisait, mais les gens jasaient, évidemment, et l'avaient baptisé « le requin » parce qu'il avait racheté les petites entreprises en faillite de la ville. Puis, un lundi matin, il était passé voir James à son bureau et celui-ci avait pu estimer son pouvoir de nuisance pour la première fois. James savait qu'il était venu dans le seul but de le toiser, le rabaisser et l'humilier. Il se félicitait de contrôler sa vie sur tous les fronts, mais Shaun Crowley avait pointé du doigt sa négligence. Et de cela, James lui était reconnaissant.

L'aimable novice émergea de derrière une porte qu'il laissa entrouverte.

— Monseigneur va vous recevoir, monsieur Keaveney.

Une moquette verte épaisse séparait James du grand bureau en chêne sculpté derrière lequel était assis l'évêque, un stylo dans une main, se grattant le front de l'autre. En arrière-plan, une baie vitrée et trois fenêtres à guillotine s'élevaient jusqu'au plafond. L'évêque avait corné un coin du document posé sur son bureau et le considérait avec une certaine hostilité. En traversant la pièce, James escomptait son attention, qu'il se lève pour le saluer, mais il dut attendre d'être planté devant lui pour qu'il se décide à lui parler.

— Merci d'avoir patienté, monsieur Keaveney.

James s'était figuré qu'il aurait droit au grand jeu, à un habit d'apparat semblable à celui de l'homme du portrait, mais il était vêtu en simple prêtre.

— Monsieur Keaveney, j'essaie de me souvenir si nous nous sommes déjà rencontrés.

— Oh, il nous est très certainement arrivé au fil des années de nous trouver dans la même pièce, à une quelconque occasion. Vous avez célébré la confirmation de ma fille, il y a quelques années.

— Je pensais à un événement en lien avec la Chambre de commerce du Donegal, un discours que vous auriez prononcé.

James se rappelait très bien cette soirée : elle avait eu lieu dans la salle de bal du Central Hotel, on avait servi de l'alcool à gogo aux entrepreneurs et dignitaires régionaux et, en prime, un de ces repas entrée-plat-dessert dont raffolaient les évêques.

— Et, bien entendu, poursuivit-il, j'ai écouté votre interview à la radio, l'autre matin, vous avez évoqué l'invasion espagnole de nos eaux territoriales. Vous avez très bien parlé. Je vous rejoins, il est impératif d'adopter une position ferme sur ces questions…

— C'est bien aimable, dit James, mais ce n'est pas ce dont je suis venu m'entretenir avec vous.

— Non, non, je me doute.

Il arrêta de remuer ses papiers sur son bureau pour signifier à James qu'il avait sa pleine attention.

— Avant de poursuivre, monsieur Keaveney, puis-je me permettre une question ?

— Faites donc.

— J'ai eu vent de cette rumeur à la présidence du *Dáil Éireann* selon laquelle il se préparerait un nouveau référendum sur le divorce.

L'évêque recula dans son siège et croisa les mains sur son ventre.

— Il était inévitable que la question se repose à un moment ou un autre.

— Mais il n'y a pas si longtemps, les citoyens de ce pays ont voté à une écrasante majorité pour préserver le caractère sacré du mariage.

— C'était il y a près de dix ans, le pays a beaucoup changé.

— J'ai peur de comprendre votre sous-entendu, monsieur Keaveney. J'en déduis que la position de votre propre parti est…

— Que, dans une société moderne, un homme et une femme qui ont vécu séparés pendant un intervalle de temps approprié et considèrent une réconciliation impossible devraient être autorisés à mettre fin à leur union s'ils le souhaitent.

— Ah, sourit l'évêque, la droite ligne du parti. Mais dites-moi, que deviendront les enfants de ces familles brisées ?

— Il reviendra à leurs parents d'en décider, je présume.

— Votre opinion personnelle se conforme-t-elle à celle de votre parti ?

— C'est intéressant que vous abordiez la question du mariage, car c'est précisément ce dont je suis venu vous parler.

L'évêque faisait tourner le gros anneau en argent surmonté d'une croix en émeraude qu'il portait au doigt.

— Eh bien, monsieur Keaveney… exposez-moi votre problème que je voie si je puis vous aider de quelque manière.

James fixait l'homme, assis les mains jointes à son bureau, attendant qu'il s'exprime. Le ciel d'un bleu profond et uniforme emplissait les fenêtres et cette profusion de lumière semblait émaner du petit homme âgé. *Exposez votre problème*, se répéta James, concassant les mots dans sa tête.

— Il me vient soudain à l'esprit, voyez-vous, monsieur l'évêque…

— Monseigneur.

— Que nous avons des occupations communes. Lorsque je suis à Ardglas, j'ouvre le bureau de ma circonscription quelques heures par semaine afin que les citoyens puissent me faire part de leurs problèmes personnellement. Tout le monde est libre de se présenter, sans exception. J'applique plus ou moins la politique de la porte ouverte. C'est sur ce point sans doute que nos pratiques divergent. Obtenir un entretien avec vous équivaut à réclamer une audience au pape.

Un sourire furtif se dessina sur le visage de l'évêque, une crispation paresseuse des lèvres, proche du bâillement.

— Lorsque j'ai tenté de me procurer votre numéro, je me suis entendu répondre qu'il ne figurait pas dans l'annuaire. J'ai donc eu l'idée d'appeler une connaissance dont j'avais l'assurance qu'elle le connaîtrait. Et savez-vous de qui il s'agissait, monseigneur ?

Le religieux ne pipait mot, manifestant son irritation d'un banal plissement des paupières.

— Donc, poursuivit James, j'ai appelé Dave Mulligan. Je connais Dave depuis un bail…

— M. Mulligan est un homme bon.

— Et un ami dévoué de l'Église, j'en suis sûr… Il ne fait aucun doute que vous avez fait affaire ensemble au fil des ans. Il semble que l'Église possède beaucoup de terres dans les environs, dont certaines ont été vendues à Dave, quand les caisses étaient vides, n'est-ce pas ? Peu importe. Les gens viennent m'exposer leurs problèmes, comme vous dites. C'est souvent d'un ennui total, ils se plaignent que la municipalité ne ramasse pas leurs poubelles, ce genre de banalités. Mais il se présente parfois des cas épineux. Et, quand une personne fait preuve de franchise et d'honnêteté, alors je fais tout ce qui est en mon pouvoir pour l'aider.

L'évêque acquiesça platement.

— En revanche, si on me ment – et je vous assure que je flaire à des kilomètres quand on me baratine –, dans ce cas, je suis sans pitié. Je n'ai donc aucunement l'intention de vous baratiner. Le prêtre que vous avez nommé à Ardglas me rend la vie difficile et j'aimerais que vous le mutiez dès que possible dans une autre paroisse.

Un long silence s'ensuivit ; le visage de l'évêque s'éclaira.

— Pourriez-vous préciser la nature du problème ? dit-il en écartant les mains dans un geste de mansuétude qui donna à James l'envie de lui briser les doigts. Il est important pour moi de connaître le caractère de mes ecclésiastes.

James s'attendait à ce qu'il adopte ce genre de posture morale, mais il était déterminé à ne pas entrer dans les détails.

— Pour qu'ils soient en mesure d'offrir un accompagnement spirituel à leurs paroissiens, poursuivit l'évêque, il est nécessaire que je leur rende la pareille.

— Vous n'avez pas à vous inquiéter sur ce point, il n'est jamais en panne d'avis ou de conseils, en particulier sur mon couple.

— Il s'agit donc d'une affaire personnelle, monsieur Keaveney ?

— Oh, je vous le confirme, c'est personnel. Je dirais que quand on s'immisce entre un mari et sa femme, ça devient personnel.

— Quand vous dites qu'il s'est immiscé entre vous et votre épouse…

— Il est nuisible, c'est tout ce que vous avez besoin de savoir.

Il n'était pas du tout disposé à lui confier qu'il lui avait ouvert grand sa porte, l'avait convié à sa table et invité en quelque sorte à s'ingérer dans son couple, comme il tairait le nombre de fois où, en rentrant chez lui, il avait trouvé sa voiture garée devant son domicile et l'avait surpris avec sa femme en train de rigoler dans la cuisine derrière un nuage de fumée.

— J'ai peur, monsieur Keaveney, qu'il me faille en savoir beaucoup plus pour envisager de muter un de mes prêtres. Alors permettez-moi de clarifier : le père Dempsey vous a prodigué en quelque sorte des conseils matrimoniaux…

— Oui, et il semble en savoir beaucoup sur la question pour un prêtre. Mais il est différent de vous autres, n'est-ce pas ? Il a eu une vie avant. Imaginez ce qu'il a pu faire. Mais il est aujourd'hui dans votre giron, et il fait le tour des popotes en expliquant aux gens comment gérer leur couple, et il a bourré le crâne de ma femme d'inepties.

— Avez-vous des raisons de penser qu'il ait pu se produire quoi que ce soit d'inopportun entre le père Dempsey et votre épouse ?

— Non, pas avec mon épouse, mais si j'en crois le quart de ce qui circule en ville… c'est un homme à femmes, incontestablement. Il effectue beaucoup de visites à domicile, si vous voyez ce que je veux dire. Et il a toute sorte d'idées subversives. Une femme du coin a abandonné mari et enfants pour s'enfuir avec un homme marié. Elle est aujourd'hui de retour et il l'autorise à lire à la messe. Vous mesurez l'impact sur les fidèles, entendre prêcher la bonne parole par une personne avec ce genre de réputation.

— Monsieur Keaveney, si je devais intervenir chaque fois qu'on me rapporte des ragots…

— Je me contrefiche de ce que vous ferez de lui, vous n'avez qu'à le mettre en congé sabbatique… n'est-ce pas une de vos expressions ?

— Je vais devoir réfléchir à la question et examiner plus attentivement votre requête…

— Écoutez-moi bien… Cela n'a rien de compliqué. Ce n'est pas le premier prêtre que vous muterez. Ça arrive constamment. Si une mère contactait la police parce que son enfant a été abusé, vous le réaffecteriez sur-le-champ. J'ajouterais même que certains changent sans cesse de paroisse. Vous avez récemment essuyé scandale sur scandale et je ne pense pas que vous ayez besoin de vous encombrer d'un autre problème.

— Quand bien même vos préoccupations justifiaient le transfert d'un prêtre, ces choses prennent du temps. Je dois lui trouver un poste convenable.

— Vous savez aussi bien que moi comment les choses fonctionnent. Vous pourriez avoir besoin d'un service un jour, et je suis un homme en position de vous le rendre. En revanche, si vous ne faites rien, je risque d'avoir les mains liées quand vous viendrez me demander une faveur. Et j'ai une très bonne mémoire. Avant de quitter cette pièce, j'aimerais que vous me donniez l'assurance que vous allez agir à propos de ce dont nous avons discuté.

L'évêque examinait ses mains, inertes sur le bureau.

— Le problème sera réglé.

— Parfait, conclut James. À vous de jouer. Je veux qu'il soit parti d'ici à la fin du mois.

James se leva et regagna le couloir haut de plafond où l'aimable jeune prêtre l'avait attendu.

— Ah, monsieur Keaveney, vous nous quittez déjà ?

— Tout à fait. Inutile de me raccompagner.

James allongea le pas et essaya de le distancer. Au bout du couloir, le soleil filtrait à travers les vitraux de la porte, projetant des mares colorées sur le sol.

— Je crains de devoir vous escorter, ce sont les usages de la maison, dit le prêtre.

— Vous ne semblez pas débordé de travail ?

— Ah, on a toujours de quoi s'occuper.

En poussant les vantaux de la porte, James fut saisi par le froid. Depuis le sommet de l'escalier en pierre abrupt, il contempla la cathédrale, la ville et les paysages environnant jusqu'au point où les collines rencontraient le ciel. Il n'avait qu'une seule envie, dévaler les marches, sauter dans sa voiture et filer aussi vite que possible, puis il se rappela le silence qui l'accueillerait à la maison.

— Bonne journée à vous, monsieur Keaveney, lança le prêtre.

— Dites-moi… si quelqu'un de votre entourage refusait de vous parler, que feriez-vous ? demanda James en se tournant vers lui.

Le sourire du novice s'évanouit.

— Eh bien, je vous conseillerais de prier pour l'âme de cette personne, je suppose.

— Hormis cela ?

— S'agit-il d'un proche ?

— Oui.

— L'ironie, monsieur Keaveney, c'est que les choses sont toujours plus délicates quand elles concernent des personnes que l'on aime. On veut qu'elles nous pardonnent, alors que Dieu seul a ce pouvoir. Mieux vaut se concentrer sur ce qui est dans nos cordes. Et il est toujours possible, bien que ça relève parfois du défi, de prodiguer amour, gentillesse et compassion à l'autre.

— De la gentillesse ? répéta James en faisant la moue.

— Oui, monsieur Keaveney.

— D'accord… j'essaierai, dit-il. Merci, mon père.

James descendit les marches en offrant son visage au pâle soleil d'hiver.

19

C'était un mardi soir très calme, au restaurant du Harbour View. Seules deux autres tables étaient occupées, et Izzy ne connaissait aucune des personnes, des clients de l'hôtel sans doute. Ann Diver assurait seule le service. En la voyant approcher, Izzy s'écarta de son assiette vide et lui adressa un sourire.

— Mince alors, Ann, vous êtes le seul visage familier ici, ce soir.

— C'est plutôt tranquille, hein ? répliqua-t-elle.

Margaret Brennan, le rendez-vous d'Izzy, lui tendit son assiette dans laquelle elle avait laissé la moitié de son steak.

— C'était délicieux, Ann, mais je n'avais pas très faim. Pourriez-vous me l'emballer dans du papier aluminium ? Je m'en régalerai demain au déjeuner.

— Bien sûr. Souhaitez-vous autre chose ?

— Deux cafés, répondit Izzy.

Comme elle s'éloignait, Izzy fut à nouveau frappée par le silence qui régnait. Elle avait espéré que le restaurant soit calme. Elle ne se sentait pas armée pour faire des risettes ou la causette. Discuter avec l'affable et docile Ann relevait presque de l'effort, quand bien même ses rares apparitions rompaient l'atmosphère pesante de la soirée.

Elle leva son verre de vin blanc et but une gorgée, Margaret l'imita d'un geste nonchalant et mécanique.

Margaret s'était montrée peu expansive, ce qui ne lui ressemblait pas. Izzy avait misé sur son bagout légendaire pour animer leur dîner. James et elle n'avaient pas échangé un seul mot depuis des semaines. C'était la plus violente dispute qu'ils avaient connue à ce jour.

— Colette est mon amie, avait-elle argumenté.

— C'est une fouteuse de merde, une inutile qui n'a même jamais été capable de faire un boulot normal un seul jour dans sa vie. Et toi, tu te laisses impressionner par elle.

— Tu peux parler. Allez, va donc lécher le cul de Shaun Crowley… tu n'es bon qu'à ça.

Il semblait que Shaun ne s'était pas contenté de bavasser sur son amitié avec Colette, il avait aussi fallu qu'il lui rapporte que toute la ville la soupçonnait d'avoir une liaison avec le prêtre de la paroisse. Elle n'avait pas résisté à railler James tant tout cela était ridicule, sans compter qu'il s'était laissé manipuler éhontément par Shaun.

— Tu as raison, j'ai une confession à te faire. Je me suis tapé le père Brian. On l'a fait dans toutes les pièces de la maison. J'étais même épatée que tu ne remarques rien en rentrant, vu mon état débraillé et les lits défaits.

— Ah, ferme-la, tu veux, j'essaie d'avoir une conversation sérieuse.

Izzy était on ne peut plus sérieuse lorsqu'elle lui avait déclaré que, si leur relation n'avait rien de romantique, elle éprouvait pour lui des sentiments au-delà de l'amitié. Cet homme savait l'écouter, il la prenait au sérieux, il s'intéressait à ce qu'elle avait à dire. Il ne l'ignorait pas, ne la méprisait pas, ne la rabaissait pas. Elle aurait espéré que son mari joue ce rôle, mais ce n'était pas le cas. Elle attendait les visites de Brian avec impatience chaque semaine.

— Le soir, quand j'entends ta clé tourner dans la serrure, avait-elle ajouté, j'ai juste envie d'aller me balancer du haut de la jetée.

S'ensuivit la ronde des manœuvres qui ponctuaient leurs disputes. Izzy avait pris ses quartiers dans la chambre d'amis et, cette fois, James n'avait même pas joué les surpris. Quand Orla était rentrée du pensionnat le vendredi, Izzy était allée la chercher à l'arrêt de bus et l'avait mise au courant de l'atmosphère tendue à la maison. Orla avait soupiré en s'enfonçant dans son siège, elle avait croisé les bras et tourné la tête vers la fenêtre. « Encore ? » s'était-elle plainte.

Niall avait un comportement de plus en plus maussade et renfermé. Tout l'exaspérait. Il avait notamment contracté la manie de se tripoter les cheveux. Il attrapait ses pointes et les entortillait autour de son index ou les tripatouillait à deux mains jusqu'à faire des nœuds. Elle le surprenait souvent à l'œuvre quand il regardait la télévision, ou dans un moment de distraction ; elle avait beau le sermonner, elle le prenait en flagrant délit à la première occasion.

Chaque soir, elle s'inventait un prétexte pour fuir la maison et leur échapper. Un dîner avec Margaret paraissait dans ses cordes. Elle n'avait pas prévu que son amie serait celle qui aurait des raisons de s'épancher. Elle n'était pas une remplaçante à la hauteur de Brian, avec lequel Izzy pouvait gloser sur le fait qu'elle était profondément malheureuse. Certes, avec Margaret, elle s'autorisait à discuter des échecs de son mariage avec une certaine franchise. La honte, Margaret connaissait. Son mariage avait tenu moins d'un an. Brendan, son époux, était skipper sur un des bateaux de la flotte et passait sa vie en mer. Margaret venait de donner naissance à leur fils Daniel, elle supportait mal la solitude. Brendan était un anticonformiste doublé d'un ambitieux, il rêvait de posséder son propre chalutier, tandis que Margaret, si jolie soit-elle, était du genre pleurnicharde et coincée. Ils étaient vraiment mal assortis. Un soir, en rentrant d'une pêche, Brendan lui avait annoncé qu'il avait commis une erreur en l'épousant. La vie qu'elle lui offrait ne lui convenait tout simplement pas. Bien après, Margaret avait eu vent de sa petite amie de Galway, qu'il avait continué à fréquenter pendant leur mariage.

Brendan avait déserté le foyer familial. Une réforme votée quelques années plus tôt leur avait permis de se séparer en toute légalité, même si Izzy n'avait jamais saisi quel avantage en avait retiré son amie puisque Brendan avait toujours pourvu aux besoins de Margaret et Daniel, avant même d'être légalement tenu de le faire. Et ils n'auraient ni l'un ni l'autre la capacité de se remarier. Margaret jouissait d'une position unique parmi les femmes que connaissait Izzy, elle profitait du soutien financier d'un mari riche, sans être tenue pour responsable de l'échec de leur mariage. Pourtant, au fil de leurs vingt ans d'amitié, Margaret ne lui avait jamais inspiré autre chose que de la pitié. Elle avait vécu toute sa vie adulte comme la maîtresse de son propre mari, elle dépendait de lui matériellement, tenait les hommes à distance, surveillait sa ligne et s'interdisait un tas de choses pour rester fraîche et dispose en vue du jour où il lui reviendrait.

Margaret attrapa son châle sur le dossier de sa chaise et se couvrit les épaules. Elle avait encore maigri et pris un coup de vieux, songea Izzy. Elle avait aussi arrêté de teindre ses cheveux, d'ordinaire noir de jais. Elle les avait soigneusement attachés en chignon, un tourbillon de brun et de gris qu'elle avait discipliné avec ce qui ressemblait à une aiguille à tricoter en bois.

— Elle va se décider à apporter ces cafés ? ronchonna Margaret.

— La voilà, répliqua Izzy en apercevant Ann franchir les portes des cuisines.

— Elle est un peu distraite, ce soir.

— Cette femme est manifestement amoureuse, plaisanta Izzy.

Elles s'efforcèrent de ravaler leurs sourires quand Ann servit leurs cafés. Paumes sur la table, Margaret contemplait sa tasse en silence. Dès qu'Ann fut suffisamment loin, elle leva vers Izzy ses yeux fatigués et cernés.

— Je m'inquiète pour Daniel.

Margaret se montrait habituellement intarissable sur son fils, mais ce soir il avait été totalement absent de la conversation. Margaret et Daniel avaient vécu seuls tous les deux, du jour de sa naissance à septembre dernier, lorsqu'il était parti à l'université à Galway. Daniel était son unique centre d'intérêt, un genre de mari de substitution. Elle se souciait de lui d'une manière qui tournait à l'obsession et qu'Izzy jugeait malsaine. Il faisait chaque week-end le trajet depuis Galway, le coffre rempli de linge sale pour qu'elle le lave. Le fait qu'il soit intelligent et motivé, qu'il ressemble comme deux gouttes d'eau à son père, était pour Margaret une grande source de fierté. Elle avait tellement d'ambition pour lui. Mais les choses s'étaient compliquées à l'adolescence. Il avait commencé à avoir des tocs. L'année du brevet, il s'était mis à se laver les mains de façon compulsive, au point d'avoir la peau à vif. Un toc somme toute bénin jusqu'à ce qu'il se persuade un jour qu'il avait avalé un morceau de verre. Au point de croire qu'il y en avait dans chacun des plats qu'elle lui servait. Il avait perdu tellement de poids qu'ils avaient dû l'emmener voir un psychiatre.

Le gamin était tout simplement dépressif et Izzy ne comprenait pas pourquoi Margaret refusait d'en parler. La moitié du pays était en dépression, Izzy comprise. Mais il fallait avoir de vrais motifs pour être déprimé, et ceux de Daniel relevaient du mystère pour elle : il avait certes grandi dans un foyer différent de ses camarades de classe, mais il était intelligent, athlétique, séduisant, pourri gâté par son père et sa mère, et ses copains n'arrêtaient pas de téléphoner à la maison.

— Il s'est passé quelque chose ? demanda Izzy.

Margaret leva sa tasse puis la reposa sur la soucoupe. Elle soupira en plissant les yeux.

— Allez, Margaret, parle-moi, tu me fiches la trouille.

Elle tendit le bras pour caresser le dos de sa main et fit tressaillir Margaret qui se recula sur sa chaise.

— Oh, rien qui ne puisse être soigné, dit-elle en relevant le menton, mais il a connu un épisode. On a dû le retirer de l'université. Il est à la maison avec moi. On en saura plus la semaine prochaine, il a rendez-vous à Letterkenny avec le psychiatre.

— Qu'est-ce que tu entends par « épisode » ?

— Une sévère dépression, il s'est complètement effondré…, cria presque Margaret qui se reprit aussitôt. C'est toujours le même problème. Il a ces pensées, ces préoccupations… des idées noires, murmura-t-elle. Et une fois qu'elles sont ancrées, il n'arrive plus à se les ôter de la tête et il perd le sommeil… c'est un cercle vicieux…

— Brendan gère les choses comme il faut ?

— Oh, il a été parfait. Quand on a reçu le coup de fil de l'université, il est descendu le chercher et s'est chargé de déménager ses affaires. Il est avec Daniel en ce moment même, pour m'accorder une soirée de répit.

Considérant que Brendan les avait quittés, elle et son fils, il y a des années, Izzy n'avait jamais compris pourquoi Margaret en parlait toujours comme d'un saint, estimant miraculeux qu'il continue à s'occuper de son propre fils.

— Je pense que c'est le stress de vivre loin de la maison pour la première fois, il n'a pas supporté de changer sa routine, de vivre entouré d'étrangers, d'avoir l'impression de ne rien maîtriser.

Ce soir, avant qu'Izzy quitte la maison, Niall avait pleurniché pour savoir où elle allait, s'il pouvait l'accompagner, puis il lui avait fait un câlin. Quand elle avait baissé les yeux sur lui, elle avait remarqué une zone pâle, une pelade de la taille d'une pièce de cinq pence au sommet de son crâne, là où il s'arrachait les cheveux.

— Il est jeune, vous avez fait ce qu'il fallait, il s'en remettra, dit Izzy.

— C'est cruel de le voir gâcher sa vie.

— Et tu gardes tout ça pour toi depuis des semaines. Pourquoi tu n'as pas décroché ton téléphone pour m'en parler ?

— Voici, mesdames, les coupa Ann en déposant l'addition entre elles, ainsi qu'un petit paquet aluminium.

Izzy et Margaret avaient sursauté de surprise, s'écartant l'une de l'autre ; leur instant d'intimité était rompu. Izzy nota qu'elles étaient les seules clientes dans la salle. Elles se partagèrent l'addition et s'épargnèrent la sempiternelle comédie du « non c'est pour moi ».

Elles restèrent un moment à observer la pluie dans le hall, derrière les portes vitrées, ni l'une ni l'autre n'ayant le courage de rejoindre sa voiture. Elles tombèrent d'accord sur le fait qu'elles devraient dîner une fois par semaine ensemble, avec ce temps affreux, ce serait une perspective à laquelle se raccrocher. Izzy lui fit promettre de la tenir au courant du rendez-vous avec le psychiatre. Sur le côté, la porte battante du bar laissait filtrer par intermittence le brouhaha des conversations et de la musique, le temps d'une petite seconde avant que le silence avale tout à nouveau.

— Ça se calme, annonça Margaret en boutonnant son manteau.

Un homme sortit du bar et se dirigea vers le distributeur de cigarettes ; Izzy jeta un coup d'œil dans la salle avant que la porte ne se referme. Quelques personnes étaient disséminées autour des tables et une femme buvait seule au comptoir, elle tenait visiblement compagnie au barman qui astiquait les verres. Elle était affalée sur le bar, tentant d'engager la conversation. La porte s'ouvrit de nouveau et Izzy reconnut Colette. Elle portait un jean et des tennis et avait les cheveux attachés en queue-de-cheval, comme si elle était partie en balade et avait décidé en chemin d'aller boire un verre.

— Mince, s'exclama Margaret. Je rêve ou c'est Colette Crowley ? Elle n'en est pas à son premier verre, on dirait.

— Margaret, je vais te laisser, dit Izzy.

— Tu es sûre ?

— Oui, vas-y, je m'en débrouille.

— OK, Izzy, je te souhaite bien du courage.

Margaret lui adressa un sourire, ses clés de voiture à la main, puis elle releva la capuche de son manteau et franchit la porte.

Quand Izzy pénétra dans le bar, la voix de Colette couvrait toutes les autres.

— Tu vois souvent ta mère, Conal ? bredouillait-elle.

Izzy s'était postée à trente centimètres d'elle, mais Colette n'avait d'yeux que pour le barman.

— Oui, évidemment, Colette. Je vais la voir tout le temps, dit-il en inspectant un verre à la lumière.

— C'est important, Conal. C'est tellement important d'être gentil avec sa maman. On n'en a qu'une. La mienne est une vieille salope.

Elle porta sa pinte à ses lèvres et avala la fin de sa phrase, avant de recracher sa gorgée dans son verre.

— Ah non, non, non, je voulais pas dire ça.

Elle s'était levée sur son tabouret et tanguait d'avant en arrière, comme si elle essayait de prendre son élan pour sauter sur le bar.

— Tu vas à l'université, Conal ?

— Je vous l'ai dit, Colette – j'entre en section Tourisme à la rentrée prochaine.

De peur qu'elle ne s'effondre de son tabouret, Izzy posa la main dans le bas de son dos. Un sourire s'épanouit lentement sur le visage de Colette, comme si Izzy était la réponse à la question qu'elle ressassait depuis un moment. Izzy toucha son bras et Colette s'agrippa à elle. Elle ne disait rien, se contentant de sourire en fixant ses pieds. Puis elle dégagea son bras et tapa du poing sur le bar.

— Izzy Keaveney, dit-elle. S'te plaît, Conal, sers-lui donc un verre... Qu'est-ce que tu prends, Izzy ?

— Rien merci, indiqua-t-elle au garçon. Je conduis.

— Oh, fit Colette en gobant l'air à la manière d'un poisson.

— Je te raccompagne ?

— Non... ça va. Je finis mon verre, là, avec Conal, et je me mets en route. Ça me fera du bien de marcher.

— Il fait mauvais.

Colette avait laissé retomber ses mains sur ses cuisses, elle se massait maintenant l'avant-bras.

— Comment ça se passe avec ce prêtre ? dit-elle du coin des lèvres en levant son verre.

— Allez, viens. Le bar ferme.

— Ouais, Colette, je mets tout le monde dehors dans une minute, renchérit Conal.

Elle croisa de nouveau les mains et baissa la tête en faisant une moue puérile.

— T'as arrêté de venir aux cours, dit-elle.

— J'avais beaucoup à faire.

— J'ai vu ça. Débordée au point de ne pas répondre au téléphone. Conal ! cria-t-elle, soudain très agitée. Tu sais pas, toi, qui est Izzy Keaveney, continua-t-elle en la montrant du doigt. C'est une poétesse de talent.

Elle gesticulait en pointant Izzy à chaque mot, puis elle l'attira d'un coup vers elle.

— J'espère que je te l'ai déjà dit, Izzy, hein ? fit-elle d'une voix inquiète.

— Allez, viens, Colette. Je te ramène, la houspilla Izzy en essayant de se dégager de son emprise.

Son corps devint subitement mou et elle glissa de son tabouret. Izzy la rattrapa pile à la seconde où ses pieds touchaient le sol. Elle avait conscience que tout le monde les observait. Un grand costaud chauve, qu'elle ne reconnut pas, lui offrit son aide.

— Ça va, dit-elle en déclinant d'un sourire. Je vais la raccompagner.

— Izzy a la situation sous contrôle, commenta Colette.

Elle lui offrit son bras et raidit le coude pour la soutenir en s'efforçant de faire bonne figure, Colette menaçant de s'écrouler d'une seconde à l'autre. Elle avait l'impression de conduire une mariée ivre à l'autel.

— Izzy a la situation sous contrôle ! cria de nouveau Colette sur le trottoir devant l'hôtel.

— Tu veux te taire ? Tu vas finir par réveiller toute la ville, la sermonna Izzy en lui enfonçant son coude dans les côtes.

Elles serpentèrent jusqu'au parking, tanguant au rythme des embardées de Colette. Une fois à la voiture, Izzy ouvrit la portière et la poussa à l'intérieur.

— Attache ta ceinture, dit-elle en faisant le tour du véhicule.

Elle actionna ses essuie-glaces un instant pour dégager son pare-brise. Colette se battait avec la ceinture.

— Laisse-moi faire, intervint Izzy en se penchant vers elle et la clippant dans le fermoir.

Elles longèrent le littoral puis traversèrent la zone industrielle, où de grands lampadaires distillaient une lumière vive sur les usines. C'était une nuit calme, aucune voiture à l'horizon, Izzy percevait chaque bruit : le chuintement sourd des pneus sur la chaussée mouillée, le ronron du moteur et la respiration sonore de Colette qui se muait en ronflements rauques. Elle jeta un coup d'œil sur elle, elle avait les yeux fermés, la tête appuyée contre le siège.

— S'il te plaît, Colette, ne t'endors pas, tu seras chez toi dans deux minutes, dit-elle en lui pinçant la cuisse. Rassure-moi, tu ne vas pas vomir ? Sinon tu me le dis, je me range sur le bas-côté.

Colette se redressa et déglutit.

— Ne dégobille pas dans la voiture, hein !

Izzy l'entendait prendre de grandes et profondes inspirations. Elles entamèrent l'ascension de la route de la côte. La lune réapparut, son disque blanc suspendu au ras de la baie.

— Regarde cette pleine lune. Ça explique certaines choses, pas vrai ?

Colette soupira.

Quand elles tournèrent dans l'allée du cottage, une longue silhouette avec un anorak se dessina dans le faisceau des phares. Izzy reconnut Donal Mullen, il la fixait. Il remonta sa capuche, s'engouffra dans la brèche du mur et dévala la colline. Izzy éteignit son moteur et elles restèrent assises en silence.

Izzy tourna la tête du côté de la maison des Mullen. Une lumière s'alluma au moment où Donal approchait de la porte.

— Il fait souvent ça ? demanda-t-elle.

Colette tirait sur sa ceinture de sécurité comme si quelqu'un l'avait ligotée.

— Ce genre de visites nocturnes ? continua Izzy en appuyant sur le fermoir.

Et Colette se détendit.

— Je ne dirai rien, Colette. C'est ta vie et tu peux la bousiller si ça te chante. Il semble que tu t'y emploies déjà très bien, d'ailleurs. Mais quel besoin as-tu d'entraîner un autre homme et sa femme dans ta chute ?

— Je n'ai pas eu à l'encourager.

— Je m'en doute. Si tu cherches les embrouilles, tu as frappé à la bonne porte.

— Je me fiche de lui, je veux juste retrouver ma vie d'avant.

— Sincèrement, tu penses que c'est comme ça que tu vas y arriver ? En laissant ce type te grimper dessus tous les soirs ? Il s'est tapé la moitié des femmes de la ville, tu es au courant au moins ?

— Je profite du bénéfice de son expérience.

— Alors, c'est de ça qu'il s'agit ?

— Je ne m'attendais pas à ce que tu comprennes.

— Quoi ? Tu crois que je ne remarque pas le pouvoir de séduction de Donal Mullen ? Je ne suis pas aveugle. Il serait une distraction bienvenue pour n'importe quelle femme. J'imagine que c'est un bon coup mais…

— Ah ! cria Colette.

Elle souriait en secouant la tête, comme pour effacer un souvenir amer.

— Tu n'as pas idée.

Elle semblait avoir subitement recouvré sobriété et lucidité, mais son regard se voila de nouveau.

— Laisse-moi descendre, maintenant.

— C'est ouvert, pauvre conne.

À la porte, Colette fouillait les poches de son manteau.

— Tu as paumé tes clés ?

Elle perçut un tintement et plongea la main dans la poche de Colette.

— Tu peux me laisser, tu sais.

— Ah, c'est la meilleure. Pour apprendre demain que tu t'es étouffée dans ton vomi. Je ne pourrais jamais me le pardonner. Allez, entre et file au lit.

Izzy la guida à l'intérieur. Colette bataillait avec les boutons de son manteau. Elle alluma la lumière de la salle de bains, et Izzy l'observa affronter son reflet dans le miroir avant de rejoindre sa chambre. Izzy inspecta la cuisine puis la table couverte de journaux, de livres et d'un cendrier plein et elle renifla l'odeur de tabac froid. Elle fit le tour de la table, entrouvrit la fenêtre de quelques centimètres et écouta le murmure de la mer. Elle vida le cendrier dans la poubelle, cernée de bouteilles de bière, vin et spiritueux vides. Une pile de vaisselle sale traînait sur le buffet. Elle attrapa un verre qu'elle rinça et remplit d'eau. Elle le laissa en évidence sur la pile de livres près de son lit. Colette avait réussi à ôter son manteau et ses tennis, et les avait envoyés valser par terre. Hormis cela, elle s'était écroulée tout habillée sur le lit où elle se tortillait en repoussant les draps au bout du matelas avec ses pieds. Izzy jugea qu'elle dormirait plutôt confortablement ainsi. Elle n'avait aucune envie de batailler pour la déshabiller.

Colette s'étala sur le dos en poussant des gémissements.

— Non, Colette. Pas sur le dos. Couche-toi sur le côté.

Elle poussa son épaule et le corps de Colette céda. Une fois celle-ci en sécurité, elle retourna à la cuisine et dénicha un bol sous l'évier qu'elle posa à côté du lit. Colette paraissait moins agitée, à présent. Elle s'était recroquevillée en position fœtale, son corps se balançait doucement comme si elle essayait de sortir de sa chrysalide. Izzy dégagea plusieurs mèches de son visage, puis alla éteindre la lumière dans la salle de bains. Elle s'installa près de la fenêtre et contempla la mer et la fine bande de nuages qui glissait lentement devant la lune. Elle guettait les petits gémissements de Colette, de plus en plus espacés. L'image de Donal Mullen fuyant son regard apparut brièvement dans sa tête, puis ses pensées retournèrent à Daniel Brennan. Toutes les fois où elle l'avait croisé, il affichait un sourire poli, mais il regardait les gens d'un air soupçonneux. Et elle se demanda s'il dormait à cette heure, s'il lui était seulement possible de trouver le sommeil. Ou bien s'il ruminait, tournant et retournant ses pensées dans sa tête, s'obligeant à garder les yeux ouverts pour ne pas que l'obscurité l'avale tout entier.

À son réveil, le lendemain, elle demeura confuse une minute en constatant qu'elle avait dormi dans la chambre d'amis, une fois de plus. Un filet de lumière maussade filtrait à travers les rideaux fins, Izzy devinait qu'une autre journée grise se tapissait derrière. La vision de Niall, se faufilant en silence à côté d'elle dans son uniforme d'écolier clignota dans sa tête. Puis elle entendit la voiture démarrer et s'éloigner. James déposerait Niall à l'école en partant à Dublin pour son travail.

En rentrant la veille, pendant une fraction de seconde, elle avait oublié qu'elle faisait lit à part et qu'elle ne lui adressait plus la parole depuis des semaines. Elle s'en était tout à coup souvenue en posant le pied sur la première marche de l'escalier. Mais cet élan initial s'était imprimé dans son corps, l'envie de se précipiter à l'étage, de le réveiller et lui dire qu'ils avaient de la chance : la chance d'avoir leur maison et leurs enfants, et oui, d'être là l'un pour l'autre. Vraiment, ils avaient tant. À quoi bon faire trembler les murs avec leurs hurlements, se jeter des reproches à la figure et se tourmenter au sujet de ces gens avec lesquels ils n'avaient rien en commun ? Tournons la page, voilà ce qu'elle aurait aimé lui dire.

Izzy se redressa dans son lit et tendit la main vers le livre posé sur sa table de nuit, mais s'arrêta sur la couverture. Elle ne put se résoudre à le soulever et l'ouvrir, c'était au-dessus de ses forces. Il était inenvisageable qu'elle passe une journée de plus dans cette maison vide. Elle n'aspirait qu'à la compagnie d'une personne, la seule à qui elle souhaitait parler ; l'urgence qu'elle ressentait de la voir éclipsant toute autre considération. Elle se doucha et s'habilla. Elle retint ses cheveux avec un bandeau, coinça les pointes sèches derrière ses oreilles. Avant de quitter la maison, elle s'admira dans le miroir de l'entrée, son pull aux couleurs vives duquel dépassait le col de sa chemise blanche. Elle portait ses perles. Elle appliqua du rouge sur ses lèvres, si ton sur ton que son geste semblait vain.

Il était rare qu'elle lui rende visite au presbytère, elle emporta donc les trois romans qu'elle lui avait empruntés en guise de prétexte. Il y avait six semaines au moins qu'ils ne s'étaient pas parlé, elle n'avait pas essayé de l'appeler, lui non plus d'ailleurs, pour autant qu'elle le sache. La seule occasion qu'elle avait eue de poser les yeux sur lui, c'était un dimanche matin où il se tenait devant elle à l'autel. En franchissant le pont qui menait à la ville, elle réfléchit à ce qu'elle lui dirait. Le ciel déployait ce même plafond morose depuis une semaine, ce qui était inhabituel à cette période de l'année où, en l'espace d'une petite heure, les quatre saisons pouvaient se succéder. Mais les jours se suivaient et se ressemblaient. Elle commencerait sûrement par une remarque de ce genre. « Eh bien, verrons-nous jamais le bout de cet hiver ? » lancerait-elle tout sourire en hochant la tête sans lui laisser le temps de la saluer. Mais il en avait l'habitude. Elle n'exprimait jamais de but en blanc le fond de sa pensée, et elle savait qu'il n'était pas dupe. Elle se laisserait aller. Elle lui confierait les difficultés que James et elle rencontraient. En revanche, elle ne s'imaginait pas lui parler ouvertement de sa complicité avec Colette, leurs virées shopping et les querelles que cela avait engendrées.

« T'as même pas idée. » Elle avait passé des mois à épauler, écouter cette femme qu'elle connaissait à peine, à s'investir pleinement dans sa vie, et tout ce que celle-ci trouvait à faire, c'était de lui jeter en pleine face : « Tu n'as pas idée de ce qu'est le désir. » Izzy devait oublier la rancœur que lui inspirait cette femme, déjà plus bas que terre, oublier la médiocrité et la mesquinerie de tout ça, mais elle mourait d'envie de raconter à Brian qu'elle avait trouvé Colette ivre morte au bar de l'hôtel la veille au soir. Elle s'entendait aborder le sujet de manière oblique, déclarant qu'elle était exténuée. « Pourquoi cela ? » demanderait-il, et elle mentionnerait qu'elle avait reconduit Colette chez elle, que Donal Mullen l'attendait sur le pas de sa porte. L'adultère… Ils en parlaient si souvent, mais elle ne se souvenait pas qu'ils aient jamais prononcé le mot. Quand il en était question dans les romans qu'ils lisaient, ils esquivaient le sujet. En se garant sur le parking de l'église, elle se promit de ne pas évoquer Colette, la tentation était trop grande d'égratigner l'estime qu'il avait pour cette femme. Elle pouvait aussi bien passer l'après-midi avec lui en silence et en retirer du plaisir. Se laisser envelopper par sa chaleur, sa manière délicate de la taquiner ; mieux valait cela que de prononcer un mot sur Colette. Elle n'avait plus besoin de l'aider, elle n'avait plus besoin de se mêler de sa vie, elle préférait faire comme si Colette n'avait jamais existé plutôt que de la salir davantage.

Un camion blanc était garé devant le presbytère. On avait ouvert toutes les fenêtres, comme si un grand ménage de printemps était à l'œuvre, bien que l'idée soit un peu prématurée à son goût. Elle récupérera les livres sur la banquette et descendit de voiture. Alors qu'elle s'approchait de la maison, deux hommes en surgirent, munis chacun d'un carton. L'aide ménagère du prêtre, Stasia Toomey, apparut à leur suite et les observa charger les paquets à l'arrière du camion. Elle portait un tablier à fleurs, noué si serré que son ventre et sa poitrine formaient une même masse indistincte. Stasia l'avait repérée sur le parking et, même à cette distance, elle perçut l'agacement sur son visage. Quand elle arriva à sa hauteur, Stasia avait reconcentré son attention sur les déménageurs.

— Faites gaffe à ça ! hurla-t-elle à un jeune type qui sortait de la maison avec un autre carton. Tiens, bonjour Izzy, vous allez bien ? dit-elle comme si sa présence était une surprise. C'était le dernier ? s'enquit-elle auprès du plus âgé des ouvriers.

— Non, il reste encore une bonne dizaine de cartons, l'informa-t-il avant de disparaître à l'intérieur.

— Il faut les garder à l'œil, déclara Stasia. Il n'a pas tant d'affaires que ça, en définitive, mais ils les auraient balancées sans ménagement dans leur camion si personne n'avait été là pour les superviser. Et, bien sûr, tout serait arrivé en morceaux. Et qui aurait porté le chapeau ? geignit-elle en se frappant la poitrine.

— Nom de Dieu, que se passe-t-il, Stasia ?

— Ce qui se passe ? Nous allons avoir un nouveau curé, dit-elle avec une certaine satisfaction.

— Qu'entendez-vous par nouveau curé ?

— Il est parti, dit Stasia en prononçant ces mots fort et distinctement pour clore la discussion. Attention, gronda-t-elle au jeune déménageur qui essayait de forcer le passage avec une chaise de bureau sur roulettes.

Ah, c'est trop vous demander de la soulever ? Vous allez rayer les roues !

— Parti où ?

— Eh bien, ces affaires partent pour Claremorris, ça me paraît un bon début de piste. De toute façon, vous en savez plus que moi. On m'a juste chargée d'expédier ses affaires personnelles. Quand je suis arrivée lundi, tout était déjà empaqueté et prêt à être acheminé. Le nouveau prêtre est censé débarquer dans deux jours. D'ici là, je dois encore m'occuper du ménage, tout préparer pour son arrivée, comme si j'étais dix personnes à moi toute seule, soupira-t-elle en croisant les bras. Mais tout ce que je peux dire, c'est qu'il a toujours été gentleman avec moi. Je n'ai jamais eu de problème avec lui.

Izzy observait les hommes transporter les cartons du presbytère à la camionnette.

— Vous voulez que je les prenne ? demanda Stasia.

Izzy la fixait interloquée.

— Les livres, précisa-t-elle en les pointant du doigt.

Izzy jeta un regard aux trois volumes qu'elle tenait coincés contre sa hanche.

— Oh… oui, fit-elle en pinçant avec ses paumes les deux extrémités de la pile, et elle les abandonna délicatement à Stasia qui les réceptionna en faisant tout un cirque, comme s'ils pesaient plus lourds qu'ils n'en avaient l'air.

— Je veillerai à ce qu'ils lui parviennent, l'assura-t-elle, mais elle avait déjà fait volte-face et repris la supervision du déménagement.

Elle enroulait jalousement ses bras autour des livres, les pressant contre sa poitrine, si bien que leur dos faisait de l'œil à Izzy. Elle rebroussa chemin, ses bras vides pendus le long de son corps. Consciente que Stasia l'observait, elle soigna sa sortie, gardant la tête haute en fixant sa voiture droit devant.

Izzy attachait sa ceinture quand elle entendit les portes de la camionnette claquer, mais elle n'eut pas le cœur de jeter un regard en arrière. Passer un coup de fil dans la matinée aurait été la chose à faire. Il lui aurait été plus facile de cacher son trouble et sa surprise au téléphone, plutôt que de se ridiculiser ainsi devant Stasia Toomey. Toute la ville ne parlerait bientôt plus que du départ du prêtre, et Stasia raconterait à l'envi qu'Izzy Keaveney avait débarqué à l'improviste au presbytère et frôlé la crise cardiaque en apprenant la nouvelle. Contrairement à elle, les gens étaient sûrement au courant de sa mutation. James était-il au courant ?

Elle entendit le camion démarrer et les cris secs qu'échangeaient les déménageurs.

Bien sûr qu'il le savait, pensa-t-elle. Bien sûr qu'il savait.

20

Le petit corps d'Éric était encore tout chaud quand Dolores le porta emmitouflé dans une serviette jusqu'au salon et le coucha sur la table à langer. L'eau du bain avait apaisé son eczéma, elle s'était enduit les mains de crème et appréciait de pouvoir les occuper à quelque chose. Elle tira sur les orteils du bébé en lui faisant des risettes et s'efforça d'ignorer les zébrures rouges qui s'étaient formées entre ses phalanges.

Madeleine déboula dans la pièce. Inutile de vérifier, tout indiquait qu'il s'agissait d'elle, les frottements effervescents de son jean, son énergie débordante. Elle l'avait harcelée toute la journée.

— S'il te plaît, je peux aller à Glenties vendredi ? demanda-t-elle pour la centième fois.

Dolores était fermement résolue à ne pas s'énerver contre son aînée. Cette maison avait connu suffisamment de silence et de colère ces derniers mois, elle s'efforçait autant que possible de se montrer douce et patiente envers ses enfants.

— Pourquoi tu ne veux pas que j'y aille ? insista Madeleine.

— Parce que tu es trop jolie, dit Dolores. Ils te couraient tous après dans cette boîte.

Et elle était sincère, d'une certaine façon. Madeleine était devenue très jolie : une version perfectionnée d'elle-même. Si elle avait des boucles sèches et épaisses, celles de Madeleine étaient soyeuses et légères. Là où son corps se rabougrissait, celui de Madeleine s'épanouissait. Et, si elle lui ressemblait tant, il y avait fort à parier qu'elle était fertile.

— T'es jalouse, c'est ça ? l'attaqua Madeleine. Tu ne t'amuses plus jamais, du coup je n'ai plus le droit non plus.

Elle s'affala sur la banquette à côté de sa petite sœur qui regardait sagement la télé calée contre une montagne de coussins. Jessica la toisait en ouvrant de grands yeux, fascinée par sa performance. Puis, comme si elle entrait en transe, elle se laissa glisser de la banquette et traîna sa couverture avec elle près de l'écran.

— Tu parles que je suis jalouse, répliqua Dolores.

Elle souleva le bassin d'Éric entre ses pouces et ses majeurs et lui saupoudra les fesses de talc.

— Je suis enceinte de six mois et tu peux sortir t'amuser pendant que je suis bloquée ici avec les deux petits. Tu as toute la vie devant toi. Sois un peu patiente. Tu peux bien attendre tes seize ans… encore deux petites années.

— Ciara et Tara y vont toutes les semaines et elles ont le même âge que moi. Leurs mères refusent qu'elles se percent les oreilles, mais elles ont le droit d'aller à Glenties ! pesta Madeleine avant de se carapater dans le couloir.

Décrétant que sa sœur avait suffisamment capté l'attention, Jessica s'imposa dans le champ de vision de sa mère au moyen d'une pirouette paresseuse. Elle chantonnait, laissant échapper notes et sons en virevoltant.

— Dolores ! aboya son mari.

Madeleine avait la manie de courir voir son père dès qu'elle n'obtenait pas ce qu'elle désirait.

— Dolores ! cria-t-il de nouveau.

Elle soupira et s'assit sur ses talons. Elle observait son fils se mordiller les lèvres et lui tendre les bras en ouvrant et contractant ses petits poings. Dolores lui enfila un maillot blanc par la tête puis son pyjama, glissant ses pieds dans les jambes et ses menottes dans les manches. Une fois la grenouillère boutonnée, elle dessinait un agnelet au niveau de la poitrine. Elle se pencha et frotta son nez contre le sien.

— Maintenant que tu as ta panoplie de bébé, tu vas roupiller comme un bébé.

— Maman, regarde le monsieur, appela Jessica.

Dolores se tourna vers la fenêtre. Sa fille mâchouillait le rebord en regardant dehors.

— Si tu es affamée à ce point, ma puce, m'est avis qu'il est l'heure de dîner.

Jessica s'écarta du rebord, effaçant un filet de bave de la main.

— Regarde le monsieur, maman.

Elle pointait du doigt le ciel vide où la lumière déclinait.

— Quel monsieur, chérie ? demanda Dolores en jetant le matériel dans le sac du bébé.

— Le monsieur, là-bas, siffla-t-elle sur trois notes : aiguë, grave, aiguë.

Elle sautillait en agitant les fesses.

Dolores prit Éric dans ses bras et laissa échapper un gémissement en se relevant. Elle rejoignit sa fille et posa la main à l'arrière de sa tête.

— Le monsieur ! dit-elle avec plus d'énergie cette fois en pointant le cottage, et Dolores balaya des yeux l'herbe gorgée d'eau de son jardin jusqu'en haut de la colline où se tenait un homme de grande taille.

Il avait une épaisse chevelure grise, il portait des lunettes ainsi qu'un long manteau camel. Il avait le nez aussi crochu qu'un bec de corbeau. Il s'encadrait dans le trou du mur, les mains derrière le dos. Et il avait l'air triste. Distingué aussi. Il portait une écharpe grise, nouée lâchement autour du cou. Il était manifestement le genre de Colette, et elle se dit que maintenant qu'elle avait un homme à elle, elle laisserait peut-être le sien tranquille.

Dolores laissa glisser Éric sur sa hanche, en soutenant son derrière avec sa paume. Elle enfonça l'ongle de son pouce dans la peau craquelée de ses phalanges. Si seulement elle pouvait revenir en arrière, à l'instant où Colette Crowley était apparue devant sa porte, Dolores la chasserait comme un vulgaire cabot. Pas une seconde elle n'aurait imaginé que cette femme, de dix ans son aînée, et dont le visage trahissait son âge, pouvait éveiller l'intérêt d'un homme, celui de son mari tout particulièrement. Elle n'avait jamais rencontré ses autres maîtresses, celles qui téléphonaient à la maison et raccrochaient, mais elle connaissait ses goûts d'après les magazines qu'il rapportait. Il achetait des trucs bas de gamme, avec un curieux attrait vintage pour les années quatre-vingts : des femmes permanentées avec des bandeaux et des justaucorps léopard sans coutures. Et il avait un faible assumé pour les plus pâlottes et les plus maigrichonnes, celles avec des seins minuscules, ce dont elle tirait une petite satisfaction. « Regarde ça », disait-il pendant qu'il la baisait par-derrière, le magazine étalé sur l'oreiller devant son visage. Quand elle tournait la tête, il lui plaquait la figure dessus. Il prétendait que ça l'aidait à performer.

Mais Colette Crowley était aussi différente de Dolores qu'il était possible de l'être. Elle relevait carrément d'une autre espèce. Elle n'était pas du genre à mater des magazines dégueulasses pendant qu'on la sautait. Ou peut-être que si, car Dolores y avait beaucoup réfléchi, pas moyen de savoir. Lorsque cette femme avait frappé à sa porte avec son affreuse jupe en laine, son col roulé, son énorme tignasse noire légèrement grisonnante – et sa putain de sacoche –, elle ne lui avait fait ni chaud ni froid. Mais dès qu'elle avait appris à sa mère et ses sœurs qu'ils louaient le cottage à Colette Crowley, les blagues avaient fusé. « Oh, c'est pile la voisine dont on rêve. Boucle ton mari à double tour, c'est une mangeuse d'hommes, celle-là. » Ensuite, sa mère lui avait raconté que Colette avait perdu un enfant. La mort subite du nourrisson. Dolores en avait eu la chair de poule, on ne souhaitait ça à personne, mais l'idée que la femme du cottage était maudite avait germé dans sa tête. Elle lui avait ouvert sa maison et elle n'avait que des problèmes depuis.

Après ces révélations, Dolores notait un nouveau détail physique à chacune de leur rencontre. Ses yeux bleus étaient mouchetés de taches de lumière, tels mille petits éclats de verre. Elle avait le teint pâle et fatigué, mais sa peau était lisse, uniforme et diaphane comme dotée d'un pouvoir rafraîchissant au toucher. Sans compter ses belles dents fines, tellement propres et nettes, et harmonieusement espacées. Elle passait fréquemment à la maison ces jours-ci pour quémander quelque chose : Donal, supputait Dolores. Et un jour, peu avant Noël, elle était venue réclamer un double de la clé du cottage. Elle s'était enfermée dehors après une promenade, c'était du moins ce qu'elle avait prétendu. Lorsqu'elle lui avait tendu les clés, Dolores avait remarqué ses longs doigts. Élégante, Colette l'était. Et, puisqu'elle avait désormais de bonnes raisons d'être plus attentive, Dolores devinait que ces couches de laine épaisse cachaient des courbes généreuses, une silhouette élancée, et du plaisir à revendre.

C'était cette visite qui lui avait mis la puce à l'oreille, quelque chose ne tournait pas rond. Colette était distraite, elle n'arrêtait pas de regarder par-dessus son épaule. Elle n'avait pas du tout l'air préoccupée d'avoir égaré la clé du cottage. Elle tanguait aussi, Dolores en avait conclu qu'elle avait dû boire un verre. Elle se forgeait ce genre de convictions sur son compte, comme une idée fixe dont elle ne savait que faire. Dolores s'était dit que, si elle ne lui avait pas barré le chemin, Colette aurait tout simplement foncé dans la maison. Elle avait aussi remarqué, avec une certaine satisfaction, qu'elle avait pris de l'embonpoint. Et, l'observant escalader la colline, elle avait songé à toutes les fois où elle-même et Donal s'étaient éclipsés là-haut pour faire l'amour l'après-midi. Lorsqu'il était excité, il se fichait que les enfants soient dans les parages. Mais Dolores, non. Quand elle avait couché les deux petits et que Madeleine était à la maison, elle se faufilait avec lui jusqu'au cottage.

Lorsqu'il avait cessé de la désirer, elle avait été soulagée, au début. Elle avait présumé qu'il se montrait peut-être attentionné, pour une fois, parce qu'elle était à nouveau enceinte. Sa *façon* à lui d'être prévenant. Il allait voir ailleurs, du moins envisageait-il les choses ainsi, parce qu'il valait mieux batifoler avec d'autres femmes plutôt que d'enquiquiner son épouse enceinte de six mois. Elle avait mis un certain temps à faire le lien : la femme du cottage était la femme avec laquelle il couchait. Puis, la veille de Noël, elle s'était pointée à la maison et avait hurlé après Shaun au téléphone. Ensuite, Dolores les avait observés depuis le salon, elle avait entendu la manière cruelle avec laquelle Donal l'avait congédiée. Et elle s'était d'emblée fait la réflexion : *Ils couchent ensemble.*

Il se levait certaines nuits, quittait la maison et réapparaissait une heure plus tard. Parfois il se douchait, parfois non, sa manière de lui faire savoir qu'il agirait selon son bon plaisir en la mettant au défi d'essayer de l'en empêcher. Et elle avait la certitude que, quand bien même il l'entraînait par la main jusqu'au cottage et l'obligeait à rester plantée au pied du lit pendant qu'il sautait Colette Crowley, il lui assurerait qu'elle se faisait des idées : elle était toujours comme ça quand elle était enceinte, une vraie harpie. Va donc pleurnicher chez papa et maman, lui dirait-il. Elle connaissait Donal sur le bout des ongles, en revanche elle ne comprenait pas comment une femme pouvait avoir le culot d'accueillir un type marié une petite heure dans son lit avant de le renvoyer chez son épouse, et la regarder dans le blanc des yeux le lendemain en lui demandant un double des clés, un peu de sucre, ou une minute avec son époux pour un problème d'électricité. Et naturellement, le mépris que lui vouait son mari impliquait que Colette savait que Dolores savait. Elle la considérait sûrement comme la plus idiote, la plus velléitaire et la plus inutile des femmes qui soit.

Dolores baissa les yeux vers ses mains et remarqua que sa fille avait la tête couverte de pellicules, le rebord de la fenêtre en était plein aussi.

— Le monsieur est parti, dit Jessica.

Mais ce n'était pas le cas, l'homme leur avait simplement tourné le dos, il espionnait par la fenêtre, les mains en coupe pour s'offrir une meilleure vue. Puis il sortit une enveloppe de la poche de son manteau et la glissa dans la boîte aux lettres. Il noua son écharpe, en rejeta les extrémités sur ses épaules et prit la direction de la plage. Pour retrouver Colette, sans doute.

Elle se promenait constamment et parcourait la plage au minimum une fois par jour. On l'apercevait souvent se rendre à pied en ville ou en revenir, qu'importe les cinq kilomètres aller-retour ou le fait qu'elle possédait une voiture. On n'était jamais à l'abri de tomber sur elle, et quand Dolores la repérait parfois marcher d'un pas déterminé dans un endroit improbable, un putain de virage en lacet par exemple, elle se demandait où elle pouvait bien aller.

Elle hissa Éric sur sa hanche et traversa le couloir jusqu'à la cuisine. Donal était attablé, il s'était fait frire un œuf dont il sauçait le jaune dans son assiette avec une tranche de pain de mie en regardant un match de football à la télévision.

— Dolores, dit-il sans quitter l'écran des yeux, il faut qu'on la laisse aller dans ce club sinon elle ne va pas nous lâcher.

— Cet endroit est devenu un vrai lupanar, dit-elle.

— Il n'y a que des gamins là-bas, bon Dieu.

— Je parle du cottage, pas du club.

— C'est quoi le problème, encore ?

Il s'adossa à sa chaise. Il agita les mains, cherchant quelque chose du regard. Elle attrapa un torchon sur le buffet et le lui lança.

— Elle ! Chaque fois qu'on jette un coup d'œil là-haut, il y a un nouveau type qui rôde.

Il s'essuyait les mains avec le torchon et la jaugeait en mastiquant sa nourriture.

— Qui ? demanda-t-il, crachant le mot comme si elle l'accusait.

— À ton avis ? Colette.

— Non. Qui monte là-haut ?

— Comment veux-tu que je le sache ? Un grand type avec un long manteau l'attendait juste à l'instant, il lui a laissé une lettre.

— À quoi il ressemblait ?

— Je te l'ai dit – grand, cheveux gris, lunettes, manteau, le genre chic…

Donal bondit de sa chaise et quitta la pièce.

— Calme-toi, veux-tu, dit Dolores en lui emboîtant le pas. Il est parti.

— Tu as vu qui d'autre ? dit Donal, planté devant la fenêtre.

— Apparemment, elle a eu la visite de Michael Breslin, une nuit.

— T'as perdu la tête ou quoi ? dit-il avec une moue piteuse.

— Peu importe, ce n'est pas la question. Je veux qu'elle s'en aille. Tu as vu le panneau qu'elle a cloué sur la façade ? « Inn-is-free[1] ». C'est quoi ce bazar ? C'est un dommage majeur à ma propriété. Je veux qu'elle parte.

— C'est écrit « In-nish-free », pauvre crétine. Ça vient d'un poème.

— Oh, et depuis quand tu es fondu de poésie, Donal, hein ? Débarrasse-toi d'elle.

— On a besoin de ce fric.

— Je sais ce dont tu as besoin.

Pendant une fraction de seconde, son mari se mua en petit garçon, un voile de panique et de confusion

1. Littéralement : L'auberge est gratuite

assombrit son visage. Il avait besoin de se vautrer sur une femme tous les soirs, voilà ce qu'elle sous-entendait. Mais Donal avait entendu autre chose : il méritait une bonne raclée de la part de son père. Comme cette fois où, au début de leur mariage, Donal l'avait poussée et qu'elle s'était cogné l'œil contre le manteau de la cheminée. Lorsque le père de Dolores avait découvert l'entaille en forme de V près de sa tempe, elle n'avait pas eu besoin de lui donner d'explications. Il s'était contenté d'attendre en silence avec elle que Donal rentre du travail. À peine avait-il posé le pied hors de son van que son père l'escortait au salon et tirait la porte derrière lui. Elle avait entendu Donal gémir. L'épisode s'était soldé par trois jours d'arrêt de travail, le temps que ses côtes guérissent. Il n'avait jamais plus levé la main sur elle.

Il avait inventé d'autres moyens de la punir. Il lui lançait qu'elle était trop grosse, puis trop maigre ; quand ses sœurs leur rendaient visite, il mettait un point d'honneur à souligner qu'elles étaient en beauté depuis qu'elles avaient perdu du poids, ou pris du poids, selon leurs silhouettes du moment. Les rares fois où ils allaient au pub ou au restaurant, il s'ingéniait à cibler une belle inconnue dont il détaillait les qualités tout bas à l'oreille de Dolores. Il répétait que la maison était sale, crasseuse, dégueulasse, et il prenait un malin plaisir à marcher avec ses bottes crottées quand elle venait de briquer le sol à quatre pattes. Il lui signifiait qu'elle était idiote, qu'elle ne savait rien sur la vie et le monde. Pendant tout ce temps, elle se raccrochait à la menace que représentait pour lui son père, sans parvenir à la mettre à exécution, parce que Donal faisait preuve d'une grande prudence. Elle avait toujours tu ses liaisons. Si elle s'avisait d'informer son père que Donal avait installé une maîtresse au cottage, cette fois, il le tuerait.

— Attendons l'été, tempéra Donal.

Sa voix et son regard s'étaient radoucis.

— On augmentera le loyer. Et, si elle ne peut pas suivre, on la mettra dehors pour louer à des vacanciers. Avec un autre mouflet en route, on n'a pas les moyens de se priver de cet argent.

— Je monterai la voir demain pour lui signifier son préavis d'un mois.

Donal se planta devant elle et lui prit son fils des bras, il le leva à hauteur de son visage et l'embrassa sur l'oreille. Puis, il s'approcha tout près de Dolores, comme s'il s'apprêtait à lui accorder la même faveur.

— Laisse-la tranquille. Si j'apprends que tu es allée lui prendre la tête, ça va barder, putain. Compris ?

Quand il lui recolla le bébé dans les bras, Éric était en larmes.

— Et fais quelque chose pour tes mains, putain. Elles sont affreuses.

Elle l'observa s'éloigner, comme aimanté par les acclamations et les chants que distillait le téléviseur de la cuisine. Elle se laissa tomber sur la banquette et serra son fils contre elle.

— Chut, chut, chut, disait-elle en le berçant d'avant en arrière.

Éric était lové dans ses bras, immobile et silencieux.

— Madeleine ! cria-t-elle.

— Ouais, lui parvint le filet de voix de sa fille depuis l'étage.

— Où est Jessica ?

— Avec moi.

Elle sentit le bébé se retourner et plaqua la main sur son ventre.

— Chut, chut, chut, dit-elle.

21

La maison était plongée dans le noir lorsque James se gara dans l'allée. Izzy assistait peut-être à un de ses cours, songea-t-il, peinture, yoga ou tai-chi. C'était ce qu'elle faisait après une dispute : elle s'absentait. Elle emmenait parfois Niall, il lisait ou dessinait assis dans un coin. Mais il n'avait pas la moindre idée de quel cours il s'agissait, un vendredi soir. Son absence le prenait de court parce qu'elle avait occupé son esprit durant les quatre heures de route depuis Dublin ; il avait réfléchi tout le trajet à ce qu'il lui dirait.

Il déverrouilla la porte, alluma la lumière dans l'entrée et déposa son petit sac de voyage au pied de l'escalier. Il consulta le bloc-notes à côté du téléphone : rien. Il faisait froid dans la maison, il alla jusqu'à la chaudière et alluma le chauffage. Un agréable parfum de fraîcheur régnait dans la cuisine, la gazinière était étincelante et le réfrigérateur quasi vide. Il alla jeter un coup d'œil dans la chambre d'amis, ses affaires étaient là, tout était à sa place : le bord des draps plié au carré, la couette parfaitement lissée.

Au salon, il ouvrit l'armoire à liqueurs et se servit une dose de whisky. Il alluma la télévision et regarda le journal du soir, puis il se fit la remarque qu'Orla aurait dû être ici. Attendait-elle à l'arrêt de bus qu'on vienne la chercher ? Son bus était arrivé il y avait déjà plusieurs heures, Izzy n'oublierait jamais un truc pareil. Est-ce qu'Orla passait le week-end chez une copine ? C'était typiquement le genre d'informations qu'Izzy trouvait le moyen de lui communiquer ; elle l'aurait écrit sur le bloc-notes.

Il en conclut que, durant son absence, elle avait décidé de se murer davantage dans le silence et d'alourdir son châtiment. James avait espéré que cette brève séparation apaiserait les tensions, il était rentré disposé à faire la paix. Une seule chose expliquait qu'elle se soit braquée davantage contre lui pendant la semaine écoulée. Lorsqu'il avait téléphoné depuis son bureau de Dublin, Cassie n'avait pas résisté à lui narrer le déluge de potins entourant le départ soudain du père Dempsey. Au début, elle s'était contentée de lui livrer quelques détails avec un minimum de délicatesse, le sachant un ami de la famille, et avait achevé abruptement son rapport à bout de souffle : toute la ville en parlait ! Izzy n'était pas stupide, elle avait deviné qu'il n'était pas étranger à la chose. Il s'était préparé à jouer les candides si les circonstances le permettaient, mais la question s'annonçait désormais explosive, il devrait capituler et admettre sa part de responsabilité.

Il enchaîna avec le journal de vingt-deux heures qui rabâchait les mêmes grands titres, puis il éteignit la télévision. Il récupéra le répertoire d'Izzy dans le tiroir pour chercher le numéro de Margaret Brennan. Elle était sa plus proche confidente, elle savait probablement tout de leur violente dispute, il jugeait néanmoins embarrassant de lui téléphoner pour demander où se trouvaient sa femme et ses enfants. Qu'est-ce que ce serait s'il devait appeler la police ? Il opéra un décompte dans sa tête – il n'avait pas vu sa femme depuis cinq jours, la dernière fois qu'ils s'étaient adressé la parole remontait à bien plus longtemps. *Comment vont les choses entre vous ?* Il serait contraint d'avouer qu'ils traversaient une période délicate. *Est-il inhabituel que votre épouse disparaisse comme ça ?* Quand bien même la situation n'avait rien d'inhabituel, ils n'étaient jamais restés si longtemps sans se parler. *Avez-vous des raisons de penser que votre femme soit en danger, qu'elle ait pu se faire du mal ?*

Alors qu'il décrochait le combiné pour composer le numéro de Margaret, James perçut le bruit d'un moteur. Il raccrocha aussi sec. Et Izzy franchit la porte en déboutonnant son imperméable. Elle était hors d'haleine. Il ne lui connaissait pas cette mine fatiguée et marquée ; elle n'était pas maquillée, mais c'était au-delà de ça, comme si un attribut fondamental de sa personnalité lui avait été arraché. Elle passa devant lui sans le voir, récupéra ses cigarettes dans la poche de son imper et le pendit sous l'escalier.

— Où étais-tu, nom de Dieu ?

Il la suivit à la cuisine. Elle s'était assise à la place de Niall, face à la porte, les mains jointes sur la table.

Elle ne leva pas même les yeux quand il pénétra dans la pièce.

— Que se passe-t-il ? interrogea-t-il.

— Assieds-toi, James.

— Tu m'as fichu une de ces trouilles. Où sont Niall et Orla ?

— Chez Margaret Brennan. Ils passent la nuit là-bas pour qu'on puisse discuter.

— Tu aurais pu laisser un mot. Je me suis rongé les sangs, dit-il en tirant la chaise face à elle. Tu me reparles, c'est déjà un début.

Mais son attitude raide et fière, son chemisier blanc amidonné et boutonné jusqu'au cou, le déstabilisaient.

— James, j'ai quelque chose à te dire.

— Ben, vas-y, crache le morceau. Je suis tellement content de te voir. Honnêtement, je pensais…

— James…

— Enfin, je ne sais pas au juste ce que je pensais, mais…

— James, dit-elle en accrochant son regard, je veux qu'on se sépare.

— Quoi ?

— Je veux qu'on se sépare, énonça-t-elle lentement.

James en eut le souffle coupé.

— Tu as déjà dit ça par le passé.

— C'est vrai. Mais cette fois c'est différent. J'ai contacté un avocat et je vais entamer la procédure de…

— Tu as appelé Peter ?

— Non, James. Je me suis trouvé mon propre avocat. Et ça n'a pas été une mince affaire. Certains ont carrément refusé de me parler en apprenant à qui j'étais mariée. J'ai dû étendre mes recherches jusqu'à Letterkenny avant de tomber sur une avocate qui m'a tout expliqué et…

— Minute, attends… tu es en train de me dire que tu as parlé avec une avocate avant même qu'on en discute ensemble ?

— James, cela fait vingt ans qu'on parle. Honnêtement… qu'avons-nous de plus à ajouter ?

— Mais je suis là maintenant, on peut régler ça, dit-il, tâchant d'étouffer la panique dans sa voix. J'ai été pas mal préoccupé ces derniers temps, j'avoue, c'était une période chargée. Je t'ai négligée. Mais je suis prêt à faire tout ce que…

— Vendredi prochain, j'emmènerai Niall chez Majella, l'informa-t-elle. Je récupérerai Orla à l'école sur la route…

— En quel honneur ?

— Dimanche, tu nous retrouveras à Galway, et on parlera aux enfants ensemble.

— Il faut un motif pour se séparer.

— Tu ramèneras les enfants avec toi. J'ai prévu de rester un moment chez Majella. Je ne sais pas combien de temps. Au moins une semaine. J'ai besoin d'un peu de temps pour m'éclaircir les idées…

— Et pour quelles raisons tu entames cette démarche ? la coupa-t-il en pianotant sur la table.

Elle soupira et se renfonça dans sa chaise.

— C'est compliqué à dire mais, en résumé, notre couple dysfonctionne au point que nous n'avons plus une relation normale depuis une période de…

— Tu as l'air bien informée, dis-moi ? Mais ça ne tiendra pas. Comment tu vas le prouver ?

— Nous devons suivre une procédure et…

— Et si je refuse de jouer le jeu ?

— Tu peux compliquer les choses si ça te chante, mais ce sont les enfants qui en pâtiront.

— Ce n'est pas moi qui ai l'intention de les traîner devant le juge.

— Et j'espère que pendant mon absence tu feras ce qu'il faut pour te trouver un autre logement.

— Un autre logement ? répéta-t-il en bondissant de sa chaise. Mais tu t'entends ? Qu'est-ce que tu racontes, putain ?

Il fixait vaguement un coin de la pièce, hagard.

— C'est à cause du prêtre ?

« Oh, Seigneur Dieu », l'entendit-il murmurer.

Il marcha jusqu'à l'évier et récupéra la bouteille de whisky rangée dessous, puis il attrapa un verre dans le placard et se servit une grande rasade.

— Tu pensais que je ne le saurais pas ? répliqua-t-elle en croisant les bras sur sa poitrine. Punaise, je ne t'aurais jamais cru capable d'insulter mon intelligence de la sorte.

Il avala une gorgée et sentit la brûlure de l'alcool. Le liquide brun lécha les rebords du verre quand il le posa devant lui sur la table.

— Je l'ai fait pour sauver notre mariage, déclara-t-il en se rasseyant.

— Tu es un lâche, James Keaveney.

— On a la chance de pouvoir repartir de zéro, maintenant qu'il n'est plus là pour te bourrer la tête de conneries.

Izzy alluma une cigarette.

— Explique-moi…, dit-elle en recrachant la fumée. C'était tellement embarrassant pour toi, tellement scandaleux, que je sois amie avec le prêtre de la paroisse ?

— Ben voyons, parce que c'est précisément ce que les gens disaient… que vous étiez très amis.

Elle posa le menton dans sa main et sourit en fermant les yeux.

— Shaun Crowley t'a bien manipulé, on dirait.

— C'est elle qui t'a mis ça dans le crâne ?

— Qui ?

— L'épouse de l'année : Colette.

— Tiens donc, comme si j'avais besoin que quelqu'un me persuade de rompre.

— T'as raison, on devrait suivre leur exemple, ils ont l'air de s'en tirer comme des chefs. Leurs gamins nagent dans le bonheur, ça saute aux yeux.

— Nous ne serions pas les premiers à nous séparer, James, cela arrive tout le temps.

— Oh vraiment, tu connais combien de couples séparés au juste ?

— Margaret et Brendan le sont depuis des années et font en sorte que ça marche.

— Brendan Brennan est un nanti, il a les moyens de financer deux maisons.

— Nous ne sommes pas pauvres.

— Alléluia, lâcha-t-il. C'est bien la première fois que je t'entends le reconnaître.

— Écoute, on peut rester assis là toute la nuit à blâmer Brian Dempsey ou Shaun et Colette Crowley, mais la vérité c'est que nos problèmes existaient avant qu'ils n'entrent en scène. Ça va mal depuis un bout de temps. C'est le moment de tirer un trait, d'aller de l'avant, de se construire chacun une meilleure vie. Tu penses à ce que cela implique pour les enfants d'avoir un père et une mère qui ne se parlent pas six mois de l'année ?

— Tu vois, c'est ce qui nous différencie toi et moi. Même si la situation n'est pas idéale, jamais je ne voudrais d'une vie sans toi et les enfants.

— Oh, ne fais pas semblant de t'intéresser à eux, James. Ça ne te va pas du tout. Si j'avais ta vie, je m'en satisferais aussi, je n'ai aucun doute là-dessus. Tous tes désirs sont satisfaits. On élève tes enfants, tu n'as jamais eu à toucher une casserole ou faire le ménage ou repasser. Tu passes la moitié du temps sur la route entre ici et Dublin, et quand tu es à la maison tu n'es pas vraiment là. Ces vingt dernières années, je n'ai jamais pu compter sur un quelconque soutien de ta part, dit-elle en le pointant du doigt. Tu as toujours fait passer ton travail avant les enfants et moi. J'ai renoncé à rivaliser depuis longtemps. Et, chaque fois que j'ai voulu prendre un tant soit peu d'indépendance, tu me l'as enlevé.

— La boutique ?

— Laquelle ? Celle que tu as vendue dans mon dos, il y a quinze ans, ou celle que tu m'as empêché d'avoir l'année dernière ?

— Grâce à mon travail, on a un toit au-dessus de la tête, deux voitures, ça paye les frais de scolarité, tu n'as jamais eu à te plaindre de manquer de quoi que ce soit. Et tu as bien bossé à le dépenser.

Izzy écrasa sa cigarette et se leva en s'aidant de ses mains.

— Rassieds-toi ! cria-t-il. Il faut qu'on en parle, maintenant.

Elle fixait les gouttes de whisky qui s'étaient accumulées sur la table.

— Écoute, on a toujours réussi à arranger les choses, dit-il. Ça fait des années que tu menaces de partir et tu es toujours là.

Izzy était penchée, toujours en appui sur les mains.

— Je sais, je sais, dit-elle.

Ses bras furent pris de tremblements.

— Inutile de me le rappeler. J'ai gâché ma vie.

— Je t'aime, dit James. Tu ne vois pas que je t'aime ?

— C'est facile à dire.

— Non, je t'assure. Pourquoi tu fais ça ?

— Parce que si je reste avec toi une seconde de plus, je le jure devant Dieu, James, je vais…

— Tu devrais peut-être consulter un médecin.

Izzy se dirigeait vers la porte.

— Si c'est si facile à dire, alors vas-y, je t'écoute, l'interpella James.

Izzy se figea sur le seuil. Un jeu de lumières et d'ombres teintait l'étoffe blanche de son chemisier. Elle courba la tête, arrondit les épaules. Puis elle se redressa d'un coup et disparut dans le couloir. James fut saisi de soubresauts, pareils aux ratés d'un moteur défaillant. Il enfouit sa tête entre ses mains et sa poitrine se souleva, l'obligeant à inspirer profondément, mais son mécanisme interne était à ce point vétuste et hors d'usage qu'il échoua à produire une seule larme.

22

Colette avait enfilé son manteau pour aller se promener mais elle se laissa à nouveau distraire par la page. Elle se rassit et relut son texte. Le poème était intitulé « Consolation ». Elle avait toujours chéri ce mot qui évoquait tout à la fois la paix et la désolation. Il ressemblait beaucoup au mot gaélique désignant la « lumière ». Elle voulait y voir un espoir. Le mot était comme une lumière en haut de la page et guidait sa lectrice à travers les méandres obscurs de son existence. Elle les avait détaillés en vers libres ; c'était important de dire les choses d'une manière crue. Douze pentamètres iambiques avec un point final, brutal comme un coup de poing à la fin de chacun. Se réveiller, marcher vers le berceau de son fils et découvrir qu'il n'est plus là, qu'il a été remplacé dans la nuit par une chose froide et rigide : il n'y avait aucun moyen d'adoucir cette réalité.

Elle était allée sur sa tombe, deux jours plus tôt, et y avait déposé un bouquet de roses blanches à côté d'une couronne de roses blanches qu'elle devinait avoir été laissée par Shaun. L'année qui avait suivi la mort de Patrick, ils visitaient ensemble sa tombe une fois par semaine. Puis, par la suite, à Noël et pour son anniversaire, et enfin ils avaient cessé de s'y rendre ensemble. Elle avait trouvé étrange qu'ils soient tous deux venus récemment et qu'ils aient choisi les mêmes fleurs. Pour la première fois depuis des mois, elle s'était demandé où reposerait son corps lorsque son heure viendrait. Elle avait chassé cette pensée en relisant l'épitaphe : *Patrick Crowley – Décédé à 9 mois – Le 4 juin 1976 – Fils et frère bien-aimé.* Rien de plus. Elle voulait que son poème soit à l'image des mots gravés dans la pierre, dur et impitoyable.

La table était jonchée de pages manuscrites. Elle les rassembla. Une feuille couverte de chiffres atterrit en haut de la pile. Elle y avait consigné ses dépenses et ses revenus ; elle avait beau tourner et retourner les choses dans tous les sens, les débits surpassaient les crédits, c'était implacable. Les quatre cent soixante-quatorze livres qu'elle avait à la banque étaient tout ce qui restait de l'argent qu'elle avait emprunté à sa mère. Dans la colonne « Options », elle avait écrit : « vendre la voiture, donner plus de cours », et à la fin, « entamer la procédure de séparation ». Le fait que Shaun ne l'ait pas contactée par l'entremise de ses avocats lui avait donné espoir ; il ne lui avait cependant rien versé depuis avant Noël, et Colette savait que la maintenir pauvre et redevable participait du long châtiment qu'il entendait lui infliger. En plus, il refusait de lui faire suivre son courrier, lequel contenait à n'en pas douter des invitations à des lectures et des festivals, autant de sources de revenus potentielles. Certes, elle gagnait quarante livres par semaine grâce à l'atelier d'écriture, mais cela couvrait à peine la nourriture et l'essence.

Elle s'étonnait aussi de constater que ses ressources s'épuisaient moins vite depuis qu'elle avait cessé de boire, comme de la facilité avec laquelle elle avait arrêté en comprenant que son corps était destiné à servir un autre but. Mais la surprise suprême avait été de découvrir qu'elle était enceinte de son cinquième enfant, à quarante-quatre ans. Elle avait d'abord attribué ça à un retard ou aux prémices d'une ménopause précoce. Elle souffrait de légères nausées matinales, ce qui en l'occurrence ne l'inquiétait pas vu qu'elle se réveillait tous les jours avec la gueule de bois. Quand Donal venait la rejoindre au cottage, il arrivait qu'elle ait déjà beaucoup bu. Elle restait couchée dans un silence apathique et feignait d'être submergée par le désir, alors qu'en vérité elle ne tenait tout simplement pas debout. Dans ces moments, elle ne se souciait pas de ce qu'elle était devenue, et Donal encore moins.

Au bout de deux semaines sans signe de ses règles, elle s'était rendue à Donegal Town. Elle n'avait pas le courage de franchir la porte de la pharmacie d'Ardglas pour acheter un test de grossesse. Même à Donegal Town, où le risque de tomber sur une connaissance était moindre, elle avait courbé la tête face à l'apothicaire à lunettes et en blouse blanche, laquelle n'osait pas la regarder et s'était contentée d'encaisser les billets que Colette lui tendait et de fourrer le test dans un sac en papier brun qu'elle avait serré dans son poing.

Colette avait traversé la place jusqu'au Central Hotel, pressé le pas dans le hall vers les toilettes des femmes à l'étage, où elle avait uriné sur le bâtonnet en plastique. Quelques minutes plus tard, les contours du visage d'un chérubin se dessinaient peu à peu. Elle avait rebroussé chemin et acheté un second test à la pharmacienne timide qui l'avait accueillie cette fois en croisant les bras, l'air à la fois braquée et vexée qu'elle la tienne pour responsable du résultat. Colette avait répété le processus en arrivant au cottage et le visage de chérubin l'avait narguée à nouveau.

Pendant des jours, elle avait marché avec cette idée en tête, peu importe où elle était et ce qu'elle faisait, cette note qui sonnait clair et juste était tout ce qu'elle entendait. Elle était en alerte, insensible à tout sinon à la possibilité d'un danger, un danger dont elle ne parvenait pas à identifier la nature. Après plusieurs jours passés de la sorte, incapable d'articuler une pensée cohérente sur sa situation critique, Colette s'assit à sa table et prit sa plume.

Je suis enceinte, écrivit-elle, *je suis enceinte, à quarante-quatre ans.*

Décrire avec clarté ses conditions de vie et l'état de ses finances importait peu, elle savait que si elle voulait garder son enfant, elle trouverait le moyen de s'en sortir. Le pire cauchemar qu'on puisse imaginer s'était déjà produit, et elle y avait survécu. Découvrir qu'elle était enceinte de Barry l'avait sauvée à l'époque. Et si c'était une fille ? Si après quatre garçons, elle avait enfin la fille qu'elle avait toujours désirée ? Elle était prête à aimer cet enfant, à en assumer la responsabilité et à reprendre le contrôle de sa vie.

Puis, elle pensait au père du bébé : un lâche qui avait battu en retraite après avoir obtenu ce qu'il voulait. Il lui avait signifié qu'ils devaient calmer le jeu pendant un temps. Il avait été échaudé par la venue d'Izzy Keaveney au cottage l'autre soir, il n'était passé la voir que deux fois depuis et s'était assuré qu'Izzy ne savait rien de leur liaison. Un homme cruel aussi – d'avoir ridiculisé sa femme comme il l'avait fait – et, même si Dolores se montrait rigide et belliqueuse envers elle, Colette reconnaissait qu'elle ne méritait pas une miette du chagrin qu'ils lui avaient infligé. Pas plus que le spectacle qu'elle lui avait offert quand, malade de désir, elle traînait jour après jour son corps fatigué jusqu'à la porte de cet homme, au prétexte d'un radiateur défaillant. Il n'était pas imaginable qu'elle continue à habiter sous le toit de Donal, elle le savait. Elle pouvait aller chez sa mère, s'installer là-bas ; elle serait catastrophée par la situation de sa fille mais jamais elle ne la jetterait à la rue.

En définitive, elle avait écrit avec peu d'enthousiasme et de conviction : *Pars en Angleterre et fais-toi avorter. N'en parle à personne. Tu connais des femmes qui l'ont fait. Tous les scénarios exigent de l'argent.*

Un bruit l'arracha de sa page. La fenêtre de la cuisine était ouverte, le bruit provenait de l'extérieur. On aurait cru une sirène qui hurlait dans le lointain. Le bruit se mua en notes et les notes en mots, de doux murmures. *Baa baa, mouton noir, as-tu de la laine ?* Elle se leva. C'était une enfant : elle entendait une fillette chanter. Elle s'appuya à la table pour rétablir son équilibre. Le bourdonnement se tut et reprit quelques secondes plus tard, plus fort et plus insistant, à la manière d'un sermon. *Oui, monsieur, oui, monsieur, trois poches pleines.* Elle s'approcha de la fenêtre. Jessica Mullen se tenait près du mur. La fillette portait une petite grenouillère, un patchwork de couleurs digne de l'habit bariolé d'un fou du roi. Elle tenait une peluche à laquelle elle chantait sa sérénade. La brise jouait avec ses cheveux coupés au carré. Colette posa la main sur sa poitrine et attendit que son rythme cardiaque se calme.

Elle attrapa son écharpe au crochet près de la porte et l'enroula autour de son cou. Quand elle sortit, la fillette leva les yeux vers elle.

— Jessica Mullen, pour l'amour de Dieu, qu'est-ce que tu fais là ?

Jessica se réintéressa à sa peluche et se remit à chanter. Colette distinguait la forme d'un petit cheval noir avec une bride rouge.

— Ce n'est pas un mouton, bêtasse, c'est un cheval, dit-elle en s'approchant.

— Mouton, dit Jessica, en secouant le jouet par la patte arrière.

— Tu veux que je te ramène chez papa et maman ? dit-elle, penchée au-dessus d'elle.

Jessica fit oui de la tête et lui offrit sa main. Le chemin était caillouteux, la gamine n'avait pas de chaussures, ses petits pieds étaient seulement couverts par les jambières de son pyjama. Elle songea à la porter, mais Jessica avait l'air contente de marcher, et elles descendirent tant bien que mal le chemin, la menotte de l'enfant pincée entre son pouce et son index.

— Ta maman doit se demander où tu es passée. Tu ne devrais pas t'échapper comme ça.

Arrivées en bas, elles tournèrent dans l'allée voisine qui descendait en pente légère jusqu'à la maison. La fillette commençait à montrer des signes de fatigue puis elle s'arrêta presque. Colette la hissa dans ses bras et pressa le pas. Elle sentait son haleine chaude dans son cou.

Dolores jaillit de la maison au même moment. C'était décidément comique cette manie qu'elle avait d'apparaître tel un boulet de canon. Elle retomba sur ses pieds à la manière d'un félin et, quand elle les vit, tout son être sembla se raidir. Elle bondit à leur rencontre et Colette resserra ses bras autour de l'enfant.

— Vous ne devinerez jamais où j'ai trouvé...

— Qu'est-ce que vous fichez avec ma fille ? éructa Dolores qui s'était arrêtée à quelques pas d'elle, les mains tremblantes. Donnez-la-moi.

Et Colette se rendit soudain compte qu'elle s'accrochait si fort à la fillette parce qu'elle avait peur. Elle l'abandonna aux bras de sa mère.

— Dolores, je l'ai trouvée devant le cottage. Je ne sais pas comment elle a atterri là-haut. Vous avez sûrement laissé la porte ouverte.

Dolores la fixait, incrédule, elle ne semblait pas saisir un traître mot de ce qu'elle lui disait.

— Ça suffit ! cria-t-elle.

Elle avait l'air exténuée, les yeux rougis par les larmes.

Colette ouvrit la bouche mais aucun son ne franchit ses lèvres.

— Ça suffit, répéta Dolores. Ne venez plus chez moi et ne vous approchez plus de mes enfants.

Donal sortit, mains dans les poches, se contentant de jouer les observateurs depuis sa porte.

— Elle va bien, dit Colette en tournant les talons, surprise par le ton fielleux de sa voix.

Elle s'efforçait de marcher tête haute, d'un pas assuré, et s'interdit un dernier regard vers la petite famille réunie sur le seuil de la maison. Puis, l'instant d'après, elle sentit les vibrations du sable sous ses chaussures alors qu'elle quittait la route et que le sentier se changeait en plage.

Sorcière, sorcière, sorcière, se répétait-elle en marchant sur la grève, les cheveux battus par le vent. *Sorcière, sorcière, sorcière.* La folle du cottage, la sorcière de la colline ; elle vole les maris et les enfants. En sa présence, on enroulait un bras protecteur autour du cou de son compagnon, on le serrait de près. Elle avait remarqué la façon dont les gens l'évitaient en ville, ils changeaient de trottoir ou baissaient les yeux en se souriant à eux-mêmes.

Au bout de la plage, il y avait cet énorme bloc de roche noire, un fragment manifestement détaché de la côte. Parfois, elle grimpait tout en haut pour s'asseoir et admirer la mer. L'été, elle plongeait ses orteils dans l'une des petites piscines qui se formaient dans ses replis. Mais, aujourd'hui, elle posa sa paume sur la surface humide et froide. Des taches de lichens jaunes et blancs dessinaient des motifs en spirale, semblables à des fleurs en papier crépon autour de ses doigts. Elle s'assit sur le rocher, tournée dans la direction d'où elle était venue. Elle aperçut une autre âme égarée sur la plage, une petite femme rondelette avec un foulard rouge qui promenait un labrador noir presque aussi grand qu'elle. Puis une deuxième silhouette apparut près de la route. Même à cette distance, elle sut aussitôt que c'était Donal, elle l'aurait reconnu entre mille.

Il portait un coupe-vent noir dézippé, de sorte que les extrémités voletaient autour de ses hanches. Il ralentit le pas à quelques mètres de Colette et fourra les mains dans ses poches. Il avait complètement changé d'attitude, il semblait presque embarrassé. Il piétinait en décrivant des demi-cercles. Il lui lançait des regards furtifs et méfiants comme s'il négociait un récif délicat à contourner.

— À quoi tu joues ? lâcha-t-il enfin.

Elle se pencha et posa les coudes sur ses genoux. Elle observait la petite mare d'eau à ses pieds.

— Tu m'entends ? demanda-t-il en s'approchant.

— J'ai entendu, Donal, répondit-elle, refusant de croiser son regard. J'ai aperçu votre fille de trois ans par la fenêtre de ma cuisine, point. Et j'ai eu la bonne idée de la raccompagner. Mais ta femme s'est imaginé que…

— Elle pense que tu as perdu la boule et je ne suis pas loin de le penser aussi. Tu ne peux pas te retenir, hein ? Tu te pointes tous les jours à la maison sous des prétextes débiles. Tu penses que ma femme est stupide au point de ne pas voir ce que tu mijotes à fouiner tout le temps ?

— Crois-moi, Donal, j'en ai fini d'essayer d'attirer ton attention. Je sais parfaitement que c'est terminé entre nous.

Ça avait été si bref, une fraction de seconde, une page qui se tourne et retombe, pourtant elle voyait que ses mots l'avaient heurté.

— Bon, dit-il. On est d'accord là-dessus. Et je pense qu'il est temps que tu déménages.

Elle redoutait ça depuis des semaines, chaque fois que Dolores la regardait de travers ou qu'il lui servait une excuse pour ne pas la voir. Elle était devenue une nuisance pour toutes les parties impliquées. Elle avait fait son temps.

— L'été approche, poursuivit-il, on peut louer l'endroit trois fois plus cher. Ça n'a plus de sens que tu restes là de toute façon. Et ça craint que tu ramènes constamment des mecs.

— De quoi tu parles, Donal ?

— Ça jase en ville, pire qu'un lupanar, ils disent. En plus Dolores a aperçu ce type, il y a deux semaines. Celui que tu te tapais à Dublin.

— John ? John n'est pas venu.

— Oh, tu ne le savais pas ? Eh bien il livre lui-même ses lettres, maintenant.

— Je n'ai eu aucune lettre. Et qu'est-ce que John…

— Écoute, je vais être sympa avec toi. Je te donne jusqu'à la fin du mois, après ça tu vides les lieux. Ça te laisse quelques semaines. Et d'ici là, tu arrêtes ton cirque. Tu restes loin de moi, loin de mes enfants, et loin de ma femme. Tu m'entends ?

Elle se redressa de toute sa hauteur en s'aidant des mains. Elle croisa les bras et marcha vers lui.

— Je sais que je me suis comportée bizarrement, et je sais que c'est fini entre nous, mais il fut un temps, aussi bref soit-il, où nous tenions l'un à l'autre. Ou peut-être que j'ai imaginé que tu tenais à moi. Alors je t'en supplie, s'il te reste ne serait-ce qu'une once de compassion pour moi… j'ai besoin que tu m'aides, Donal. Je suis enceinte.

Elle vit une expression de choc intégral se graver son visage.

— Ne te fous pas de ma gueule, dit-il.

— Donal, Dieu m'est témoin…

— Tu mens !

— Tu veux une preuve, c'est ça ? D'ici à quelques mois, ce sera impossible à cacher.

— Il est de moi ? demanda-t-il.

— De personne d'autre.

— T'en es certaine ?

— Oh, Donal…

— T'es à combien ?

— Six semaines environ, enfin je crois, un peu plus peut-être. J'ai pris rendez-vous chez le médecin la semaine prochaine.

— Tu n'as pas encore vu le docteur ?

— Non.

— Alors comment tu peux être sûre ?

— J'ai fait deux tests. Et j'ai déjà eu quatre enfants, Donal. Certains signes ne trompent pas.

— Il pourrait être de n'importe qui, ce gosse. Et puis, ce n'est pas dit qu'il survive, tu as le même âge que ces putains de collines.

Il se prit le visage entre les mains et étouffa un cri.

— Écoute, Donal, tu as raison, je dois aller de l'avant. Je peux m'installer chez ma mère à Dublin.

— Et tu feras quoi, là-bas ? dit-il en avançant d'un pas.

— J'ai besoin de réfléchir.

— Moi, je sais ce que tu vas faire, dit-il en esquissant un autre pas. Tu vas embarquer sur le prochain ferry en partance pour l'Angleterre et te débarrasser de ce mouflet.

— Donal, dit-elle en reculant, je n'ai encore rien décidé mais…

— T'es tarée ? Tu ne peux pas le garder. Tu es trop vieille. Et comment tu feras ? Comment tu comptes l'élever ? Pas question que tu le ramènes ici. Je jure devant Dieu que si tu fais ça, je te briserai le cou, putain.

Il pencha la tête de sorte que son visage était à quelques centimètres du sien. Elle détourna les yeux.

— Donal, j'ai besoin d'argent. J'ai à peine un penny sur mon compte.

— Tu me demandes du fric ? ricana-t-il.

— Pas une grosse somme. Juste assez pour partir. Et, quoi que je fasse, je te jure que tu n'entendras plus jamais parler de moi.

Il s'approcha de nouveau et Colette recula. Elle trébucha et s'écroula sur le rocher. L'humidité et le froid lui glaçaient le dos. Il se tenait tellement près, plié dans une posture étrange et précaire, qu'elle n'avait aucun moyen de se relever et de lui échapper.

— Si je te donne ne serait-ce qu'un penny, dit-il, ce sera pour te débarrasser de cet enfant, dit-il en pointant son ventre. Tu m'as compris ?

Elle fixait le sable jonché de cailloux.

— Tu m'as compris ?

Elle acquiesça.

— Qui est au courant ?

— Je n'en ai parlé à personne, Donal.

Il la saisit par la gorge.

— À qui tu l'as dit ?

— À qui tu veux que je parle de ça ?

Il relâcha son emprise et la menaça du doigt.

— T'as intérêt à ce que les choses restent en l'état. Parce que si j'apprends que t'en as parlé à quelqu'un, je te retrouverai Colette, où que tu sois, et je t'écorcherai vive. Je t'arracherai ta putain de tête. Tu m'entends ?

Elle tremblait comme une feuille.

— Et n'espère pas rester jusqu'à la fin du mois, oublie ça. Je veux que tu te sois tirée d'ici à dimanche. Compris ?

Elle le regarda s'éloigner, observant son dos, ses épaules larges et son coupe-vent qui flottait telle une voile gonflée par le vent. Elle se tenait au rocher, les genoux flageolants. Elle inspira profondément, vérifia qu'il n'y avait pas eu de témoins. Un aboiement résonna, le labrador noir tirait sur sa laisse pour atteindre Donal. La petite femme le retenait en faisant contrepoids, à la verticale. Donal ne parut pas le remarquer. Résolu, il se hâtait vers sa maison où, depuis sa fenêtre, Dolores n'avait probablement rien raté de la scène qui s'était jouée entre eux.

23

Izzy posa une caisse à poisson bleue à moitié remplie de vieille vaisselle dans la chambre. Elle sortit quelques draps du placard au-dessus de la penderie et les coinça délicatement entre les tasses et les assiettes. Une voiture s'était garée devant la maison, elle entendit le grincement du frein à main. Par-delà la fenêtre, elle entrevit James se presser à l'intérieur. Elle l'écouta haleter en grimpant les marches. Il avait un regard étrange, mi-timide mi-déterminé, quand il pénétra dans la pièce muni d'une grande enveloppe A4 blanche. Il baissa les yeux et elle suivit son regard jusqu'au lit où reposait une valise ouverte, chargée de vêtements, chaussures et accessoires de toilette.

— Il y a un contrat là-dedans, dit-il en brandissant l'enveloppe. Pour l'acquisition de la boutique dans la rue principale.

— Bon sang, fit-elle, tu sais te démener quand ça t'arrange.

— Il ne manque que ta signature. Je vais le déposer en bas sur la table de la cuisine, si tu ne l'as pas signé à mon retour ce soir, alors je prendrai acte de ta décision.

— Quand tu rentreras ce soir, je serai partie, James.

Elle s'assit au bord du lit, dos tourné, et l'écouta battre en retraite dans l'escalier. Elle guetta le clac de la porte d'entrée, le ronronnement du moteur filant vers la route, elle referma la caisse et la porta jusqu'au coffre de sa voiture. Assise derrière le volant, elle contempla la baie et la colline où se dressait le cottage. Par temps clair elle distinguait le pignon et savait quand Colette avait allumé un feu parce qu'elle apercevait la colonne de fumée s'élever derrière la colline. Mais aujourd'hui un rideau de nuages s'interposait entre elles. Elle décida de tenter sa chance malgré tout.

En arrivant au cottage, son cœur se serra à la vue de Colette sur le seuil de la porte. Les semaines passées, Izzy s'était fréquemment demandé à quoi elle s'occupait à tel ou tel moment ; elle se serait pourtant contentée de déposer la caisse devant la maison si elle ne s'était pas tenue à l'instant devant elle. Et elle se sentit piteuse de la trouver si forte et si entière.

— Mais qui voilà, Izzy Keaveney ?

— Bonjour, Colette, fit-elle en récupérant son bazar dans le coffre.

En se retournant, elle la surprit à loucher du côté de la maison des Mullen.

— Tu entres une minute ? dit-elle en se retranchant à l'intérieur.

Izzy marqua un temps d'arrêt à la porte, sa caisse coincée contre la hanche. Elle scrutait le petit panneau en bois – « Innisfree » – que Colette avait clouté sur le fronton de la maison. Un poème qu'elle se souvenait avoir appris à l'école.

— Je ne vais pas m'attarder, Colette, j'ai beaucoup à faire.

— Tu as bien le temps de prendre une tasse de thé.

Elle se décida à entrer et s'essuya les pieds sur le paillasson. Devant l'évier, Colette remplissait déjà la bouilloire. Une bouteille de vodka à demi vide trônait sur le comptoir derrière elle. Izzy se délesta de son fardeau sur une chaise.

Un côté de la table était encombré de piles de livres et de papiers. Elle s'assit à l'autre bout, dégagé celui-ci. Comme tout semblait différent à la lumière du jour. Le sol était propre et balayé, les restes d'un feu croupissaient dans l'âtre. Tout était étonnamment en ordre.

— Tu devrais faire un feu, Colette. Il fait frisquet aujourd'hui.

— Tu prends du sucre ?

— Juste du lait, merci.

— Bon, j'espère que j'en ai mis assez, commenta Colette en lui tendant sa tasse.

— Ça a l'air parfait.

Elle s'assit à son tour, le pull à col roulé et l'écharpe dont elle s'était emmitouflée formaient comme un plumage sur sa poitrine. Colette était encore une belle femme, avec ses boucles charbon noir et ses yeux bleu vif saillant sur sa peau pâle. Mais sa silhouette s'était épaissie et avachie à cause de la boisson, son visage portait les rides d'une femme d'un autre âge.

— Pardonne-moi, j'ai commencé tôt, dit-elle en sirotant son verre. Je t'en aurais bien proposé un, mais je devine que tu n'es pas du genre à boire l'après-midi.

— Le thé me convient très bien, confirma Izzy.

Colette attrapa son paquet de tabac et roula une cigarette. Ses doigts tremblaient.

— J'ai fait un peu de rangement, lança Izzy en frottant ses mains. J'ai pensé que certaines choses pourraient t'être utiles – oh, rien d'extravagant, de la vieille vaisselle, des couvertures et quelques petites choses pour rendre cet endroit plus accueillant.

Colette lança son paquet de tabac sur la table. Elle craqua une allumette. Sa peau parcheminée s'illumina pendant une fraction de seconde. Elle tira une bouffée.

— J'espère que mes sordides conditions de vie te font te sentir mieux.

Sa cigarette n'était pas correctement allumée, elle en effleura l'extrémité avec un briquet. Izzy gigotait sur sa chaise, elle se redressa et joignit ses mains sur ses cuisses.

— C'est vraiment très paisible, ici. Idéal pour écrire, dit-elle en balayant la pièce du regard.

— Oh. C'est paisible, en effet. *Car goutte à goutte la paix retombe*[1].

Elle avait déclamé le vers d'une voix profonde de ténor.

---

1. « L'Île sur le lac, à Innisfree », de W.B. Yeats, traduction d'Yves Bonnefoy, in *Quarante-cinq poèmes*, Gallimard, 1993

— Quelle est la véritable raison de ta visite, Izzy ?
— Je vais m'absenter un moment.
— Vraiment ?
— Je vais passer quelques semaines chez ma sœur. À la vérité, c'est compliqué entre James et moi depuis un bout de temps, je me suis enfin décidée à agir. J'aurais dû le faire depuis longtemps mais…
— Tu commets ta première erreur.
— Quoi ?
— En quittant la maison. Quand tu abandonnes le domicile, tu lâches prise et tu renonces à tes droits. À quoi te servira d'aller chez ta sœur quelques semaines : en quoi la situation sera-t-elle différente à ton retour ?
— Ça ne peut pas continuer.
— De quoi tu parles ? En quoi ton quotidien pourrait-il être meilleur qu'aujourd'hui ? Tu as une maison, de l'argent et des enfants. Certes, ton mari est un peu tyrannique, mais ils le sont tous à leur façon. Tu manques de quoi que ce soit ? Non. Tu as un salon rempli de statuettes et de figurines ridicules qui valent plus d'argent que certains n'en verront dans une vie.
— Je veux mon indépendance.
— L'indépendance ? L'indépendance ? Regarde, c'est à cela que ressemble l'indépendance, Izzy.
— Tu t'y es mal prise.
— Tu crois vraiment que si j'avais été docile, honnête, vertueuse et aussi sincère que toi, rien de tout cela ne me serait arrivé ?

— Non, ce n'est pas ce dont je parle. Tu aurais dû consulter un avocat.

Colette ricana.

— Et pendant que tu y es, tu ferais bien d'abandonner cette affreuse habitude de boire, ajouta Izzy en pointant son verre. Bref, je ne suis pas venue te faire la leçon.

— Non, tu es venue me refiler tes rebuts, répliqua Colette, un sourire en coin. Pourquoi tu me racontes tout ça ? Je t'inspire ?

— Disons que je ne me suis pas bien comportée vis-à-vis de toi.

— En ignorant mes appels ?

Assise en équilibre au bord de sa chaise, Izzy frottait ses mains sur ses cuisses. Elle avait tourné la tête côté mer. La lumière de fin d'après-midi s'était retranchée à l'horizon derrière un écran de nuages.

— Pour tout te dire, Shaun a débarqué un matin au bureau de James, début janvier. Il lui a parlé de nos escapades à la plage et à Enniskillen. Je ne sais pas comment il l'a appris, mais il est au courant. Et pour couronner le tout, il a raconté à James que toute la ville pensait que j'avais une liaison avec le père Dempsey. Comme tu peux l'imaginer, ça a donné lieu à une méchante bagarre. On ne s'est quasi pas adressé la parole depuis. J'ai reçu l'instruction expresse de couper tout contact avec toi, j'aurais dû passer outre, continuer à venir à l'atelier mais… mais je n'en avais tout simplement pas l'énergie.

Colette approcha sa cigarette au-dessus du cendrier. Elle suspendit un moment son geste avant de tapoter la cendre.

— Je me doutais que Shaun n'était pas étranger à tout ça.

— Oh, comme je l'ai rappelé à James, nos problèmes ne datent pas d'hier, ils existaient bien avant que toi et Shaun n'entriez en scène.

— Si j'en crois les rumeurs, les anciens du village ont vu d'un mauvais œil que toi et le père Dempsey étiez devenus si proches, commenta Colette en levant les yeux au ciel.

Izzy secoua la tête et laissa échapper un soupir.

— Il ne s'est rien passé. Tu m'imagines avoir une liaison avec le prêtre de la paroisse, vraiment ? Il faudrait que je m'enfile toute ta bouteille de vodka avant que ça me traverse l'esprit. Non. Nous étions très amis, un point c'est tout, et ça a attisé la jalousie de James. Il lui reprochait d'interférer dans notre couple.

— Les prêtres ont un don pour ça, pas vrai ? Ils adorent jouer les conseillers matrimoniaux quand ils ignorent tout du sujet.

— Il n'était pas comme ça. Il n'était ni moralisateur ni dogmatique, il ne prêchait pas ce genre de fadaises. Avec lui, on pouvait parler.

— J'imagine que tu as des amies. Tu aurais pu te confier à elles ?

— Pour leur dire quoi ? Que je me sens seule ? Que je suis malheureuse ? Qui veut entendre ça, Colette ? Qui est assez désœuvré pour s'imposer ce genre de confidences ? C'est le meilleur moyen pour que les gens jacassent dans votre dos. Tu sais comment fonctionne cette ville... On ne peut même pas être amie avec un prêtre sans qu'on vous accuse de coucher avec.

— Tu m'as mal comprise, je ne suis pas en train d'insinuer que vous aviez des relations sexuelles torrides. Et quand bien même ça aurait été le cas, alors tant mieux pour toi. Reconnais que tu passais toutes tes journées avec lui et, du jour au lendemain, il disparaît.

— Je n'en sais pas plus que toi sur la question. Il est parti sans me dire au revoir.

— Tu veux me faire avaler que James Keaveney n'est pour rien dans la mutation du père Dempsey ? s'indigna Colette. Tu sais au moins où il est parti ?

— Oh, dans une autre paroisse, dit Izzy avec un mouvement de la tête.

— Ne fais pas comme si ça ne te faisait ni chaud ni froid. Je vois qu'il comptait pour toi.

Les épaules d'Izzy se détendirent et elle laissa retomber ses bras sur le côté.

— C'était agréable d'avoir quelqu'un à qui parler.

— Oh, ne sois pas naïve, Izzy. Qu'est-ce qu'on peut être idiotes. De stupides, stupides femmes. On s'accroche au premier qui nous tend l'oreille.

Colette essaya de se lever et retomba lourdement sur sa chaise. Mais elle ne s'avoua pas vaincue et se hissa sur ses pieds.

— Toujours pas envie d'un verre ?

— Non, Colette. Merci. Je ferais mieux d'y aller.

Colette se resservit en vodka au comptoir et se laissa choir sur sa chaise en renversant la moitié de son verre sur son pull.

— *Lève-toi et pars*, Izzy Keaveney, dit-elle en guise de toast. Oublie-le. Retourne à ton mari. Je t'absous, au nom du Père, du Fils et du Saint-Esprit.

Elle se signa avec son verre, la vodka menaçant de verser.

— Rentre chez toi, Izzy, et sois pardonnée, enchaîna-t-elle, la voix assourdie par les parois de son verre. C'est si facile de devenir un fantôme de sa propre vie.

Izzy se leva et marcha vers Colette.

— Tu veux me faire plaisir, Colette ? Prends un peu soin de toi, dit-elle, une main posée sur son épaule.

D'où elle se tenait, elle ne distinguait que le sommet de son crâne, mais elle la vit acquiescer timidement. Elle lui caressa la joue et Colette abandonna sa tête lourde à sa paume. Izzy sentit la chaleur de ses larmes sous ses doigts.

— Ah, non, pas ça, Colette, dit-elle en lui caressant le dos. Tu vas voir, tout va s'arranger pour toi.

— J'ai six semaines de retard.

— Quoi ?

— Je te dis que j'ai six semaines de retard.

Izzy se raidit. Elle recula d'un pas et la jaugea des pieds à la tête.

— De quoi tu parles ? demanda-t-elle.

— Tu crois que je plaisante ? Je suis enceinte de presque deux mois.

— Tu en es certaine ?

— Je n'ai pas eu mes règles, j'ai fait deux tests. Je n'ai pas encore vu le médecin, mais j'en suis certaine.

Izzy prit sa main dans la sienne et la pressa entre son pouce et son index, résistant à une envie violente de la gifler.

— Espèce d'idiote, murmura-t-elle en se laissant retomber sur sa chaise.

— Je sais, je sais, je sais, ânonna Colette qui tremblait de tout son corps. Je suis la plus conne des femmes qui soit.

— Comment as-tu pu laisser cela arriver ?

— Je ne sais pas, je pensais probablement avoir dépassé ce cap.

— Et il est de lui ? s'enquit Izzy en pointant du menton la maison des Mullen.

— Merde, bien sûr qu'il est de lui.

Izzy louchait vers la bouteille de vodka sur le comptoir.

— Qu'est-ce que tu comptes faire ?

— Je vais partir m'installer chez ma mère quelque temps.

— Très bien. Ça me paraît une sage idée.

— Mais j'ai besoin de ton aide… une fois de plus… je suis désolée. J'ai besoin que tu me prêtes un peu d'argent.

— Pour aller à Dublin ?

— Non, fit Colette en secouant la tête. Il va me falloir un peu plus. Quelques centaines de livres, disons.

Izzy fixait la table.

— Je ne peux pas garder cet enfant. J'y ai pensé, crois-moi. Mais je n'ai plus ma place dans ce monde, pour le moment, et encore moins avec un bébé.

— Tu as encore un mari.

— Oh, Izzy, Shaun ne m'autorise même pas à voir les enfants que j'ai déjà. Tu t'imagines qu'il va me reprendre et élever celui d'un autre ?

— Il ne serait pas le premier dans ce cas. Ta mère ne peut pas te filer un coup de main ?

— Tu me vois demander de l'argent à ma mère pour avorter ?

— Mais ça ne te pose aucun problème de me le demander à moi.

— Je m'en serais passée si j'avais une autre solution. S'il te plaît, ne m'oblige pas à supplier à nouveau cet homme.

— Qui ? Shaun ?

— Non. Donal.

— Tu lui as dit ?

— Je sais, c'était stupide. Au fond de moi, je savais que ça lui ferait autant d'effet qu'un déchet échoué sur la plage. Il essayait de me mettre dehors. Il voulait se débarrasser de moi. J'ai eu l'idiotie de penser qu'il aurait pitié de moi.

— Qu'est-ce qu'il a dit ?

— Il m'a dit de m'en débarrasser, que si je revenais avec ici, il me tuerait.

— Donal Mullen n'a aucun droit de t'y obliger, Colette. Tu ne vas pas tout de même pas t'enfuir en Angleterre comme une ado.

— C'est tout le problème, Izzy. Je ne suis plus une adolescente. J'ai quarante-quatre ans.

Izzy se releva, elle récupéra son sac qu'elle avait abandonné sur la caisse et sortit de son porte-monnaie trois billets de vingt livres flambant neufs.

— Emballe tes affaires et file. Avec ça, tu as assez pour aller à Dublin. Pars chez ta mère. Vas-y et donne naissance à ton enfant. Je te promets que je n'en soufflerai mot à personne aussi longtemps que je vivrai. Personne n'a besoin de savoir qui est le père, si tu le décides.

Elle déposa les billets sur la table et vit Colette en prendre acte, puis elle gagna la porte.

Assise dans sa Nissan rouge, elle scrutait le cottage. Un tonneau était placé sous la gouttière. Certainement pour recueillir l'eau de pluie. Elle se rappela cette soirée où James avait plaisanté en prétendant que Colette en était réduite à se laver dans un tonneau.

— Tu sais comment sont les artistes, avait-elle renchéri.

— Oui, avait répondu James. C'est ce que font les poètes.

Ce n'était pas la première fois qu'ils se gaussaient des mésaventures de Colette Crowley.

En rentrant chez lui, ce soir-là, James Keaveney remarqua qu'il y régnait une tout autre atmosphère. Depuis des mois, il trouvait la maison vide ou enténébrée, sa femme et son fils retranchés dans une pièce.

Mais ce soir, elle bruissait de vie et d'activité, elle était baignée de lumière et de chaleur. Il s'arrêta sur le seuil de la cuisine.

— Ah, te voilà, lança sa femme, passant devant lui avec des sets de table en le gratifiant d'un sourire. Niall ! cria-t-elle.

James fouillait ses poches, en quête de son portefeuille, de ses clés ou d'une chose qu'il aurait égarée : il ne savait pas quoi au juste. Il se rendit compte qu'il avait gardé son manteau et alla le pendre sous l'escalier.

— Je suis passée acheter des côtelettes d'agneau chez Breslin cet après-midi, dit sa femme.

Il se laissa guider par le son de sa voix jusqu'à la cuisine où son fils était maintenant attablé et balançait ses jambes en coulant vers lui un regard incrédule.

— Oh, génial.

Il avait conscience de surjouer l'enthousiasme. Il s'assit en bout de table comme à son habitude. Une assiette se matérialisa devant lui : des patates bouillies rondes comme des boules de savon, des brocolis vert fluo et des côtelettes d'agneau qui grésillaient encore.

— Et voilà, commenta son épouse, laquelle avait repris sa place attitrée et dépliait un torchon sur ses cuisses.

Izzy menait la conversation, sa loquacité le déconcertait. Elle mentionna toutes les personnes qu'elle avait croisées en faisant les courses, le prix de l'essence, les dernières révélations sur les politiciens corrompus par des pots-de-vin.

— Mange, ça va être froid, l'encouragea-t-elle.

James n'avait pas touché à son assiette.

— Mon Dieu, c'est choquant, dit-il en saisissant sa fourchette sans savoir tout à fait de quoi il se choquait.

— Tu m'écoutes ? demanda-t-elle.

— Quoi ?

— J'annonçais à Niall qu'on irait passer un weekend à Galway pendant les vacances de Pâques.

— Oh, bonne idée, fit-il.

Il se brûla le palais avec une pomme de terre et la recracha dans son assiette.

— Tiens, dit sa femme en lui tendant le torchon.

Il s'essuya le menton et, ce faisant, nota que son fils les dévisageait à tour de rôle. Il sentit le contact d'une peau, sa femme avait affectueusement posé sa main sur la sienne.

— Ça nous fera du bien de nous échapper, dit-elle.

Il se rappela subitement cette chose qu'il avait cherchée peu avant. Il leva la tête et avisa le contrat, posé à l'autre bout de la table, dont une moitié dépassait de l'enveloppe et portait, bien visible, la signature de son épouse.

Il regardait Izzy débarrasser la table, ses mouvements précis et calculés. Elle avait conscience qu'on l'observait, elle restait sur ses gardes, comme si la chute d'une fourchette pouvait faire s'écrouler leur logis.

James déambula toute la nuit dans sa maison sur la pointe des pieds, redoutant qu'un mouvement brutal ou le moindre faux pas ne compromette la supercherie à laquelle il s'était volontiers prêté. Il se passa plusieurs heures avant qu'il se décide à appuyer sur le bouton de la télécommande et regarde l'image s'effacer sur l'écran, qu'il monte l'escalier jusqu'à leur chambre et s'autorise enfin à croire que le tournant qu'avait pris sa vie était un tant soit peu réel. Il trouva Izzy assise devant sa coiffeuse, les accessoires de toilette déménagés plus tôt dans la chambre d'amis avaient retrouvé leur place. Elle portait une chemise de nuit blanche sans manches et s'enduisait les bras de crème. Elle lui adressa un vague sourire. Il s'assit au bord du lit et croisa son regard dans le miroir. Il sentit ses épaules se relâcher et regarda ses pieds. Il ôta ses chaussures et les jeta plus loin. Il entendit les pas légers d'Izzy puis sentit le matelas se creuser à son côté.

Cette nuit-là, Colette Crowley était couchée en chien de fusil dans son lit et poussait des petits gémissements. Elle avait beaucoup bu. Les vers qu'elle avait écrits dans la journée lui pesaient sur l'estomac. De temps à autre, un doux frémissement la traversait, aussi fugace qu'un battement d'ailes, et elle autorisait un de ses vers à s'épanouir, se faire plus insistant et calmer la panique engendrée par l'enfant qui grandissait en elle. Mais tel un brouillard s'insinuant dans les crevasses de son esprit, la certitude que quelqu'un tout près désirait lui faire du mal s'affirmait et ensevelissait tout. Au matin, elle n'aurait d'autre choix que de mettre sa vie dans des cartons. Le babil se tut enfin dans sa tête, tout devint silence et nuit, et elle plongea dans un sommeil profond comme elle n'en avait plus connu depuis des mois.

Quelques heures plus tard, Dolores Mullen s'éveilla et se retourna dans son lit. À six mois de grossesse et maniaque comme elle était, un rien la réveillait. Couchée sur le dos, elle scrutait le plafond pour faire le vide dans son esprit. Un rapide coup d'œil confirma que son mari n'était pas à ses côtés, et un sentiment de vacuité immense la submergea. Quand elle ouvrit à nouveau les yeux, il entrait dans la pièce. Il haletait. Il se déplaçait à pas feutrés, il avait retiré ses boots. D'habitude, il se laissait tomber sur le lit et faisait tout un boucan en retirant ses chaussures puis les jetait par terre en soupirant. Ce soir, il lui montrait un peu de considération. Elle rouvrit les yeux, il luttait avec les boutons de sa chemise, s'énervait, pinçait les lèvres, cachant son agacement. Lorsqu'il grimpa dans le lit et remonta les couvertures vers lui, allongé raide comme une antenne, elle devina à son immobilité qu'il était aux aguets. L'enfant bougea en elle. Elle se sentit oppressée.

— Qu'est-ce qui ne va pas ? demanda-t-elle.

Il ne répondit pas. Le râle moite de sa respiration se tut. Il retenait son souffle. Le silence était total. Puis, dans ce silence, un grondement assourdi perça et remplit bientôt tout l'espace. Un bruit qui ressemblait à un moteur dans le lointain. Ou à un hurlement échappé d'une bouche qu'on bâillonne. C'était un bruit mat, mais il enveloppait tout, comme s'ils se trouvaient tous les deux à l'intérieur.

— Donal, t'entends ça ?

— Tais-toi et dors.

— Donal, il faut que t'ailles voir ce que c'est.

Elle se redressa et poussa les draps sur le côté. Elle sentit sa main agripper son bras, ses doigts s'enfoncer dans sa chair.

— Reste où tu es, éructa-t-il.

Il balança ses jambes hors du lit et ramassa ses vêtements par terre sans se presser. Dolores sentait la sueur fourmiller le long de sa colonne, son grand tee-shirt lui collait à la peau.

— Dépêche-toi, ça va réveiller les enfants, s'impatienta-t-elle.

Mais Donal ne se pressa pas pour autant, il boutonna méthodiquement sa chemise, boucla sa ceinture. Avant de sortir de la chambre, il se tourna vers la fenêtre. Les rideaux étaient tirés mais un trait de lumière filtrait à travers l'étroite fente où ils se rejoignaient. Elle quitta à son tour le lit, écarta le rideau, et la lumière l'éblouit. Elle plissa les yeux en direction du cottage. Le côté droit de la maison était en feu, les flammes s'échappaient par les fenêtres, un panache de fumée noire montait dans le ciel, aussitôt avalé par la nuit. La fenêtre de la cuisine crachait une fumée grise. Elle resta hypnotisée un instant par l'irréalité de la scène, la pureté des flammes et la façon dont, à l'instar de l'eau, elles lapaient et léchaient l'air, si bien que la nuit semblait marbrée d'étincelles.

— Donal ! cria-t-elle. Donal… appelle les pompiers.

Elle s'élança dans le couloir et le trouva planté mains sur les hanches devant la fenêtre du salon, nimbé de lumière.

— Putain, Donal, à quoi tu joues ? Appelle les pompiers.

Il ne bougeait pas. Dolores courut jusqu'au téléphone, elle composait déjà le numéro mais Donal lui arracha le combiné des mains.

— Laisse-moi d'abord aller jeter un coup d'œil.

— Qu'est-ce que tu racontes ? Il ne restera plus rien du cottage, le temps qu'ils arrivent. Elle est là-haut ? Tu crois qu'elle est là-haut ? Bon sang, qu'est-ce qu'on va faire ?

— Arrête ton hystérie. Je vais voir.

— Hors de question que tu approches de cet enfer. Tu vas finir brûlé vif.

Quand il ouvrit la porte, une vague de chaleur inonda l'entrée, mais Dolores frissonnait toujours, elle claquait des dents. Sa bouche émit un son, un bredouillement confus de peur absolue, la réponse de son corps à la terreur qui la submergeait, et elle s'aperçut tout à coup qu'elle priait.

Elle appela son mari qui s'était déjà éloigné et traversait le jardinet à l'avant. Il s'arrêta au pied de la colline et pencha la tête en arrière pour observer le cottage. Elle souleva à nouveau le combiné, puis laissa retomber son bras. Enfin, Donal se retourna vers elle et se mit à trotter vers la maison. La sueur perlait sur son visage quand il passa la porte.

— Maintenant, tu peux les appeler, dit-il.

Cette nuit-là, Izzy Keaveney n'arrivait pas à trouver le sommeil. Elle se leva au petit matin, s'arrêta à la fenêtre sur le palier et remarqua cette étrange tache de lumière de l'autre côté de la colline et le panache de fumée noire. Elle demeura un instant sans réaction jusqu'à ce que ses jambes se dérobent, l'obligeant à se raccrocher au rebord de la fenêtre. Elle descendit l'escalier en se cramponnant à la rampe comme si, à chaque marche, elle s'enfonçait un peu plus dans la mer. Elle attendit assise à la table de la cuisine que la bouilloire siffle. L'image du panneau sur la façade du cottage clignotait dans sa tête : *Innisfree. Car nuit et jour, toujours. Car nuit et jour, toujours*, se répétait-elle. Un sentiment de terreur la terrassa et se nicha en elle.

Elle s'habilla sans faire de bruit pendant que James se retournait dans son sommeil et fonça vers sa voiture. Le jour se levait à peine quand elle traversa le pont aux abords de la ville. Elle longea le petit parc en bord de mer et avisa au pied du vieux chêne un bouquet de crocus violets et blancs. La marée était basse, les bateaux recroquevillés contre le quai. Les deux pompes à essence du Reel Inn montaient la garde sur la ville déserte. Lorsqu'elle quitta la promenade du littoral pour emprunter la route de la côte, la baie s'ouvrit devant elle, la lumière du matin perçait à l'horizon. De gros cumulus plombaient le ciel, si denses et consistants qu'Izzy avait l'impression qu'elle pourrait les toucher en tendant la main. Elle ralentit à l'approche de la plage et se rangea en bas de l'allée. Des voitures de police étaient garées nez à nez à l'entrée de la propriété des Mullen. Le chemin du cottage était barré par un cordon de sécurité et, en haut, il n'y avait plus qu'une ruine calcinée.

24

Niall inspecta les vêtements que sa mère avait empilés sur son lit : un cardigan gris avec de gros boutons en cuir brun, un pantalon noir et une chemise blanche. Une paire de chaussures noires à lacets était posée au pied. La veille, il lui avait demandé s'il fallait une cravate, mais elle lui avait dit d'arrêter de jouer les imbéciles. Il l'avait trouvée dans sa chambre, assise au bord du lit, contemplant le vide. Quand il avait croisé son regard dans le miroir de la coiffeuse, au début, elle était restée muette et immobile, comme si elle faisait mine de ne pas l'avoir vu.

— Est-ce que Carl aura une cravate ? avait-il lancé.

— Oh, sûrement. N'essaie pas de faire ton intéressant, ce n'est pas ta mère qui est morte.

Sur le coup, son visage était devenu tout chaud. Il s'appliquait de son mieux, mais il n'arrivait pas à se retenir de pleurer quand les bouffées de chaleur le piquaient comme ça.

Sa mère était dans cet état depuis une semaine, elle lui disait constamment des méchancetés, à son père et à Orla aussi. Sa sœur était rentrée de l'internat pour le week-end et elle avait passé son temps à bouder, parce que leur mère l'empêchait de sortir et de voir ses amis. « Dans l'immédiat, s'était-elle justifiée, je veux que tu restes où je peux te voir. C'est trop te demander ? » Le soir, quand elle le croyait endormi, sa mère venait s'asseoir sur son lit et dégageait les mèches de cheveux de son front. Et lui, il faisait semblant de dormir, de peur qu'elle s'en aille.

Il enleva le haut et le bas de son pyjama, envoya valser du pied son caleçon puis enfila le caleçon gris propre que sa mère avait préparé. Il boutonna sa chemise devant le miroir. Il aurait eu meilleure allure avec une cravate, c'était certain.

— Niall ! cria sa mère depuis le rez-de-chaussée. Viens, maintenant, on part dans deux minutes.

Il récupéra le livre rangé dans le tiroir de sa table de chevet. Il consulta la page à laquelle il s'était arrêté. Chaque soir, depuis la mort de Colette, il relisait quelques poèmes. Quand il le lui avait montré, il se souvenait que sa mère avait examiné le livre sous toutes les coutures d'un air sceptique. On aurait dit qu'elle n'avait jamais vu un bouquin de sa vie. « Mince, il est vachement gros. Tu n'arriveras jamais au bout. Ce sont des poèmes pour enfants ? » avait-elle demandé. Non, ce n'étaient pas des poèmes pour enfants, enfin pas tous, et Niall les avait lus jusqu'au dernier.

Il replaça le marque-page et referma le recueil, le soupesant au creux de sa main. Il entendit des pas lourds sur le palier, la porte s'ouvrit à la volée.

— Niall, qu'est que tu fiches, nom de Dieu ? pesta sa mère.

Elle se tut en remarquant le livre dans sa main.

— Vous étiez bons copains tous les deux, pas vrai ? dit-elle, déconfite.

— Elle était toujours gentille avec moi, opina-t-il.

— Elle l'était avec tout le monde, poussin. C'était son caractère.

Sa mère avait mis une longue jupe noire, une veste courte noire et un chemisier blanc à col haut, fermé par une broche. Une broche en or avec au centre un éclat de verre noir qui accrochait la lumière.

— Arrête de me regarder comme ça, file dans la voiture, commanda-t-elle.

Quand le cercueil entra dans l'église, porté à l'épaule par six hommes costauds, M. Crowley et Ronan marchaient devant, Barry à leur suite. Niall ne connaissait pas les autres hommes, mais ils avaient tous les cheveux très bruns comme Colette. Le cercueil devait peser sacrément lourd sur leurs épaules parce qu'il fripait le tissu de leurs costumes noirs. Il trouvait le papa de Carl changé. Il avait toujours paru plus vieux que les pères de ses camarades, mais maintenant il avait carrément l'air d'un grand-père, les rides et les replis de son visage ressortaient comme s'il avait mis de la poudre. Carl marchait derrière, vêtu d'un costume noir, d'une chemise blanche et d'une cravate noire, comme ceux qui portaient le cercueil. Au détail près que ses manches de chemise étaient trop longues, son col trop large, on ne voyait même plus son cou. Il repensa à leur bagarre dans la cour de l'école. Il avait la même expression de choc sur le visage qu'à cet instant. Les joues baignées de larmes, les yeux cerclés de rouge. Il était accompagné par Mme Diver qui, arrivée au bout de la travée, le confia à son père et ses frères et alla s'asseoir quelques rangs derrière. Les bancs de l'église étaient noirs de monde – il n'y avait jamais vu autant de gens, même pas à Noël, et il perdit Carl de vue.

Pendant que le nouveau prêtre disait la messe, Niall lut le livret imprimé pour la cérémonie. Au recto, il y avait un portrait de Colette en noir et blanc. Elle ne souriait pas sur la photo, c'était bizarre vu qu'elle souriait tout le temps. Elle avait quand même l'air heureuse, elle fixait l'objectif avec ses grands yeux, les cheveux dégagés comme s'ils flottaient au vent. Elle rayonnait, on aurait dit que son visage absorbait toute la lumière autour. Deux de ses poèmes étaient reproduits sur les pages du milieu. Le premier s'appelait « Testament », il ressemblait un peu à une prière, dans une langue simple avec un vers répété à la fin de chaque verset comme pendant le psaume responsorial. L'autre était vraiment différent, sans rimes ni versets, sous forme d'une longue liste. S'il n'avait pas été intitulé « Amour maternel », Niall n'aurait jamais deviné de quoi il parlait, parce que c'était effrayant, toutes ces choses qu'elle jurait de faire pour protéger ses enfants, c'étaient des promesses qu'on ne pouvait pas tenir.

Le prêtre rendit hommage à Colette. Il commença par « Je n'ai jamais eu la chance de rencontrer Colette Crowley, mais… », pourtant il en parla pendant ce qui parut à Niall une éternité, répétant les anecdotes que les gens lui avaient racontées. Sa mère n'arrêtait pas de soupirer, comme quand ils attendaient chez le médecin ou le dentiste. « Et maintenant Barry Crowley va lire un poème », conclut le prêtre. Mais Barry ne se levait pas, il gardait la tête baissée. Ronan se pencha vers lui, il lui murmura quelque chose à l'oreille, et Barry hurla « non ! » tellement fort que ses cheveux longs se soulevèrent de sa tête et que son cri ricocha dans toute l'église. Niall entendit sa mère faire *tsss*. Le père de Barry, assis de l'autre côté, lui toucha l'épaule mais Barry sursauta si fort que Shaun écarta la main comme après un choc électrique. Barry tendit une feuille de papier à son frère qui s'avança vers l'autel. Il marchait vite en se tenant droit, et souriait comme pour s'excuser. Avant de lire le poème, il dit quelques mots sur ce qu'il signifiait pour sa mère. On aurait cru qu'il essayait de les rasséréner après les platitudes assommantes que le prêtre avait débitées. Quand il entama sa lecture, Niall tourna la page du livret, le texte y figurait. « Élégie sans musique », d'une certaine Edna St Vincent Millay. Il n'était pas sûr du sens du mot « élégie », mais il lui évoquait quelque chose de déprimant. Au début du dernier verset – *En bas, en bas, en bas* –, il se dit que c'était exactement l'effet qu'avait sur lui le poème, les mots le tiraient vers le bas. Certains vers étaient répétés puis ils revenaient tous à la fin : *Mais je n'approuve pas. Et je ne me résigne pas.* Ronan ne souriait plus du tout quand il les prononça. Il ne regardait plus les visages comme avant, paralysé devant sa feuille. Mais tous les regards étaient tournés vers lui. Et, glissant un regard vers sa mère, Niall vit que son pouls battait tout en bas de son cou, on aurait dit que son cœur était coincé dans sa gorge.

La messe touchait à sa fin.

— Et maintenant, la chorale d'Ardglas va chanter pour nous, annonça le prêtre.

C'était une chanson en gaélique, Niall ne saisissait pas tout, il semblait vaguement question de la mer et il avait l'impression qu'un courant chaud le traversait parce que, même si c'était triste, il y avait un brin d'optimisme. Tout le monde se laissa captiver par le premier couplet, jusqu'au moment où les hommes se regroupèrent à l'avant de l'église pour porter le cercueil. Niall essaya de capter l'attention de Carl quand il passa à sa hauteur, mais celui-ci regardait droit devant lui.

Niall observa le haut de son crâne qui bondissait sporadiquement dans son champ de vision, en tête de cortège. Il était résolu à aller lui dire quelques mots avant la fin de l'enterrement. Perdre sa maman était la pire chose qui puisse arriver ; quand Niall voulait s'obliger à pleurer, il n'avait qu'à imaginer sa mère morte. Il espérait que Carl serait plus gentil maintenant, que les choses s'arrangeraient entre eux, que tout redeviendrait comme avant. Mais à l'abord du cimetière, la foule se dispersa autour de la tombe béante et il le perdit à nouveau de vue. Niall chipa à sa mère le livret de messe qu'elle avait gardé à la main.

Le prêtre prononça quelques mots auxquels il ne comprit rien parce qu'il était trop loin. Profitant de ce que devant lui les personnes s'écartaient, il essaya de repérer Carl, mais il y avait tout à coup beaucoup de mouvement, un homme fendait la foule. Les gens s'écartaient tant bien que mal tandis que Donal Mullen se faufilait dans les espaces qu'ils lui ménageaient.

— Seigneur Dieu, murmura sa mère.

Niall vit les muscles de ses joues se crisper, elle serrait les dents. Elle ne bougea pas, mais son père tendit le bras devant elle de peur qu'elle s'échappe en courant.

Les gens s'étaient tellement poussés pour laisser passer M. Mullen qu'ils faisaient maintenant cercle autour de lui, comme s'*il* était le centre de la scène et non la famille recueillie devant la tombe que Niall apercevait à travers une brèche : Carl, ses frères et leur père, les yeux rivés sur le trou béant, alignés par ordre de taille dans leurs costumes assortis, pareils à une guirlande de bonshommes en papier.

Le livret lui tomba des mains, il s'envola sur la pelouse et alla atterrir aux pieds de M. Mullen.

Niall avança d'un pas, mais son père le retint par l'épaule.

— Reste où tu es, Niall.

Il surveillait le livret du coin de l'œil. Il voulait rapporter les poèmes de Colette à la maison pour les lire ce soir dans son lit. Quand il releva la tête, M. Mullen regardait par-dessus son épaule dans leur direction, ses yeux étaient aussi noirs et brillants que l'éclat de verre sur la broche de sa mère.

Elle enfonça un doigt dans sa clavicule et il sentit son haleine sur sa joue.

— Arrête de le fixer, murmura Izzy. Et pour l'amour du ciel, cesse de tirer sur tes cheveux.

Niall laissa retomber sa main sur le côté, des touffes coincées entre le pouce et l'index.

Le prêtre leva les bras et fit le signe de croix ; on mit le cercueil en terre. À tour de rôle, les frères Crowley jetèrent une rose blanche dans la tombe.

— Ramène-moi à la maison, dit sa mère.

— On ne va pas à la réception à l'hôtel ? Shaun nous a invités, rappela son père.

— Hors de question que j'aille quelque part où je risque de tomber sur ce type.

— Ah, calme-toi, il n'aura jamais le cran de se pointer.

— Il est bien venu ici, non ?

À ces mots, sa mère pivota sur les talons et se dirigea vers les grilles, son mari à sa suite. Niall ramassa le livret dans l'herbe, les pages étaient tellement mouillées que la photo de Colette était presque effacée. En se relevant, il examina le trou de la tombe barré de planches drapées d'un feutre vert sur lesquelles les couronnes formaient un monticule multicolore.

Dolores était allongée sur le canapé, son chapelet autour du poing. Elle faisait rouler une perle avec son pouce à chaque nouvelle prière. La répétition des mots, la transe dans laquelle ils la plongeaient, était le seul réconfort dont elle disposait. Elle n'arrivait plus à dormir ni à manger, quand bien même le bébé qu'elle portait le réclamait. Elle continuait à prendre soin de ses enfants, les rassurait si nécessaire d'un sourire, leur promettait que tout irait bien. En revanche, dès qu'elle était seule, la panique la submergeait et elle capitulait.

Je vous salue Marie, pleine de grâce, le Seigneur est avec vous, Vous êtes bénie entre toutes les femmes...

Des bruits de pneus dans l'allée, le claquement d'une porte. Le crissement des clés dans la serrure, les pas lents et vigilants de son mari dans la maison.

— Bon sang, pesta-t-il, tous les rideaux sont tirés. De quoi ça a l'air ? Ce n'est pas nous qui enterrons quelqu'un.

Il marcha jusqu'à la fenêtre et ouvrit grand les rideaux.

— Non ! cria-t-elle.

— Qu'est ce qui ne tourne pas rond chez toi ? aboya-t-il en lui jetant un regard noir.

— Il faut qu'on parle.

— Où sont les enfants ?

— Je les ai laissés chez maman.

Ses yeux s'attardèrent sur le chapelet de perles dans sa main.

— Ah, Dolores, bordel.

Il vint s'asseoir sur la banquette en laissant un espace entre eux deux et planta ses coudes sur ses cuisses, mains jointes.

— Tu aurais mieux fait de m'accompagner à l'enterrement plutôt que de rester ici à réciter le rosaire.

— C'était comment ?

— Qu'est-ce que tu veux dire ?

— Le cimetière, c'était comment ?

— Oh, noir de monde, tout…

— Non, coupa-t-elle. Non, non, non. N'en dis pas plus. Je t'en prie. Je ne veux pas savoir.

Il tourna lentement la tête. Elle sentait qu'il la dévisageait.

— Il est temps que tu te reprennes, dit-il calmement d'une voix douce. On doit montrer qu'on n'a rien à cacher. À force de rester cloîtrée les rideaux tirés au beau milieu de la journée, les gens vont penser que…

— Je sais ce qu'ils pensent, Donal.

— Tu sais aussi comment les rumeurs s'emballent. Tout ce qu'on y gagnera c'est un autre interrogatoire, et tu risques de t'emmêler les pinceaux… c'est tout. J'ai déjà perdu un chantier cette semaine, je ne me fais pas d'illusion, je n'en décrocherai pas de nouveaux avant que les choses se tassent. On ne peut pas se le permettre, avec le bébé à naître.

— Donal ?

— Les gens ont la mémoire courte quand ça les arrange… Attendre que ça passe, c'est tout ce qu'il y a à faire.

— Donal ? répéta-t-elle.

Elle le vit se pétrifier.

— C'est toi qui as mis le feu ?

Après quatorze ans de mariage, elle trouvait extraordinaire qu'il invente toujours de nouvelles façons d'être silencieux.

— Donal ? J'ai besoin de te l'entendre dire.

— Moins tu en sais, mieux c'est.

— Donal, j'ai menti à la police pour te couvrir. C'est trop tard pour m'épargner.

— Je sais, dit-il. Ça craint pour nous deux. Mais il ne nous arrivera rien tant qu'on s'en tiendra à notre histoire : j'étais au pub, j'ai des témoins… et quand je suis rentré, on a regardé un peu la télé avant d'aller se coucher. S'ils se mettent à nous poser d'autres questions, on n'aura qu'à dire que la moitié des hommes de la ville montaient là-haut pour prendre du bon temps. Ce n'est d'ailleurs pas très loin de la vérité. Mais pour le moment, on se contente de répéter qu'elle buvait beaucoup, qu'elle fumait à l'intérieur, et qu'elle avait un comportement erratique.

— Bon sang, dit-elle, tu as vraiment pensé à tout.

— Il faut que ça passe pour un accident si on veut toucher la prime d'assurance. Il faut que j'épluche le contrat, peut-être qu'elle couvre aussi les accidents criminels.

— L'assurance ! hurla-t-elle. L'assurance !

Elle se mit à le frapper à la tête sans qu'il ait le temps de lever un bras. Elle sentait les perles s'écraser sur son crâne.

— Cette putain d'assurance !

Elle continuait à le cogner avec ses poings et lui à se recroqueviller en hurlant.

— On pourrait tout perdre, Donal, et tu t'inquiètes de l'assurance.

Elle s'arrêta enfin et il releva la tête sans baisser la garde.

— Elle n'a pas souffert, dit-il. Elle roupillait dans son lit, elle était bourrée… Un incendie pareil. Toute cette fumée. Elle a perdu connaissance avant que les flammes l'atteignent.

— Encore un mensonge, Donal. Tu sais aussi bien que moi où ils l'ont retrouvée. Ils ont enlevé son corps de la cuisine, elle a rampé à quatre pattes pour échapper au feu.

Elle se remit à le frapper, presque à bout de forces, consumée par de violents sanglots. Elle s'effondra sur lui, la tête enfouie contre son flanc ; Donal ajusta sa position pour la maîtriser et apaiser sa détresse. Elle sentit la chaleur de ses paumes le long de sa cuisse, la caresse de ses mains sur les siennes, lorsqu'il fit glisser le chapelet de ses doigts.

25

La maison apparut au détour d'une petite route, à l'ombre de l'église. Quand Izzy lui avait téléphoné la veille au soir, il lui avait fourni cette indication : « Visez le sommet, vous ne pouvez pas me rater. » Il était bel et bien là, occupé à tailler le lierre qui couvrait la façade avec un sécateur. Il était habillé en civil : pull rouge, chemise blanche, pantalon et chaussures à semelles de crêpe noirs. Il avait le profil type de l'homme d'âge mûr, des mèches grisonnantes ondulaient au sommet de son crâne dégarni. Il élaguait sans se laisser divertir par le bruit du moteur.

Son coup de fil l'avait surpris, manifestement, une surprise redoublée par l'annonce de sa venue le lendemain après-midi. Elle s'était attendue à un accueil hostile, mais sa voix était si dénuée d'affect qu'elle ne laissait rien paraître de ses sentiments.

Elle serra son frein à main, coupa le moteur et l'observa reculer d'un pas pour admirer le travail accompli. Il avait l'air essoufflé, ses épaules tressautaient. Il se baissa pour poser son sécateur contre le mur et se redressa sans la regarder vraiment, la bouche entrouverte en un presque sourire.

— On vous a alloué une bien jolie demeure, dites-moi, lança-t-elle en sortant de voiture.

Elle supplantait nettement le presbytère d'Ardglas. Elle avait d'élégantes proportions, des murs en pierre de taille, et un jardin arrivé à maturité. Les branches hautes des arbres formaient une voûte au-dessus de la route. De petites haies soigneusement entretenues grimpaient au niveau des fenêtres du rez-de-chaussée.

— Oh, on me dorlote, dit-il en marchant à sa rencontre.

— Vous ne devez pas chômer avec un terrain pareil, remarqua Izzy en inspectant la pelouse.

— Un jardinier vient me donner un coup de main, un jour par semaine, c'est l'agence pour l'emploi qui me l'envoie. Le reste du temps, je me contente comme aujourd'hui d'entretenir par-ci par-là, histoire de ne pas me laisser déborder, dit-il en se débattant avec ses gants de jardinage.

— Venez là, dit Izzy.

Elle détacha le Velcro qui lui enserrait un poignet, puis l'autre. Elle tira sur les gants et les lui tendit en évitant son regard.

— Des éclairs, triompha-t-elle en sortant une boîte blanche de son coffre. Je crois me souvenir que vous les adorez.

— Entrons, dit-il en la débarrassant de la boîte.

Elle lui emboîta le pas, il stoppa net au milieu du couloir et lui indiqua de la tête une porte ouverte.

— Installez-vous ici, je vais préparer le thé.

La maison empestait l'humidité. En pénétrant dans le salon, elle se retint de ne pas ouvrir toutes les fenêtres. Le canapé à dossier haut s'affaissa de manière critique sous son poids, elle avait carrément l'impression d'être assise par terre. Par peur du ridicule, elle opta en définitive pour un fauteuil placé face à la porte qui lui offrait une vue panoramique sur la pièce. Les logis des prêtres sont des lieux insolites, la décoration date souvent de quelques décennies. La pièce était tapissée de papier peint texturé, le sol couvert d'une moquette à poil ras. Des plaids drapaient le dossier des fauteuils dont les accoudoirs étaient recouverts de manchons. Ce décor reflétait le goût ampoulé d'une vieille dame même si tout indiquait qu'un homme l'habitait. Aucune fleur, nulle part. Aucun bibelot pour réchauffer la pièce. Il y avait si peu d'objets qu'ils semblaient presque théâtraux et déplacés : un échiquier, un portrait noir et blanc de ses parents qu'elle avait aperçu dans son salon d'Ardglas. Une bibliothèque occupait un pan de mur, à moitié vide elle aussi. Sans compter les lampes. Il y en avait partout et aucune n'était allumée. La pièce était plongée dans une quasi-pénombre. Izzy ne savait même pas laquelle allumer en premier.

La porte s'ouvrit et Brian entra avec un plateau à la main.

— Ouah, ça c'est une première, s'esclaffa-t-elle. De ma vie, je n'ai jamais vu un prêtre servir le thé.

— Je n'ai pas d'aide ménagère le week-end, dit-il en jonglant pour poser le plateau sur la table basse.

— Est-ce qu'elle est aussi garce que la précédente ?

— Izzy, dit-il avec un sourire, ce n'est pas charitable de vous moquer de cette pauvre Stasia Toomey.

— Pauvre Stasia, mon œil. Si on n'a jamais créé, béni ou baptisé une virago, alors c'est elle.

— Elle s'est montrée serviable durant mon bref séjour à la paroisse d'Ardglas.

— Je suis tombée sur elle chez Doherty, l'autre jour. Et devinez ce qu'elle m'a dit : « J'imagine que vous êtes descendue le voir à Claremorris, vous étiez bons amis tous les deux », dit-elle d'un ton mielleux, battant des cils comme une écolière. Je lui ai rétorqué : « Claremorris ? Je ne ferais pas même le trajet pour voir le pape. » Ça lui a coupé la chique.

Il s'écroula d'épuisement dans un fauteuil face à elle en lâchant un long soupir. Elle considéra les éclairs qu'il avait bêtement collés dans une assiette, sans chichis.

— J'étais facile à trouver, Izzy. Il suffisait de le vouloir.

— Je savais où vous étiez. Ce n'était pas un secret.

Il semblait si désarmé. Izzy fit le service pour se donner une contenance.

— Le père Garvin, notre nouveau curé, a l'air de bien s'acclimater, enchaîna-t-elle. Je n'irai pas jusqu'à dire que je l'apprécie. Il est assez conformiste, si vous voyez ce que je veux dire ? Et trop mielleux pour être honnête. Vos pairs gagneraient à suivre votre exemple en se frottant au vrai monde quelque temps. Ils sont totalement déconnectés de la réalité : ils ne se privent pas de dire aux gens comment mener leur vie, alors qu'ils sont passés des jupes de leurs mères au séminaire.

Il toussota et reposa sa tasse sur la table avec fracas.

— Vous êtes déterminé à me punir, n'est-ce pas ? dit-elle en ramassant son sac mais il lui revint qu'elle n'avait vu de cendriers nulle part. Vous avez arrêté ? s'enquit-elle.

— Quoi ?

— De fumer. Vous avez arrêté ?

— Il y a deux semaines, confirma-t-il.

— Félicitations ! dit-elle en reposant son sac à ses pieds. C'est formidable.

— Vous pouvez fumer si vous le souhaitez.

Il fit le geste de se lever en s'aidant des accoudoirs de son fauteuil.

— Je vous apporte un cendrier.

— Non, sans façon, répliqua-t-elle, en s'occupant les mains avec sa soucoupe.

— Une habitude à prendre. J'ai essayé les chewing-gums…

— Oh, c'est une manie dégoûtante, mieux vaut vous remettre à fumer.

— Je m'en remets entièrement à ma volonté.

— C'est le seul moyen. Je me promets chaque semaine d'arrêter. Mais ce n'est pas tout à fait le meilleur moment, ajouta-t-elle avant d'avaler une gorgée de son thé. Racontez-moi, on vous traite bien ?

— On trouve des gens bons, aimables et généreux partout, comme vous le savez. Claremorris ne fait pas exception.

— Épargnez-moi ces fadaises… Il y a aussi des gens méchants, diaboliques, cruels, et de sales cons ignares partout.

— J'ai été traité avec la plus grande courtoisie et la plus grande gentillesse par tous ceux que j'ai eu l'occasion de rencontrer. Cela vous satisfait-il ?

— Vous avez tous les droits d'être furieux, dit Izzy. Je n'étais pas au courant. Je me suis pointée chez vous un après-midi et vous vous étiez envolé, c'est ainsi que je l'ai appris.

— Cela a été une surprise pour moi aussi.

— Je m'excuse, si cela compte encore un peu pour vous. Je suis vraiment désolée de tout ça.

— En l'occurrence, ce n'est pas la question, je sais que ce n'est pas votre faute. Je n'avais pas besoin de vos excuses. Ce dont j'avais besoin… ce que j'espérais, c'était un message. Mais pas un mot. Alors, oui, j'étais en colère. C'était un gros chamboulement, vous savez, de déménager ici alors que je venais à peine de prendre mes marques à Ardglas, de me faire des amis… enfin je le pensais. Prier pour ceux qui nous ont blessés est une des premières choses qu'on nous apprend. Alors j'ai prié pour vous et j'ai prié pour votre mari…

— Oh, ne vous fatiguez pas à prier pour lui, c'est un cas désespéré.

— Cela a été sans effet. Mais dans mon métier, on reçoit quotidiennement des personnes qui nous racontent des choses terribles, vraiment terribles. Les gens ont des vies affreusement difficiles, des vies rudes. Et, quand on y prête l'oreille, alors on prend conscience qu'on n'a jamais eu à subir ce genre de malheur. Cela m'a aidé à oublier ma colère, à la soulager du moins, mais j'étais naïf de croire que je vous avais pardonné. Lorsque vous m'avez téléphoné hier, j'ai compris que j'avais échoué.

— Vous n'imaginez pas la dispute qu'on a eue à cause de vous.

La gorge d'Izzy se serra, la fin de sa phrase était à peine audible. Elle secoua la tête, se forçant à ravaler ses larmes.

— Je ne suis pas étonné. Je tiens cependant à préciser que les problèmes que vous et James rencontrez existaient avant mon arrivée.

— C'est tout à fait juste. Je ne prétends pas le contraire. Vous n'y êtes pour rien. Ce que j'essaie de vous dire, c'est que… euh… j'ai failli le quitter. J'ai été à deux doigts de franchir le cap. J'avais fait mes valises. Consulté une avocate. Je l'ai même annoncé à James. Nous avons abordé le sujet.

— Pourquoi avez-vous changé d'avis ?

— Colette, dit-elle en reluquant le fond de sa tasse.

Il se recula dans son fauteuil et se voûta, joignant ses mains entre ses genoux.

— C'est tragique, dit-il, et sa voix s'abîma sur le sol.

— Vous êtes au courant ?

— Tout le pays est au courant. J'ai beaucoup prié pour elle les semaines passées.

— Mon Dieu, elle a grand besoin de vos prières. Si vous aviez vu comment elle a fini. Sans rien. Seule dans ce cottage. Le cerveau rongé par l'alcool. Et enceinte.

Il releva la tête et la regarda.

— Elle me l'a confié, précisa Izzy. Je lui ai rendu visite la veille de sa mort, elle m'a annoncé droit dans les yeux qu'elle était enceinte de presque deux mois, et que Donal Mullen était le père.

Elle vit à son expression qu'une pensée s'ébauchait dans son esprit.

— Elle m'a demandé de lui prêter de l'argent. Pour s'enfuir. Elle l'avait averti au sujet de l'enfant, il l'avait menacée. Et devinez quoi ? Je lui ai donné soixante livres, dit-elle en ponctuant chaque mot. Quelle noblesse d'âme, hein ? Qu'est-ce qu'on peut faire avec ça ? Honnêtement, si vous l'aviez vue, l'état misérable dans lequel elle était, n'importe quelle personne décente l'aurait mise dans sa voiture et ramenée chez elle.

— Vous en avez parlé à la police ?

Izzy fit non de la tête.

— Je savais depuis un moment qu'ils avaient une liaison. Je suis tombée sur Colette au Harbour View, un soir, elle était ronde comme une queue de pelle. Il a pratiquement fallu que je la traîne dehors. Quand je l'ai déposée chez elle, il était devant sa porte, il l'attendait. Bref, il s'est barré dès qu'il m'a vue ; c'est dire combien ils étaient intimes, il lui suffisait de se glisser hors de son lit la nuit pour aller vagabonder là-haut. Mon Dieu, s'il existait deux personnes destinées à se causer des problèmes l'un l'autre, ces deux-là faisaient la paire. Ce type couchait avec n'importe qui, et Colette ingurgitait une telle quantité d'alcool que je ne suis pas certaine que, certains soirs, elle était en état de savoir qui se faufilait chez elle.

— Je ne saisis pas. Pourquoi vous n'avez pas dit tout cela à la police ? Est-ce que James est au courant ?

— Bien sûr qu'il le sait, mais vous vous doutez de ce qu'il en pense. Imaginez qu'on apprenne que l'épouse d'un député est impliquée, toute l'attention se reportera sur nous. Et vous le savez aussi, c'est ce que James redoute plus que tout : le scandale.

— Il vous a interdit de témoigner ?

— Il ne m'a rien interdit du tout. Surtout pas en ce moment. Nous venons à peine de nous rabibocher. Il ne m'y a pas encouragée non plus. Il dit qu'ils nous contacteront s'ils en sentent la nécessité.

— Ça n'a pas de sens, Izzy. Pourquoi ouvriraient-ils une enquête sans motifs ?

— Hélas, je n'ai aucune preuve tangible.

— Certes, mais si vous leur apprenez ce que vous savez, ils pourraient chercher des preuves. Réinterroger Donal. Fouiller sa maison. Qu'est-ce qui vous retient ?

Elle avait l'impression qu'une main la maintenait plaquée au fauteuil. Elle entoura ses bras autour de ses épaules et se recroquevilla sur elle-même.

— J'ai tellement peur, dit-elle. Je suis terrifiée. Je ne dors plus. Si vous aviez vu le regard que ce type m'a jeté à l'enterrement.

— Donal ?

— Il sait que je sais. Ils les ont interrogés, lui et Dolores. Et aucune charge n'a été retenue contre lui.

— Pas pour le moment. Mais ils ont sûrement des soupçons. L'autopsie leur apprendra qu'elle était enceinte. Et ils feront le lien.

— Mais… si je fais une déposition et que ça n'aboutit à rien, je devrai vivre dans la même ville que lui, sa femme, ses enfants et ses bigots de parents. Et qu'adviendra-t-il s'il y a un procès, si je témoigne contre lui en public, et qu'il s'en sort ? Que se passera-t-il ? Je saurai pour toujours au fond de moi qu'il a tué Colette et il saura que je sais. Et je me réveillerai tous les matins en me disant que je risque de tomber sur lui n'importe quand.

— Mais vous n'avez pas le choix, Izzy. Vous attendez de moi que je vous dise ce qu'il convient de faire, c'est la raison de votre visite. Vous espériez sincèrement que je vous conseillerais de rentrer docilement chez vous et de la boucler ?

— Ce que je suis venue chercher auprès de vous, c'est un peu de certitude.

— Que puis-je vous dire d'autre, sinon que je suis à cent pour cent certain qu'aller voir la police est la meilleure chose à faire. C'est ce que Dieu attend de vous, c'est ce qu'Il veut, c'est ce que toute personne sensée vous conseillerait de faire.

— Non. Je ne parlais pas de ce genre de certitude. Mais de preuves. Est-ce que vous saviez ?

— Où voulez-vous en venir ? J'ai quitté la ville il y a des semaines.

— Mais avant cela. Si quelqu'un est susceptible d'avoir eu vent de quelque chose, c'est bien vous.

— Si je saisis bien, vous êtes en train de me demander si j'ai entendu quelque chose en confession, vous n'ignorez pas que tout ce qu'on me dit en confession est…

— D'accord, d'accord, je n'ai pas besoin que vous me racontiez ou me donniez des détails. Ce dont j'ai besoin, du moins je le crois, c'est d'avoir la certitude que je ne suis pas en train de devenir folle, que je ne l'ai pas inventé, dit-elle en plongeant ses yeux dans les siens. Je ne suis peut-être pas la seule à savoir qu'ils avaient une liaison ? Dolores le savait peut-être aussi ?

Il soutint son regard et acquiesça lentement.

Elle ramassa son sac d'un geste impulsif et définitif. Pourtant elle demeura assise, elle balayait des yeux les objets qui se trouvaient dans la pièce, en tripotant la lanière en cuir de son sac.

— J'y vais, dit-elle. Si je pars maintenant, je serai rentrée à temps pour récupérer Niall à l'école.

— Vous vous en sortirez, Izzy, l'assura-t-il.

Elle se leva de son fauteuil et laissa échapper un long soupir.

— Vous n'avez pas mieux à me proposer ? Un peu de catéchisme, un psaume ou une citation, quelque chose d'inspirant qui me mettrait du baume au cœur pour suivre le bon chemin.

Elle faisait des moulinets avec ses mains en écartant les doigts, comme si elle discourait sur une scène. Sa performance ne sembla pas le convaincre, mais quelque chose dans ce presque sourire, une tendresse résiduelle, lui rappela cette manière qu'il avait de la couver des yeux.

— Je prierai pour vous, déclara-t-il, et ils sourirent en chœur.

— Il vous arrive de dire des sacrées âneries, se moqua-t-elle.

Il la raccompagna à son véhicule et profita de ce qu'elle déverrouillait les portières pour lui faire une confidence :

— Vous m'avez manqué, Izzy. Voilà ce que j'essayais de vous dire plus tôt en m'acharnant contre vous comme un démon.

Elle s'arrêta pour inspecter la pelouse où un parterre avait été nettoyé, elle était jonchée de mauvaises herbes et d'arbustes déracinés.

— Rassurez-moi, vous ne plantez pas déjà, dit-elle. Nous ne sommes pas à l'abri de gelées tardives.

Il baissa la tête, piteux.

— Oh, non, il faut attendre mai avant de mettre quoi que ce soit en terre !

Le vent violent chahutait les arbres, les branches oscillaient, craquaient ; elle se sentait en sécurité, ici, à ses côtés. Elle monta dans sa voiture et attendit qu'il disparaisse dans la maison avant de démarrer.

26

Dolores fut brutalement arrachée d'un sommeil agité. Elle cligna des yeux face au jour qui perçait à travers la fente des rideaux. *Madeleine, Jessica, Éric !* Madeleine était en cours, Jessica à la crèche, et Éric endormi dans son berceau. Durant la journée ou quand elle se réveillait la nuit, c'était devenu un réflexe, Dolores passait ses enfants en revue. Elle n'arrivait pas à respirer tant qu'elle ne les avait pas visualisés un par un dans sa tête.

Elle jeta ses jambes hors du lit et glissa les pieds dans ses chaussons. La carcasse du cottage se dessinait à travers les rideaux, image éphémère de briques calcinées. Elle se leva et arrangea les couvertures. Donal avait laissé traîner son jean au bout du lit. Ce matin, il avait enfilé une chemise et passé une cravate pour se rendre avec la voiture de Dolores chez un avocat à Sligo, où il était peu probable qu'il croise une tête connue. Il avait jugé qu'il aurait l'air plus respectable en arrivant au volant du véhicule familial plutôt que de son van de chantier. Ces derniers temps, son mari ne jurait que par ça : la respectabilité. Il l'avait traînée à la messe un dimanche alors qu'elle tenait à peine sur ses jambes. Il s'était comporté de manière affable avec tout le monde, serrant les mains avec poigne et un petit rire nerveux. Il était même poli avec ses parents. Elle ne l'avait jamais vu aussi mielleux.

Il n'y avait qu'à la maison qu'il était déprimé et anxieux, colérique et taiseux. Il aboyait sur les enfants, s'emportait contre elle et se radoucissait ensuite, terrifié, implorant sa pitié. Pourtant deux semaines avaient passé depuis l'incendie sans qu'on leur pose d'autres questions. Son escapade chez l'avocat était une simple mesure de précaution, avait-il dit, pour glaner quelques conseils sur leur situation. Les choses ne seraient plus jamais pareilles, mais il y avait une petite chance que leur vie redevienne peu ou prou comme avant.

Elle plia le jean de Donal et retourna ses poches, comme à son habitude – elle inspectait tous ses vêtements en quête d'une mèche de cheveux, d'une trace de parfum. Parfois, elle mettait la main sur un indice, sans que cela constitue une preuve substantielle : ni culotte égarée ni facture de restaurant. Donal n'était pas du genre à inviter ses conquêtes à des dîners romantiques, soupçonnait-elle. Après l'incendie, ses fouilles étaient devenues plus méthodiques. Elle s'était aventurée dans la remise pour fourrager dans ses boîtes à outils ; elle avait même été obligée de s'enduire les mains de beurre pour se débarrasser de l'huile et de la graisse. En son absence, elle avait passé la maison au peigne fin. Mais elle n'avait fait qu'une seule découverte intéressante, sous le lavabo de la salle de bains, une boîte de préservatifs qu'il avait achetée dans le Nord et n'avait pas eu la jugeote d'utiliser. Quelle preuve de plus lui fallait-il ? Elle n'avait pas la moindre idée, et ne savait pas vraiment non plus ce qu'elle cherchait. Quelque chose qui lui permettrait de le confondre, ou qu'elle pourrait conserver et utiliser le jour venu.

Elle colla l'oreille à la porte de la chambre d'Éric, écouta sa douce respiration éthérée et poursuivit jusqu'au salon, se félicitant au passage de son efficacité : c'était propre comme un sou neuf. À la fin de chacune de ses grossesses, entre deux plages de repos, Dolores préparait le nid pour le nouveau-né. Dans ces moments, elle avait conscience de faire du zèle, balayant trois ou quatre fois derrière chaque meuble alors qu'elle ne laissait jamais la saleté s'y installer. Donal lui répétait d'arrêter de s'agiter : ça le rendait nerveux. Il avait les ongles rongés jusqu'au sang. Il fanfaronnait et donnait le change, les mains fichées sur les hanches à tout bout de champ, comme s'il était le gardien du monde et de tout ce qu'il recélait : comme s'il le possédait. Alors qu'en définitive, tout ce qu'il cherchait, c'était à se rassurer. Personne ne le connaissait comme elle, et c'était la première chose qu'elle avait remarquée chez lui, quand ils se fréquentaient à l'adolescence : les ongles rongés de ses belles mains puissantes. Sur le terrain, il était doué pour foncer avec le ballon et frapper au-dessus de la barre, marquer le but décisif de la victoire. Mais il avait les mains qui tremblaient et les occupait sans arrêt pour contrôler ses tressaillements.

Elle adorait ça, le regarder jouer au football gaélique, sans compter la manière dont les autres filles le couvaient des yeux tel un trophée à conquérir, mais il était à elle. Ils avaient couché pour la première fois ensemble le jour où il avait remporté la finale du comté. Jusqu'alors, elle n'avait aucune idée de ce qu'était le désir, elle n'avait jamais erré dans les rues tout le jour, lestée de cette chaleur intime qui vous rendait apathique, léger et déterminé à la fois. Et elle en avait conclu que c'était ça, être vivante. Au fil des années, Dolores s'était habituée à ne pas obtenir ce qu'elle voulait, mais elle se rappelait avoir prié que Donal Mullen soit à elle, et son vœu avait été exaucé. Elle se demandait parfois si on la punissait à cause de cela : pour avoir désiré quelqu'un, le désirer si fort qu'elle ne s'était pas même questionnée sur ses mérites véritables. Elle ne s'était pas non plus inquiétée que leurs familles les poussent dans les bras l'un de l'autre ; elle avait prié Dieu et Il lui avait octroyé ce qu'elle demandait. Avec le temps, Donal finirait par l'aimer, elle en avait la certitude à l'époque, tout comme elle avait été assez naïve pour croire que les enfants avaient le pouvoir de souder un couple. Et elle espéra, pendant une petite seconde, recouvrer un peu de sa naïveté d'antan.

Elle regarda par la fenêtre et se rappela que Donal avait pris sa voiture en avisant son van. Tous les jours depuis l'incendie, elle songeait à embarquer les enfants et à filer chez ses parents. Les premiers temps, sa mère, son père et ses sœurs l'avaient entourée, gardant Donal à l'œil. Elle n'avait aucun doute sur le fait que ses parents les accueilleraient et les protégeraient ; Dolores n'avait qu'à demander. Mais habiter chez ses parents avec trois enfants et un nouveau-né, ce n'était pas une vie. Pas plus que de vivre avec un homme cruel et distant et mener une existence fondée sur le mensonge. Elle songea à aller se confesser, déballer au prêtre ce dont elle s'était rendue coupable. Aurait-elle au moins ce courage ?

Et puis elle se rendit compte que le van de Donal était le seul endroit où elle n'avait pas fouillé. Elle attrapa les clés dans l'entrée et se glissa sur le siège passager, qu'elle recula de quelques centimètres pour ménager un peu de place à son ventre. Elle inspecta les pare-soleil et son permis de conduire atterrit sur ses genoux. Elle fouina dans tous les compartiments, les poches, sous les boîtes de cassettes, sans la moindre idée de ce qu'elle espérait y trouver. Elle rouvrit la boîte à gants dont elle sortit cette fois les manuels techniques et les feuilleta. Une enveloppe grise glissa sur le plancher. Quand elle manœuvra pour l'atteindre, le levier de vitesse se planta dans son ventre. « Désolée, poussin », dit-elle. Dessus, était inscrit d'une écriture tarabiscotée : *Colette*. Elle sortit la lettre de l'enveloppe.

Harbour View Hotel, Ardglas, 1er mars 1995

Colette,

Tu remarqueras d'après l'adresse que nous ne sommes pas si loin l'un de l'autre à vol d'oiseau, je présume même que nous sommes tous proches. J'ai entrepris en partie ce voyage pour m'assurer que tu existes réellement, que tu n'es pas une invention de mon esprit. Parfois, j'imagine que mes lettres ont été emportées par les vents qui soufflent en direction du Donegal et livrées à l'Atlantique.

J'ai conduit quatre heures et demie pour te parler et, si tu lis ces mots, c'est que j'ai échoué. Quand on reste sans nouvelles d'une personne pendant des mois, il est légitime de penser que notre message n'est pas passé, au sens littéral. Si Cliodna, par exemple, m'avait donné une mauvaise adresse, ou si tu avais déménagé ? Comment savoir si tu as reçu ne serait-ce qu'une des quarante-cinq lettres que je t'ai écrites ? Mais ce soir, j'ai rencontré un homme au bar de l'hôtel (il s'est présenté comme le boucher local : un gros type, avec une sale peau, les joues marbrées de varicosités), je lui ai montré l'adresse. Il m'a indiqué le chemin du « cottage » et m'a dit que « l'épouse Crowley » le louait, et cela m'a déprimé encore plus d'apprendre que j'avais été tout simplement ignoré.

Quarante-cinq lettres : j'en suis réduit à m'excuser. Voudrais-tu les brûler, s'il te plaît ? Je suis embarrassé d'être devenu un tel cliché, et je te promets que ceci est la dernière que je t'écris. Je la livrerai en main propre en caressant l'espoir de te voir. Si tel n'était pas le cas, j'attendrais au bar de l'hôtel jusqu'à dix-sept heures, le moment pour moi de reprendre la route.

Il serait légitime de croire qu'après quarante-cinq tentatives tout ce qui devait l'être a déjà été dit, mais si cette lettre est ma dernière chance avec toi, alors j'aimerais t'informer de plusieurs choses. Tu trouveras au verso de l'enveloppe ma nouvelle adresse et mon numéro de téléphone. J'habite un appartement près du campus, non loin de celui que nous avons partagé brièvement. Je peux dorénavant affirmer, sans l'ombre d'un doute, que mon mariage est arrivé à sa fin et, si notre liaison a très certainement précipité ma rupture, je ne te blâme pas une seconde de cet échec.

Si tu veux bien m'accorder une dernière attention, il y a une chose à laquelle j'ai réfléchi. Tu m'as accusé d'avoir déserté au premier obstacle, alors qu'en vérité c'est toi qui m'as demandé de partir dès que j'ai fait preuve de couardise. Tu as également dit que j'étais incapable de vivre sans une femme à mes côtés, et que n'importe quelle femme aurait aussi bien fait l'affaire – que tu ne remplissais qu'une fonction. J'ai longuement songé à cette affirmation et me suis demandé pendant tout ce temps ce qui, dans mon comportement, avait pu te laisser penser que tu n'étais pas la chose la plus importante, singulière et tant aimée qui soit arrivée dans ma vie. Oui, j'étais nul, négligent et inapte question argent – je travaille à réformer ces travers – mais il ne fait aucun doute dans mon esprit que tu es le seul amour véritable que j'ai connu et, si j'avais une chance de revenir en arrière et de m'amender, je le ferais sans hésiter. À l'inverse, je commence à croire que c'est moi qui aurais pu être remplacé par n'importe quel autre, que tu cherchais une issue de secours, un canot de sauvetage facile à larguer une fois atteinte la terre ferme.

Je m'en fiche. Accorde-moi cinq minutes et je te promets que je ne t'importunerai plus.

Mon amour à jamais,

John

Dolores plia la lettre et scruta la silhouette déchiquetée du cottage dont les ruines se découpaient sur le ciel gris et froid. Cet homme pensait que Colette avait trouvé un lieu sûr. Elle sondait presque l'amertume qu'il éprouvait face à l'urgence que Colette avait eue de le quitter. Et Dolores savait combien l'amertume était capable d'empoisonner une vie et de vous briser. Le sentiment de ne pas être désiré, elle connaissait.

Mais Colette avait eu un mari, un homme qui lui écrivait des lettres d'amour et un amant. Dolores se souvint du jour où elle avait vu « John » glisser la lettre dans sa porte, et où son mari avait bondi de son fauteuil pour courir l'espionner. Donal était déterminé à garder Colette sous sa coupe. Puis, une semaine après, il l'avait poursuivie sur la plage et avait déclaré à son retour : « Elle aura déguerpi d'ici à dimanche. » Dolores s'était retenue de lui poser la question : « Querelle d'amoureux ? » Parce que, au moment où elle l'avait regardé, c'était comme si son corps irradiait toute la colère qui bouillait en lui.

« Elle n'a pas souffert. » Elle retournait les mots de Donal dans sa tête. « Elle roupillait dans son lit, bourrée… Un incendie pareil. Toute cette fumée. Elle a perdu connaissance avant que les flammes l'atteignent. » Et, malgré tous les marchandages auxquels elle s'était livrée avec Dieu pour se débarrasser de Colette, elle savait désormais qu'elle n'en serait jamais libérée, chaque fois qu'elle fermerait les yeux, elle verrait son corps qu'on emportait de la carcasse fumante du cottage.

Dolores remit la lettre dans l'enveloppe et la glissa dans la poche de son cardigan.

27

Izzy traîna l'aspirateur jusqu'au grand salon. Elle venait de le brancher dans la prise du mur quand la sonnette rompit sèchement le silence. Elle sursauta, se cogna contre le coin de la table, envoyant valdinguer dans l'âtre la figurine perchée dessus.

— Merde, lâcha-t-elle en examinant les restes de *Pas dans la même cour* : une jeune fille plantureuse, la jambe gauche pointée en arrière et la main droite tendue vers le ciel, dont le corps dessinait une longue et gracieuse courbe.

Sa jupe rose et son chemisier blanc étaient ébréchés. Mais sa tête avait été préservée, aussi brillante et lisse qu'une bille.

Par la fenêtre, elle avisa un véhicule inconnu garé à la place de James. *Ça va le mettre en rogne*, songea-t-elle. Elle consulta sa montre. Ils avaient presque une demi-heure d'avance, ce qui mettrait davantage James en rogne.

— Merde, merde, merde, dit-elle en s'approchant de la fenêtre.

Pat Farrelly se tenait en uniforme sur le pas de la porte, aux côtés d'un homme avec une veste à carreaux et des cheveux bouclés d'un noir pur.

La veille, elle avait appelé le poste de police et demandé à parler au sergent Farrelly. Elle connaissait Pat depuis des années, ils jouaient ensemble au bridge presque tous les jeudis soir, sa femme Marjorie était une de ses amies.

— J'ai des informations concernant la mort de Colette Crowley, avait-elle déclaré.

C'était si peu naturel de s'adresser à lui ainsi. Elle ne s'était rendue qu'une seule fois au poste, afin que Pat authentifie le formulaire de sa demande de passeport. À la mention du nom de Colette le sergent Farrelly avait marmonné : « Oh mince, oh mince. » Sa tirade favorite lorsqu'il avait une mauvaise main au bridge. Il fixait ses cartes en répétant : « Oh mince, oh mince. »

— C'est sérieux, Pat. Tu ferais mieux de passer à la maison pour qu'on parle.

Il lui avait expliqué qu'il n'était pas en mesure de faire venir un inspecteur de Letterkenny avant le lendemain. Et elle l'avait imploré que l'entretien se déroule chez elle. Elle souhaitait que James soit présent également, elle voulait éviter qu'on les voie entrer tous les deux au poste. Elle était certaine qu'il la comprenait.

— Si tu savais combien il m'a coûté de passer ce coup de fil, Pat, avait-elle ajouté.

Elle avait prévenu James à son retour du bureau, la police passerait chez eux s'entretenir avec elle le lendemain. Elle était si pleine d'assurance qu'elle le lui avait annoncé d'un ton primesautier. Il avait acquiescé en tordant la bouche et s'était prostré devant la télé toute la soirée sans lui adresser la parole.

— Écoute, fais comme bon te semble, soit tu assistes à l'entretien soit tu te planques dans ton bureau, peu m'importe, lui avait-elle dit plus tard au lit en scrutant le plafond. Mais il serait préférable d'afficher un front uni. Ce n'est pas toi qui répètes tout le temps qu'on doit faire les choses comme il faut ?

— Oh, avait-il soupiré en roulant sur le côté pour lui tourner le dos. Tu *sais* bien que je serai présent.

La sonnette se faisait plus insistante. Izzy se hâta d'aller ouvrir.

— Messieurs, comment allez-vous ? Entrez. C'est aimable à vous d'être venus jusqu'à moi. Mais vous êtes un peu en avance. Je n'ai même pas eu le temps de me changer.

Elle porta sa main à sa poitrine, l'air décontenancé, quand bien même son pantalon noir et sa tunique n'avaient rien de négligé.

— Oh, ne sois pas ridicule, la coupa Pat Farrelly avec son ton péremptoire habituel. Pas besoin de te mettre sur ton trente-et-un pour nous. On est juste venus discuter.

Il lui présenta l'inspecteur Blakemore, à qui elle serra la main, puis elle les devança jusqu'au salon.

— C'est un nom peu commun, remarqua-t-elle. De quel coin êtes-vous ?

L'inspecteur ignora sa question. Elle les fit asseoir sur le canapé et s'absenta pour aller chercher une balayette. S'agenouillant, elle ramassa les débris et les leur présenta.

— Vous avez déjà vu une pelle qui pèse deux cents livres ?

Elle inclina le poignet et secoua les restes à la manière d'une chercheuse d'or, puis elle se laissa retomber sur ses talons et déposa son trésor dans l'âtre.

— Toutes mes excuses, dit-elle.

— Y a pas de mal, répliqua Pat Farrelly. Prends tout ton temps.

L'autre policier ne semblait pas lui prêter la même considération. Izzy sentit sa détermination s'éroder ; l'inspecteur l'examinait d'un air perplexe comme s'il craignait qu'elle ne se relève jamais. Elle entendit une voiture dehors, James était rentré plus tôt. Elle se releva un peu engourdie en prenant appui sur un genou et s'assit sur le canapé face à eux. Elle était tentée de faire machine arrière, prétexter un malentendu, puis James apparut à la porte. Elle ne s'était pas trompée, il était contrarié qu'ils l'aient devancé, il était pris de court et échouait à le dissimuler. Izzy appréciait en revanche qu'il ait passé une veste par-dessus sa chemise et sa cravate plutôt que le vieil anorak miteux qu'il portait à longueur de temps. James serra la main de l'inspecteur.

— Tu voudrais bien nous faire un thé, James ? Je n'ai pas eu une minute de la matinée.

— Oui, concéda-t-il.

Pourtant, il restait planté les mains derrière le dos en oscillant d'un pied sur l'autre. Il se décida enfin à se secouer lorsque Izzy lui jeta un regard noir en articulant « ouste ».

— Souhaitez-vous que nous attendions votre époux avant de commencer, madame Keaveney ? demanda l'inspecteur.

Elle n'avait aucune confiance en cet homme, avec ses petits yeux inquisiteurs. Deux rides profondes lui barraient le front, le signe d'une nature soupçonneuse. Il avait des sourcils fins et grisonnants, contrairement à sa tignasse d'un noir impeccable. *Il se teint les cheveux*, pensa-t-elle, ce qui finit d'écorner la confiance qu'elle lui accordait.

— Non, ça va, dit-elle en reconcentrant son attention sur Pat Farrelly.

C'était un grand type aux épaules larges, le tissu lourd et épais de son uniforme accusait un peu plus sa stature. Elle avait passé tellement d'heures à imaginer ce moment, et le fait indiscutable que Pat Farrelly soit assis dans son canapé, avec son képi rigide bleu marine, rendait à lui seul la scène bien réelle.

— Alors, Izzy, se lança-t-il, tu m'as dit que tu avais des informations à nous communiquer.

L'inspecteur ouvrit son grand carnet de notes.

— Eh bien, j'en ai peur. Je suis navrée d'avoir gardé ça pour moi si longtemps. J'aurais dû parler tout de suite mais j'imagine que j'étais sous le choc. Parce que j'ai tout de suite su.

Un coup résonna à la porte, un petit tintement… elle s'entrouvrit de quelques centimètres. Izzy se leva pour aider son mari et le délesta du plateau.

— Je te l'ai dit, n'est-ce pas, James ? le prit-elle à témoin en posant le thé sur la petite table. Le matin après l'incendie, je t'ai dit qu'une chose terrible était arrivée.

— Mon Dieu, oui, commenta James. Elle était dans tous ses états. Pas moyen de la calmer.

— Parce que je savais qu'il était arrivé quelque chose. Avant même de le savoir, j'ai *su*… vous voyez ce que je veux dire ? Je n'arrivais pas à dormir cette nuit-là, je me réveillais à tout bout de champ. À un moment donné, je me suis levée pour aller aux toilettes et quand j'ai regardé par la fenêtre…

— Vous vous êtes réveillée pour une raison particulière ? demanda l'inspecteur.

— En fait, j'ai un très mauvais sommeil.

— Et vous vous souvenez de l'heure, madame Keaveney ?

— Ce devait être le petit matin parce qu'il y avait de la lumière dans le ciel. On ne voit pas bien le cottage d'ici, on distingue uniquement le pignon. Mais j'ai trouvé ça bizarre, toute cette fumée. J'ai su instantanément.

— Mais *comment* as-tu su, Izzy ? lui demanda le sergent Farrelly.

— Eh bien, quand j'ai vu la fumée j'ai…

— Non, madame Keaveney, dit l'inspecteur. Expliquez-nous comment une femme, vivant à trois kilomètres de la baie, regarde par sa fenêtre, aperçoit de la fumée et devine qu'il s'agit d'un acte criminel ?

— Oh, ça, c'est une autre histoire. Le jour de l'incendie, j'ai rendu visite à Colette, et elle m'a confié qu'elle était enceinte de l'enfant de Donal Mullen et qu'il l'avait menacée.

L'inspecteur fixa la page blanche devant lui avant de se tourner vers Pat Farrelly, qui était mutique. Izzy l'entendait dire *Oh mince, oh mince* dans sa tête. L'inspecteur tapota plusieurs fois son carnet avec son stylo. Malgré l'air abasourdi des hommes, Izzy n'avait pas l'impression d'avoir révélé quoi que ce soit. Elle avait vécu deux semaines d'agonie avant de se décider à parler, et il lui semblait irréel de leur avoir tout déballé en une phrase.

Elle servit un thé à l'inspecteur et lui tendit la tasse. Il but une gorgée et ce geste rituel sembla provoquer un déclic en lui, il reprit son interrogatoire d'un ton factuel et détaché.

— Quel était le motif de votre visite à Mme Crowley, ce jour-là ?

— Eh bien, je souhaitais lui déposer quelques petites choses, des objets de seconde main pour décorer un peu le cottage.

— Donc, Mme Crowley et vous étiez proches ?

À son côté, elle sentit James ajuster sa posture avec une lenteur délibérée qui l'incita à la prudence.

— Pas plus que ça, à la vérité. Je ne dirai pas cela. Mais nous nous étions rapprochées au cours des six derniers mois. J'assistais à l'atelier d'écriture qu'elle organisait au centre communautaire.

— Et Mme Crowley vous avez confié sa liaison avec M. Mullen ?

— Non, voyez-vous, je suis tombée sur elle au bar du Harbour View un soir de janvier. Le 31. Je dînais avec une amie, Margaret Brennan, nous nous apprêtions à partir lorsque j'ai aperçu Colette assise au bar.

— Elle était seule ? demanda Pat Farrelly.

— Oui, elle l'était.

L'inspecteur prenait note de ses déclarations pour la première fois, remarquait-elle.

— Quelle heure était-il ?

— Je ne me souviens plus précisément mais on approchait de l'heure de fermeture, ils poussaient les clients vers la sortie. Bref, je lui ai proposé de la reconduire chez elle…

— Parce qu'elle avait bu ?

— Euh, oui, mais aussi parce qu'elle était à pied, il faisait un sale temps…

— Lorsque vous lui avez parlé, est-ce que Mme Crowley vous a semblé ivre ?

Elle savait qu'ils lui poseraient cette question, qu'ils étaient susceptibles d'utiliser le fait qu'elle buvait pour discréditer Colette, pas moyen pourtant d'esquiver le sujet : il y avait une dizaine de clients dans le bar, ce soir-là, tous susceptibles de témoigner qu'elle était très saoule.

— Elle était éméchée, concéda Izzy. Je l'ai mise dans ma voiture et je l'ai ramenée chez elle puis, en arrivant dans l'allée du cottage, j'ai surpris Donal Mullen devant sa porte.

— Et vous êtes certaine qu'il s'agissait de lui.

— À cent pour cent. Il portait une sorte d'anorak avec la capuche relevée, mais il m'a regardée en face. J'ai vu son visage aussi clairement que je vous vois. Ensuite il a dévalé la colline et s'est faufilé chez lui. De qui d'autre aurait-il pu s'agir ?

— Est-ce que Mme Crowley vous a parlé de leur relation ?

— Elle était ivre. À peine capable d'aligner deux mots. Elle s'est écroulée sur son lit.

— Si ce n'est ce soir-là, vous en a-t-elle parlé la fois suivante où vous l'avez vue ?

— La dernière fois que je l'ai vue, c'était la veille de l'incendie, quand elle m'a confié qu'elle était enceinte.

— Pouvez-vous nous répéter mot pour mot ce que Mme Crowley vous a dit ce jour-là ?

Izzy se redressa et posa les paumes sur ses cuisses.

— Prends tout ton temps, prends tout ton temps, dit le sergent Farrelly.

Izzy prit une profonde inspiration.

— Elle a dit qu'elle était enceinte d'environ deux mois. Qu'elle n'avait pas encore vu le médecin mais qu'elle avait fait deux tests, positifs tous les deux. Qu'elle avait révélé à Donal qu'il était le père, qu'il avait parlé de la forcer à aller avorter en Angleterre. Il lui a dit que si elle se repointait ici avec l'enfant, il la tuerait.

— Ce sont ses mots exacts ?

— Dieu m'en est témoin.

— Et elle avait bu ce jour-là ?

Elle sentit la main de James sur son épaule.

— Elle avait bu, en effet, mais elle n'était pas saoule. Elle avait l'esprit alerte et s'exprimait normalement. Je crois chacune des choses qu'elle m'a confiées. Elle était terrorisée. Elle s'est prosternée devant moi, elle m'a suppliée de l'aider. Je regretterai jusqu'à mon dernier souffle de ne pas l'avoir assise dans ma voiture et ramenée chez moi.

— Si je puis me permettre, pourquoi n'avez-vous pas révélé ces informations plus tôt ? demanda l'inspecteur. La mort de Mme Crowley remonte à plus de deux semaines.

— Je sais pertinemment quand elle est morte. Tous les matins en me réveillant, j'ai songé à vous appeler. Plus les jours passaient, plus j'enrageais contre moi-même. Mais j'en ai assez. J'en ai assez d'avoir peur de cet homme. Assez de m'inquiéter en permanence de savoir où sont mes enfants ou si je risque de tomber sur lui au coin d'une rue. Ça ne tourne pas rond dans la tête de ce type. Je l'ai toujours dit, pas vrai, James ?

— C'est vrai, acquiesça-t-il.

— Est-ce que Donal Mullen vous a menacée d'une manière quelconque ? demanda l'inspecteur.

— Non. Mais il m'a vue le fameux soir. Et, pendant l'enterrement…

— Il a essayé de t'intimider, Izzy ? intervint le sergent Farrelly.

James lui prit la main.

— Vous êtes sûrement au courant, il a eu le cran de se montrer au cimetière. Tout le temps qu'il a été là, il n'a pas arrêté de me fixer. Cet homme auquel j'ai à peine adressé deux mots dans ma vie me regardait comme s'il rêvait que ce soit moi qu'on enterre. Et ce n'est pas le fruit de mon imagination, n'est-ce pas, James ?

— Non, je confirme, dit-il en pressant ses doigts.

— Ôtez-moi d'un doute, continua l'inspecteur, c'était la première fois que vous vous trouviez en présence de M. Mullen depuis la mort de Mme Crowley ?

— Oui. Pour être honnête, je n'ai vu presque personne ces dernières semaines. Je n'ai pratiquement pas quitté la maison. Partout où j'allais, les gens ne me parlaient que d'une chose, Colette, sa fin tragique et son penchant pour la boisson. Dès l'instant où ils ont su, on ne pouvait plus les arrêter : « Qu'est-ce qui lui a pris d'habiter toute seule là-bas alors que sa famille vit à quelques kilomètres, d'aller boire seule dans tous les pubs de la ville ? » Sous-entendant que si elle était restée chez elle et s'était tenue à carreau, elle serait encore vivante. Vous aussi, dit-elle en pointant du doigt l'inspecteur, vous consignez dans votre carnet toutes les fois où elle était ivre, comme si c'était un crime, comme si c'était le pire péché imaginable : une femme qui boit seule dans un pub.

L'inspecteur posa son carnet et reboucha son stylo.

— Très bien, je crois que nous avons ce qu'il nous faut. Vous pouvez être assurée que tout ce que vous nous avez dit sera traité avec le plus grand sérieux. Il faudrait que vous passiez au poste demain pour signer votre déclaration, vous voulez bien ?

— Qu'allez-vous faire ?

— Je vous demande pardon ?

— Vous venez de dire que vous alliez traiter tout ça sérieusement, reprit-elle, mais que comptez-vous faire exactement ?

— Eh bien, nous allons..., hésita l'inspecteur. Il y a un certain nombre de procédures à suivre quand un témoin nous livre des informations, ce type d'accusations.

— Quelles procédures ? Vous allez l'interroger à nouveau ? Fouiller sa maison ? Réinterroger Dolores ? Il faut que vous lui parliez. Elle sait. Les femmes savent toujours. C'est impossible qu'il soit monté au cottage toutes les nuits sans que Dolores ait su ce qui se passait.

— Si nous enquêtons plus avant et qu'il s'avère nécessaire d'interroger de nouveau Mme Mullen, nous le ferons.

— Non. Vous ne m'avez pas comprise, dit-elle. Vous devez absolument lui parler.

— Izzy, intervint Pat Farrelly, laisse-nous agir maintenant. Nous ferons ce que nous avons à faire.

Izzy acquiesça et se tourna vers l'âtre où gisait la figurine en morceaux dans la pelle.

— Je vais au bridge jeudi, est-ce que je t'y verrai ? demanda Pat Farrelly.

— Probablement, dit-elle sans se résoudre à le regarder.

Il se murmura des au revoir dans l'entrée, puis la porte claqua et Izzy entendit leur voiture s'éloigner. Elle croisa les bras et se renfonça dans le canapé.

James reprit sa place à ses côtés, il glissa son bras autour de ses épaules et elle se détendit enfin.

— Tu t'es débrouillée comme une cheffe, affirma-t-il en la serrant fort contre lui.

— J'ai fait de mon mieux, je pense… ça dépend d'eux, maintenant.

— C'est quoi, ça ?

— Quoi ?

— Dans la pelle.

— Oh ça. La belle jeune fille grande et svelte, celle qui essayait de toucher le ciel. Je l'ai cassée. Je passais l'aspirateur et je l'ai réduite en miettes au coup de sonnette.

— Pas grave.

— En effet.

— Ça va te prendre un certain temps pour la recoller.

Elle éclata de rire, un rire qui se mua vite en larmes. Elle sanglotait contre sa poitrine.

28

Dolores posa sa petite valise sur le lit et en tapissa le fond avec une couverture décorée de grenouilles vertes. Elle refusait que le premier contact que son bébé connaîtrait soit celui d'une couverture rugueuse fournie par les infirmières. Pour son confort personnel, elle y ajouta une belle serviette toute douce et un savon correct afin de s'épargner les produits caustiques des hôpitaux. Des couches, des pyjamas, une vingtaine de culottes s'empilèrent au-dessus. C'était son quatrième enfant, elle aurait pu faire sa valise à la dernière minute les yeux fermés, mais ce bébé était pressé.

— Attends un peu, tu veux, dit-elle une main posée sur son ventre. Je ne suis pas tout à fait prête à t'accueillir. J'aimerais que tout soit parfait pour toi.

Dolores ouvrit le tiroir supérieur de sa commode et dénicha, coincée tout au fond, une statue en plastique translucide de la Sainte Vierge remplie d'eau bénite, avec SANCTUAIRE DE KNOCK[1]

1. Knock est un village du comté de Mayo, premier centre marial du pays, comparable à Lourdes.

imprimé sur le pied. Elle la jeta dans la valise, qu'elle referma.

Le téléphone sonnait. Elle emporta son bagage dans l'entrée et le rangea sous l'escalier, à portée de main quand viendrait l'heure de filer à l'hôpital.

— Bonjour, Dolores à l'appareil.

— Dolores, comment allez-vous ? Vous vous portez bien ?

Elle reconnut la voix du sergent Farrelly. Il n'était pas d'ici, il avait un doux accent mélodieux et la manie de faire les questions et les réponses. C'était un homme affable et ouvert mais, aujourd'hui, il avait un ton cassant.

— Ça ne va pas trop mal, dit-elle. Je suis au bord de l'explosion, mais je ne peux rien y faire à ce stade. En quoi puis-je vous aider ?

— Est-ce que Donal est là ?

— Il est sur un chantier, dit-elle. Je ne sais trop où, mais il sera bientôt de retour.

— Cela vous concerne aussi. Nous aimerions que vous veniez tous les deux au poste pour répondre à d'autres questions… Neuf heures demain matin. Ça vous convient ?

— Il est arrivé quelque chose ? demanda-t-elle en enroulant le cordon du téléphone autour de son doigt.

— Il y a eu quelques développements dans l'enquête, il faut que vous passiez au poste demain matin, d'accord ?

— L'enquête ?

— Venez demain matin. À neuf heures, d'accord ?

Dolores avait l'impression de s'enfoncer lentement dans une glaise molle et froide.

— Dolores, tout va bien ?

— On se voit demain, dit-elle avant de raccrocher.

Elle marcha jusqu'à l'escalier et s'assit sur la première marche. Le bébé cognait contre ses côtes. *Madeleine, Jessica, Éric* : école, crèche, chez ses parents. Elle avait demandé à sa mère de garder Éric ce matin afin de boucler quelques petites choses. Son mari rentrerait d'une minute à l'autre, Dolores devrait aller chercher les enfants, les nourrir, les laver, un rituel qui l'occuperait jusqu'au lendemain puis le surlendemain… Si elle ne se secouait pas tout de suite, elle laisserait passer sa chance.

Elle agrippa la rampe et se hissa sur ses pieds. Elle saisit le combiné et composa le numéro du poste, demandant à parler au sergent Farrelly.

— Sergent Farrelly à l'ap…

— Et si je passais vous voir maintenant ? le coupa-t-elle.

— C'est vous, Dolores ? On a rendez-vous demain matin à neuf heures, ma chère, comme convenu.

— Non. Et si je passais vous voir tout de suite ? Seule.

Pat Farrelly s'éclaircit la voix.

— Dolores, si vous venez nous parler maintenant, je vous promets que tout ce que vous nous direz restera strictement confidentiel.

— Qu'est-ce qui va m'arriver ? demanda-t-elle.

Elle entendait sa voix se casser, les mots se briser, se dissoudre au moment où elle les prononçait.

— Dolores, vous n'avez rien à craindre. Montez tout de suite dans votre voiture et venez au poste, nous vous protégerons. Je peux appeler votre mère et votre père, leur demander de vous rejoindre. Vous voulez que je fasse ça ?

Elle s'adossa au mur et ferma les yeux.

— Dolores, je prendrai soin de vous comme de ma propre fille.

Elle perçut le bruit d'un moteur, elle jeta un coup d'œil au van de Donal à travers les panneaux en verre dépoli de la porte d'entrée.

— Donal est de retour, dit-elle. Appelez mon père. Je serai là dans une demi-heure.

Puis elle raccrocha au nez du sergent Farrelly.

Elle traversa le couloir à toute vitesse, s'effondra sur le canapé du salon et entoura son gros ventre de ses bras. Il était si tendu qu'elle pouvait voir la petite vie onduler sous son haut.

— Il y a eu un coup de fil en ton absence, dit-elle en regardant Donal.

Il se figea au milieu du salon.

— C'était qui ?

— Le sergent Farrelly. Il demande qu'on passe au poste demain matin, ils veulent nous poser d'autres questions.

— Merde, dit-il en se laissant tomber à l'autre bout du canapé.

— Il a parlé d'une enquête, ils savent quelque chose.

— Merde, merde, merde, dit-il en cognant ses genoux avec ses coudes.

— Donal ?

Le regard perdu, il se couvrait la bouche à deux mains.

— Donal… elle était enceinte, c'est ça ?

Il tourna lentement la tête vers elle, il avait le visage défait. La peur déformait ses traits, il avait les pupilles injectées de sang et de larmes.

— C'est pour ça que… tu voulais la virer du cottage, continua-t-elle.

Il tripotait ses cuticules avec ses pouces. Il respirait bruyamment, les dents serrées.

— Elle m'a menacé. Elle voulait du fric, elle m'a dit que si je ne lui en donnais pas, elle dirait à tout le monde qu'il était de moi. Mais va savoir de qui il était, ce gosse. Et c'est ça qu'on va dire, s'ils nous le demandent, on leur parlera du type que tu as vu là-haut. Il était son amant. Un type de Dublin. Il était obsédé par elle, il la harcelait, il n'arrêtait pas de lui envoyer des lettres. S'il le faut, tu crois que tu pourrais leur décrire ?

Dolores demeurait silencieuse. Donal lisait le doute et la peur sur son visage.

— C'est pour nous que je l'ai fait, déclara-t-il. J'avais peur pour toi, pour les enfants. Elle devenait tellement tarée, impossible de savoir de quoi elle était capable. J'ai paniqué. Elle me faisait du chantage. Dis, tu aurais voulu qu'elle ait cet enfant, qu'elle aille parader avec en ville, qu'elle ait ce genre d'emprise sur nous ?

Il tremblait, pleurnichait à moitié.

— Elle n'a pas souffert, répéta-t-il.

Dolores se leva doucement, le bébé bougea dans son ventre, mais elle surmonta son vertige.

— Tu as raison sur un point. Tu n'as pas arrêté de le répéter. Nous devons faire front commun. Il faut que je me ressaisisse, que je me montre un peu plus.

— C'est ça, dit-il, soulagé en la couvant des yeux béatement.

— Je ne peux pas continuer à me terrer à la maison. Je vais aller en ville récupérer Jessica à la crèche puis j'irai chez ma mère chercher Éric.

— Je peux aller chercher Éric avec le van, proposa-t-il.

— Ben, à quoi bon qu'on se déplace tous les deux ? D'autant que j'ai dit à ma mère que je passerai vers quinze heures… ils m'attendent.

Il acquiesça, l'air absent.

— Tu ne traînes pas, hein ?

— Je fais aussi vite que possible. Tu pourrais aller me chercher le manteau de Jessica ? Le rose. J'ai oublié de le lui mettre, et il va pleuvoir.

— Où il est ?

— Pendu à la porte de derrière, improvisa-t-elle.

Donal s'exécuta et Dolores en profita pour attraper ses clés de voiture dans le tiroir de l'entrée ainsi que sa petite valise sous l'escalier.

— Il n'y est pas, cria Donal.

— Va voir dans la chambre.

Elle se hâta de cacher son bagage dans le coffre dont elle referma le capot sans bruit.

Quand il émergea enfin de la maison en serrant le manteau rose dans son poing, Dolores l'attendait, adossée à la portière côté conducteur. Elle le lui prit des mains et s'installa derrière le volant. Il frappa au carreau, elle baissa la vitre de quelques centimètres.

— Dolores.

Il se pencha pour être à sa hauteur, les mains sur les genoux.

— Je suis désolé.

— Pourquoi, Donal ? De quoi es-tu désolé ? demanda-t-elle en scrutant son visage.

Il se creusait la tête comme un fou, cherchant une réponse à cette question, en vain. Dolores remonta sa vitre.

Il fit un pas de côté et le cottage s'imposa devant elle, se profilant sur la colline tel un visage flouté dont les formes – toit, fenêtres, porte – avaient été effacées. Elle démarra. Dans les dernières lueurs du jour, la carcasse calcinée de la bâtisse se confondit avec le ciel. Elle ne put s'empêcher de jeter un coup d'œil dans le rétroviseur, un dernier regard à sa maison. Sur le pas de la porte, Donal l'observait.

29

Izzy s'approcha de la table d'exposition située près du mur au fond du café. Sa main chercha les livres dans son sac mais, ce faisant, elle constata que la pile des exemplaires à la vente n'avait pas diminué depuis sa dernière inspection. Elle essaya de repérer un membre du personnel et avisa une jeune serveuse en train de coller une affiche au mur. Elle songea à lui rappeler les conditions du bail. Les lieux devaient être rendus en l'état, exception faite de la vétusté. L'endroit était resté inoccupé le plus clair de l'été, Izzy était satisfaite qu'il lui rapporte enfin un peu d'argent.

Vers la fin juillet, elle avait reçu un appel de Ronan Crowley. La semaine précédant sa mort, Colette avait envoyé de nouveaux poèmes à son éditeur. *Consolation : Poèmes 1994-1995*. Un bref recueil dont il prévoyait de faire un petit tirage, en guise d'hommage à sa mère, avait-il expliqué. Il lui avait demandé si elle était disposée à l'épauler pour organiser un lancement, en contactant notamment les autres membres de l'atelier d'écriture. Elle avait proposé que l'événement se déroule au café. C'est ainsi qu'un soir, à la toute fin du mois d'août, quelques convives avaient levé leurs verres et salué la vie et l'œuvre de Colette. Shaun, Ann et les trois fils de Colette se tenaient côte à côte dans un coin de la salle, comme s'ils attendaient le passage d'une procession pour présenter leurs respects. La troupe de l'atelier d'écriture s'était regroupée autour des boissons. Comme attendu, Eithne s'était plainte de la chaleur, Fionnuala des choses en général, Thomas les avait assommés d'anecdotes sur Colette, et Helen avait pleuré. Tout cela lui avait paru tellement dérisoire.

Elle avait un temps songé à inviter Dolores Mullen. Elle l'avait croisée plusieurs fois durant l'été, promenant son nourrisson dans son landau. Elle sortait rarement seule, le plus souvent en compagnie d'une de ses sœurs ou de sa mère. Et elle avait eu envie d'aller la voir, de lui dire qu'elle comprenait, que personne ne la blâmait de ce qui était arrivé. Mais elle n'était pas certaine que ce soit vrai et se tranquillisa en se disant que Dolores avait ses enfants, le soutien de sa famille : elle s'en sortirait. Izzy avait suffisamment à penser comme ça. Dans un avenir proche, il y aurait le procès, Donal serait condamné ; le seul verdict possible pour l'assassin d'une femme enceinte était la prison à vie. Dolores élèverait ses enfants seule, son mari passerait les trente prochaines années derrière les barreaux, où elle avait œuvré à l'envoyer. Izzy bataillait avec cette idée, ce que signifiait « à vie », puisque Donal serait de retour en ville d'ici à trente ans et profiterait de sa retraite.

Durant la soirée, ses tentatives pour discuter avec Carl et Barry avaient été accueillies avec réticence, comme s'ils déploraient l'importance qu'elle avait soudain prise dans leurs vies. Elle ne leur en tenait pas grief. Ronan était devenu un jeune homme solide et sérieux, à l'image de son père. Il lui avait demandé si elle ne verrait pas d'inconvénients à conserver un carton de livres. Le café avait accepté de les garder en dépôt-vente sur une petite table, et Izzy de contrôler le stock de temps à autre. Elle en prenait soin comme d'un autel et passait au café une fois par semaine.

Aujourd'hui, elle trouva la table en désordre. Ce n'était pas faute d'avoir dit au personnel d'arrêter de les disposer en éventail, il fallait poser un livre de face contre une pile pour que la couverture attire les clients. Izzy arrangea deux piles.

En partant, elle interpella la serveuse.

— Attention avec les murs : nous avons dépensé une fortune pour rénover cet endroit.

Dehors, la rue était hérissée de pancartes pour le référendum sur le divorce, les poteaux électriques et lampadaires en étaient couverts. « Bonjour divorce… Adieu papa ! » était inscrit sur l'un d'eux, ce qu'elle jugea plutôt drôle. Ses enfants voyaient à peine leur père. James passait le plus clair de son temps à Dublin et s'investissait dans la campagne de son parti en faveur de la légalisation du divorce. Chaque fois qu'elle regardait les journaux télé ou allumait la radio, on débattait du sujet, mais dans la vie de tous les jours, les gens esquivaient la question et restaient discrets sur leurs positions. Izzy avait beaucoup réfléchi à ce que tout cela aurait signifié pour Colette. Elle croyait deviner ce qu'elle aurait voté. Une femme éduquée comme elle l'était – elle aurait pu retourner à Dublin, décrocher un poste d'enseignante et, si elle l'avait souhaité, se remarier. En revanche, pour une femme d'âge mûr qui avait quitté l'école à seize ans et n'avait quasi rien connu d'autre qu'une vie d'épouse à Ardglas et un horizon bouché, quelle différence cela faisait-il ?

Izzy baissa la tête ; il commençait à tomber quelques gouttes. Elle pressa le pas dans la rue principale jusqu'à l'Harbour View pour rejoindre sa voiture garée sur la promenade du littoral. Avant de traverser, elle regarda à gauche et à droite, puis à gauche de nouveau, quelque chose ayant attiré son regard : un garçon avec l'uniforme de Saint-Joseph dévalait la rue en trombe.

— Barry Crowley ! dit-elle, alors que le garçon arrivait à sa hauteur et poursuivait sa route en l'ignorant. Barry Crowley. Reviens ici, petit saligaud. Je sais que tu m'as entendue.

Il s'arrêta sans pourtant daigner se retourner.

— N'espère pas me passer sous le nez comme ça, au beau milieu de la journée, sans que je m'en mêle.

— Allez vous faire foutre ! dit-il.

— Où vas-tu ?

— Ça ne vous regarde pas.

— Bon sang, Barry ! Pourquoi tu n'es pas à l'école ?

— Je vous l'ai dit, putain, ça ne vous regarde pas.

— Eh bien, c'est ce qu'on va voir. Qu'est-ce que tu as fait, cette fois ?

Une pluie fine troublait l'air, une brume froide les enveloppait.

— Allez, Barry, dis-moi, commanda-t-elle.

— Ils m'ont renvoyé à la maison.

— Pourquoi ?

Elle ne saisit pas sa réponse.

— Pardon ?

— J'ai traité Mme Frawley de vieille peau ! cria-t-il.

— Et ils t'ont renvoyé pour ça ?

Il hocha la tête.

— M'est avis que tu ne me racontes pas tout. Pour ça, il a au moins fallu que tu leur fendes le cœur. Et si comme tu le dis, ils t'ont renvoyé chez toi, tu peux m'expliquer pourquoi tu marches dans cette direction ?

Elle savait qu'il visait probablement la ruelle près du vendeur de frites où les garçons allaient fumer à la pause déjeuner.

— Je ne peux pas rentrer, dit-il.

— Pourquoi ?

— J'ai personne pour me déposer.

— Tu as trop peur d'aller à l'usine et demander à ton père, pour une fois ?

— Le principal O'Connor a dit qu'ils vont m'exclure, avoua-t-il.

— Eh bien, allons trouver M. O'Connor tous les deux, pour avoir une petite discussion avec lui. Suis-moi, Barry.

Elle trottait en tête, malgré les protestations de l'adolescent s'amenuisant à mesure qu'elle creusait la distance.

— Dépêche-toi, Barry, viens, le pressa-t-elle en se retournant. Tu ferais mieux de m'accompagner, sinon j'y vais seule.

Elle poursuivit son chemin, dépassant la maison de la presse puis l'Ulster Bank.

— Mais vous allez faire quoi ? demanda Barry.

Elle l'entendait haleter dans son dos.

— Vous allez lui dire quoi ? supplia-t-il. Il ne vous écoutera pas.

— C'est ce qu'on verra.

C'était la pause déjeuner, des élèves marchaient à contresens vers le centre-ville. Un garçon pointa la tête hors du groupe de gamins avec lesquels il traînait et cria :

— Crowley, où tu vas, putain, je croyais que t'avais été expulsé ?

Barry trottait maintenant aux côtés d'Izzy.

— Hé, s'il vous plaît, calmez-vous. Faites pas ça. J'irai le voir avec mon père. Il parlera au principal. Je vous en prie.

— Rien ne m'empêche d'avoir une petite discussion avec lui, en attendant.

Ils avaient rejoint la route principale. Des camions de poisson géants les dépassaient, leurs pneus soulevaient la fine pellicule d'eau sur la chaussée.

— Mais vous allez lui dire quoi ? insista Barry.

— Barry, il faut qu'on éclaircisse un point : tu souhaites continuer l'école ?

— Ouais, fit-il, après un silence.

— Parce que tu penses sûrement que ce n'est pas important, que tu t'en sortiras toujours, que ton père t'aidera, qu'il te dégotera un boulot. Mais sans ton brevet, tu ne seras utile à personne. Si tu veux croupir toute ta vie ici, tu t'y prends comme un chef. Alors, dis-moi, tu veux vraiment continuer l'école, Barry ? Parce que tu n'en donnes pas l'impression.

— Oui, concéda-t-il.

— Très bien, mais essaie d'avoir l'air plus motivé devant le principal O'Connor.

— Je veux continuer, j'ai dit.

Tandis qu'ils gravissaient les marches du collège, les élèves chuchotaient et se retournaient sur leur passage.

— Et tu ferais bien de commencer à préparer des excuses, dit-elle, parce que tu vas devoir faire des courbettes et être convaincant. Tu m'entends ?

— C'est bon.

— Qu'est-ce que tu vas lui dire ?

Izzy franchit les lourdes portes vitrées.

— Je vais dire que je suis désolé, que je vais présenter des excuses à Mme Frawley et que je vais faire profil bas et ne causerai plus de problèmes s'il me donne une autre chance.

— Non. Tu ne parles ni de seconde chance ni d'ultimatum. Tu risques de te retrouver dans la même situation dès la semaine prochaine, alors ne lui tends pas le bâton pour te battre. Dis que tu es navré, que tu traverses des moments difficiles, transforme-toi en fontaine si nécessaire.

Le couloir fourmillait de collégiens affairés devant leurs casiers.

— Où se trouve son bureau ?

— En haut des marches, au bout du couloir.

Elle les grimpa à grandes foulées et arpenta le couloir jusqu'à une porte sur laquelle était écrit *Principal.* Elle toqua et, à défaut de réponse, entra avec Barry à sa suite. C'était une petite pièce sans fenêtre avec des murs en parpaings repeints en blanc. M. O'Connor leva les yeux de son bureau et ne put masquer sa contrariété en reconnaissant Izzy. Il tenait dans une main un sandwich et, de l'autre, se tapotait le coin des lèvres avec une serviette en papier. Il relégua le sandwich dans son Tupperware.

— Madame Keaveney, dit-il la bouche pleine. Que puis-je pour vous ?

— J'ai trouvé ce garçon en train d'errer dans les rues, dit-elle. J'ai pensé que vous seriez soulagé que je vous le ramène sain et sauf.

— Aux dernières nouvelles, Izzy, vos enfants ne fréquentent pas cette école.

Elle choisit d'ignorer ses propos.

— Quant à vous, monsieur Crowley, j'espérais ne pas vous revoir aujourd'hui.

Izzy s'installa sur une chaise. Agrippé aux bretelles de son cartable, Barry regardait ses pieds, debout derrière elle.

— Barry vous a-t-il dit pourquoi on l'a renvoyé chez lui, Izzy ? demanda le principal en joignant les mains.

— Oui et il me semble qu'insulter Mme Frawley, même avec grossièreté, constitue un délit mineur aisément pardonnable. Barry promet non seulement de présenter des excuses en règle à Mme Frawley mais également à vous.

Elle secoua le garçon par le coude.

— Je m'excuse, monsieur O'Connor, dit-il avec si peu de conviction qu'Izzy eut envie de le secouer de plus belle.

— Il n'en est pas moins vrai, Izzy, que Barry semble avoir omis de vous informer de toutes les fois où il a perturbé les cours et l'instruction de ses camarades, de toutes les fois où il a séché, a oublié de faire ses devoirs ou ne s'est pas présenté du tout à l'école. Barry ne vous a probablement pas répété les insultes qu'il a proférées à l'encontre de ses professeurs, en plus de Mme Frawley. Et vous a-t-il raconté les dégâts qu'il a causés en salle de biologie l'an dernier ? Je suis navré, madame Keaveney. Nous avons fait tout ce qui était en notre pouvoir pour l'aider, et je crains que nous ayons atteint les limites de ce qu'il est possible de faire pour lui dans cette école.

— Barry a connu une année particulièrement difficile et vous êtes en train de me dire que vous n'allez pas aider ce garçon…

— Ses turpitudes ont commencé bien avant.

— Et vous vous contentez de baisser les bras ?

— Nous avons beaucoup fait pour lui.

Il avait l'air exténué, se dit-elle, il avait la peau cireuse, le front barré de rides profondes. Des doigts de fumeur, jaunis par la nicotine. En tant que principal, il devrait se démener davantage au lieu de rester collé à sa chaise dans sa chemisette à manches courtes. Pas étonnant que les gamins lui manifestaient si peu de respect.

— Va m'attendre dehors, Barry, dit-elle.

Le garçon sortit sans demander son reste.

— Et ferme la porte derrière toi ! ajouta-t-elle en guettant le clic. Maintenant, écoutez-moi bien…

— Non. Vous, vous allez m'écouter, madame Keaveney…

— Vous n'envisagez même pas de parler avec le père du gamin avant de le suspendre ?

— Nous visons l'expulsion à ce stade, je le crains. Mais je ne sais pas pourquoi je vous parle de tout ça, si je puis me permettre, cela ne vous concerne pas.

— Et quand comptez-vous informer son père ? Vous l'avez contacté, au moins ?

— Nous lui avons téléphoné et l'avons invité à passer nous voir.

— Mais vous ne lui avez pas parlé en personne ?

— Nous avons laissé un message à sa secrétaire.

— Et pourquoi à votre avis ? Parce que Shaun Crowley est un homme très occupé. Depuis la mort de sa mère, ce gamin n'a plus personne pour prendre sa défense.

— Nous sommes tous navrés de ce que Barry a traversé.

— Vous n'avez aucune idée de ce qu'il a vécu et vous savez pertinemment que si sa mère était encore vivante, c'est à elle que vous auriez affaire, et non à moi. Et je trouve que vous jouez à un jeu dangereux, monsieur le principal O'Connor, j'imagine que vous n'avez pas envie que les gens pensent que vous profitez de la mort de Colette pour expulser un élève contre lequel vous nourrissez clairement des griefs.

— Non. À votre place, madame Keaveney, je ne me risquerais pas à colporter ce genre d'accusation.

— Shaun Crowley est peut-être un homme occupé, mais moi j'ai tout mon temps et je vous assure que je camperai devant votre bureau tant que Barry ne sera pas assis en classe. Et j'ai une grande patience. Tout cela, bien sûr, avec le soutien entier de James.

— Madame Keaveney, cela ne regarde ni vous ni votre mari et je suis offensé du ton avec lequel…

— Oh, vous êtes offensé ? Croyez-moi, vous le serez bien plus si vous ne réglez pas ce problème. Rappelez-moi votre fonction ?

— Pardon ?

— Je vous demande : quel est votre métier ?

— Je suis un éducateur…

— Vous êtes le principal du collège d'une petite ville, se gaussa-t-elle. Ce qui implique ?

— Izzy, où voulez-vous en venir ?

— Je vous demande ce qu'implique ce type de poste ?

— Je vous prierais de me laisser, maintenant, madame Keaveney.

— Eh bien, être proviseur dans une petite ville, à mon avis, c'est un peu comme pour les prêtres, les policiers et autres fonctions du genre : des nominations politiques, en quelque sorte. Vous n'êtes pas d'accord ? Du moins, la politique entre en jeu.

Le visage du principal s'affaissa comme une voile dont le vent se détourne.

— Dans ce cas, continua-t-elle, une personne d'influence pourrait vous rendre la vie très difficile. Il suffit de quelques coups de fil, de quelques courriers, pour lancer une petite campagne de démolition. Et je vous rappelle que je ne suis pas la seule que vous ayez fâchée dans cette ville.

Le principal O'Connor se leva, les mains sur les hanches. Il lui tourna le dos et se planta face au mur, qu'il fixa un moment comme s'il regardait par la fenêtre. Puis il revint d'un pas résolu à son bureau, saisit son stylo et le tapota plusieurs fois sur sa table.

— Je recevrai Barry et M. Crowley en entretien à la première heure demain matin.

— Et ensuite Barry retournera en classe ?

— Suivant la façon dont se déroulera cet entretien et la détermination que montrera Barry à réformer son comportement…

— Barry ira rejoindre sa place en classe ! dit-elle en se levant. Occupez-vous de passer ce coup de fil à Shaun et je me charge de résumer la situation à Barry. Bonne journée à vous, monsieur O'Connor.

Dans le couloir, elle retrouva Barry en compagnie d'autres garçons qu'il s'empressa de quitter dès qu'il la vit.

— Suis-moi. J'ai à te parler, dit-elle son sac sur l'épaule.

— Qu'est-ce qu'il a dit ?

— Marche un peu avec moi, Barry.

Dehors, le temps s'était éclairci, un halo de lumière balayait la baie. Barry marchait à présent à sa hauteur et Izzy lui jetait de petits coups d'œil de côté. Il avait le teint pâle comme Colette, bien que sa peau soit beaucoup plus claire et constellée de taches de rousseur.

— Regardez-moi ces jolies taches de rousseur, dit-elle, tant elles étaient éparpillées harmonieusement sur son visage, nettes et singulières.

— Ouais, elles sont OK.

— Je parie que tu fais tourner la tête des filles à l'école. Est-ce qu'elles s'amusent à compter tes taches de rousseur ?

Il rigola.

— Tu as une petite copine ?

— Pas vraiment… enfin j'ai une sorte de petite copine.

— Disons qu'« une sorte » c'est bien dans l'immédiat, pas vrai, parce que tu n'as pas envie de te lier trop à ce stade. On traverse ici.

Ils rejoignirent le petit parc en bord du rivage. Un banc était placé à la base d'un vieux chêne ainsi que plusieurs autres face à l'aire de jeux. Plusieurs étaient occupés par des mères et leurs poussettes, mais ils réussirent à se trouver une place. Dans l'aire de jeu, on poussait les petits sur les balançoires, les recueillait au pied du toboggan.

— Alors, qu'est-ce qu'il a dit ? demanda de nouveau Barry.

— À quelle heure se termine la pause déjeuner ?

— Treize heures quarante.

Izzy consulta sa montre.

— Cela signifie que tu dois retourner en classe dans vingt minutes.

— Ah, merde, dit Barry.

— Ah, t'es un petit marrant, s'esclaffa-t-elle.

Il se tenait penché, les avant-bras sur les genoux, et fixait le sol.

— Je suis sacrément contente qu'ils te donnent une autre chance.

— Je sais, dit-il en levant la pointe de sa botte pour écraser un paquet de chips vide.

— Je n'aimais pas non plus beaucoup l'école, je n'étais pas très douée. J'ai toujours pensé que c'était le problème. On me traitait comme si j'étais crétine.

— Ils en ont tous après moi, là-bas. Dès qu'il arrive un truc, c'est moi qu'on blâme. Je ne peux pas ouvrir la bouche sans qu'on me hurle dessus. Je ne fais jamais rien de bien.

— Ça paraît très injuste, Barry, mais tu vas avoir du mal à me convaincre que tu es un ange. Fais profil bas et ferme ton clapet. Personne ne te demande d'être le premier de la classe, mais à quoi bon avoir traîné ton cartable sur ton dos pendant cinq ans si tu n'essaies pas de décrocher ton brevet ? Le principal O'Connor va appeler ton père, vous aurez un entretien avec lui demain matin, pendant lequel je veux que tu me promettes que tu auras un comportement irréprochable. Acquiesce à tout ce qu'il dit, et fais tout ce qu'on te dit. Et continue comme ça.

— Ça me fout en colère, c'est tout.

— Ta mère m'a dit que tu étais né en colère. Elle aimait ça chez toi.

— Qu'est-ce qu'elle a dit d'autre sur moi ?

— Que tu lui rappelais elle, adolescente. Qu'elle se hérissait contre les injustices du monde et se fâchait avec tout le monde. Qu'elle se querellait avec sa sœur, ses parents et ses professeurs. Qu'elle a été comme ça toute sa vie. Tout ce qu'elle ressentait, elle le ressentait très fort, autant la tristesse et la colère que l'amour et, quand vous êtes nés, elle a ressenti tellement d'amour pour vous qu'elle a cru que son cœur allait exploser. C'était tellement *extravagant*. Je m'en souviens clairement parce que j'adorais la manière dont ta mère s'exprimait. Elle t'aimait de façon totalement *extravagante*, voilà ce qu'elle a dit. Et aussi qu'elle avait hâte de voir à quoi tu emploierais toutes les émotions que tu gardes au fond de toi, parce que tu en as des quantités. Exactement comme elle.

— Elle nous a abandonnés.

— Elle est revenue.

— Et si elle ne l'avait pas fait, elle serait encore vivante.

— Tu as tous les droits d'être en colère. Mais pour ma part, j'ai beaucoup appris de ta mère. Elle m'a appris à écrire des poèmes, par exemple. Non pas que je sois très douée en la matière, mais elle m'a aussi appris à être plus clairvoyante vis-à-vis de moi et de ma vie. Elle était déterminée à être heureuse, à ne pas avoir de regrets et à vivre sa vie à fond, et je l'admire pour ça. Mais d'autres estiment que, lorsqu'on commet une erreur ou que l'on souffre, on doit s'incliner devant la vie. Certains estiment qu'il est possible d'être trop libre, ce que ta mère réfutait catégoriquement. Et je vais te dire une dernière chose, Barry : en grandissant, quand tu seras confronté à certaines situations, tu prendras conscience que ce que tu jugeais important ne comptait pas ; les seules choses que tu regretteras, ce sont les moments où tu t'es montré cruel ou méchant ou peu généreux envers les autres, ou les moments où tu as laissé tes préjugés t'empêcher de les aider. Ta mère, elle, n'a jamais nourri dans son cœur aucune pensée ou intention méchante ou cruelle.

Son expression avait changé. Izzy voyait qu'il se retenait de pleurer.

— Oh, Barry, dit-elle. Tu peux aussi bien ignorer les trois quarts de ce que j'ai dit… Je peux m'être trompée sur toute la ligne. Je n'ai pas réalisé de grandes choses moi-même.

— Je peux y aller ?

— Je ne te retiens pas. Mais souviens-toi : profil bas, clapet fermé.

Il se leva et ramassa son cartable en murmurant un « merci ». Elle l'observa s'éloigner et dut vite renoncer : ça lui serrait le cœur. Au lieu de cela, elle contempla la mer et s'attarda un peu. Sur ce banc, à cet endroit précis de la côte, elle se trouvait pile à mi-chemin entre sa maison et le cottage. Pendant si longtemps, sa vie avait stagné en suspension entre ces deux points. Izzy avait changé, dès l'instant où elle avait mis le pied au centre communautaire, à l'atelier. Elle avait passé des semaines plongée dans les derniers poèmes de Colette, elle avait eu le sentiment d'en apprendre beaucoup plus sur elle en les lisant que lorsqu'elle la fréquentait. Chacun d'eux fustigeait les doutes qu'elle avait pu nourrir sur le chagrin véritable de Colette. Ils étaient féroces, et la colère qu'ils distillaient, la maîtrise extrême qu'ils exigeaient, l'avaient glacée. Mais ce qui l'effrayait plus encore était qu'elle avait l'impression de les comprendre intimement. Pourtant, si son interprétation était juste, beaucoup d'entre eux évoquaient l'impuissance des mots à décrire la douleur de manière significative. Et le fait de les lire et de les relire n'avait en rien apaisé sa culpabilité.

Pendant des mois, Izzy avait tenté de trouver les mots propres à décrire la personne qu'elle était à présent, alors que sa vie de tous les jours n'avait pas varié d'un pouce. Elle se réveillait aux côtés du même homme, ils plaisantaient et riaient des mêmes choses, et elle nourrissait les mêmes ressentiments envers lui. Dans un mois, elle pénétrerait dans l'isoloir en bois, le rideau retomberait derrière elle et, dans l'intimité de cet espace, elle cocherait OUI ou NON sur un bulletin de vote. Quel que soit son vote, elle savait que jamais elle ne quitterait son mari. Elle avait l'intuition qu'ils vieilliraient ensemble, connaîtraient la maladie ensemble et, quand bien même ils demeuraient des étrangers l'un pour l'autre, elle avait besoin de lui. Elle s'était bercée d'illusions en se racontant des histoires, elle avait perdu son temps et son énergie à constamment désirer que les choses soient autrement. Sa seule source de réconfort, elle la tenait de la bouche de Colette, à savoir que l'acceptation n'était pas synonyme de résignation.

Elle quitta le banc. Elle était prête à aller de l'avant, à essayer de nouveau. Elle était prête à faire la paix avec elle-même.

Note de l'auteur

Le 25 novembre 1995, le peuple irlandais a voté par référendum la suppression de l'interdiction constitutionnelle du divorce. L'amendement de la Constitution a été adopté et inscrit dans la loi le 17 juin 1996. La loi a été adoptée avec une faible marge, inférieure à 1 %.

Remerciements

Je tiens à remercier mes lecteurs de la première heure – Jessica Miller, Emma Flynn, Mikaella Clements et Onjuli Datta – dont les conseils m'ont mis le pied à l'étrier.

À mon groupe d'écriture, au cœur du confinement – Adam Fearon, Anna Szaflarski, John Holten, Mitch Speed et Jasmine Reimer – merci d'avoir accompagné ce livre durant ces temps difficiles.

Merci à mes premiers lecteurs : Kate Wills, Rozalind Dineen et Ben Eastham.

Kate Butler, Derek Larkin, Vanessa O'Loughlin et Marie O'Halloran – merci d'avoir si généreusement donné de votre temps pour répondre à mes questions.

Merci à mes lecteurs de toute confiance Yeo Wei Wei, Campaspe Lloyd-Jacob, Joe Walsh et Julie McGee.

Je remercie l'équipe de Bloomsbury – Fran Owen, Brittani Davies, Francisco Vilhena, Greg Heinimann, Stephanie Rathbone, Theodora Danek – pour avoir rendu cette aventure si facile. Alexis Kirschbaum, merci de m'avoir aidé à écrire un meilleur livre.

Merci à l'équipe de l'agence Felicity Bryan qui m'a guidé tout le long du chemin, particulièrement Caroline Wood qui a tout changé.

Merci à Anna Stein et Gabriella Page-Fort.

Merci à l'Arts Council d'Irlande pour son soutien sans faille.

À mon père, Joey Murrin, et à toute ma famille, particulièrement Eilish, Malachy, Edel et Joseph.

Et à ma mère, Betty Murrin : merci pour tout.

Composition et mise en pages
PCA – Rezé

Achevé d'imprimer en février 2025
sur Roto-Page par l'Imprimerie Floch à Mayenne
pour le compte des Éditions Calmann-Lévy
21, rue du Montparnasse, 75006 Paris
commercial@calmann-levy.fr

PAPIER CERTIFIÉ

N° d'éditeur : 6157545/01
N° d'imprimeur : 106449
Dépôt légal : mars 2025
Imprimé en France